W0223239

Hobbit Presse
Klett-Cotta

SIMONE KEIL

DAS MÄDCHEN MIT DEM PORZELLANGESICHT

ROMAN

KLETT-COTTA

MIX
Papier | Fördert gute Waldnutzung
FSC® C083411

Hobbit Presse
www.hobbitpresse.de
© 2024 by J. G. Cotta'sche Buchhandlung Nachfolger GmbH,
gegr. 1659, Stuttgart
Alle Rechte vorbehalten
Cover: Birgit Gitschier, Augsburg
unter Verwendung mehrerer Abbildungen von © Master/Shutterstock
und Olga Korneeva/Shutterstock
Gesetzt von C.H.Beck.Media.Solutions, Nördlingen
Gedruckt und gebunden von CPI – Clausen & Bosse, Leck
ISBN 978-3-608-96635-0
E-Book ISBN 978-3-608-12290-9

Für Katrin

1

Die Welt hält den Atem an. Nicht einmal die wenigen letzten Blätter an den Ästen der alten Birke rühren sich. Es scheint, als läge das große rote Backsteinhaus in Covent Garden unter einem unsichtbaren Schutzschirm, der alle Geräusche absorbiert.

Das Schlafzimmerfenster ist hell erleuchtet, im kleinen Salon direkt darunter flackert ein Gaslicht, das den Tisch und die Umgebung spärlich erhellt.

Mr Kobayashi sitzt in seinem Sessel, die Zeitung reglos auf den Knien, und starrt in die erkaltende Glut im Kamin. Er trägt einen Morgenrock aus feinster Seide über der schwarzen Anzughose und dem gestärkten Hemd. Nur die Krawatte hat er ein wenig gelockert. Seine Gesichtszüge sind entspannt, aber Mr Kobayashi ist nervös. Sein linkes Augenlid zuckt fast unmerklich.

Mr Kobayashi faltet die Zeitung zusammen und durchbricht die Stille. Er lässt die Nackenwirbel knacken und sieht auf seine Taschenuhr. Acht Stunden und fünfundvierzig Minuten wartet er schon. Es ist gleich halb sieben, Mary Kelly ist bereits tot und Mr Kobayashi wird pünktlich um acht Uhr den Laden öffnen. Mr Kobayashi öffnet immer pünktlich um acht Uhr.

Es klopft an der Tür und er springt aus dem Sessel. Miss Whittles steckt den Kopf ins Zimmer und als sie sieht, dass Mr Kobayashi wach ist, rollt sie einen Servierwagen herein, auf dem eine Kanne Tee, ein Sahnegießer und Gebäck stehen.

»Sie müssen etwas essen«, sagt sie mit ihrer unverwechselbar knarzig klappernden Stimme, die klingt, als stecke ein Beutel Schrauben in ihrem Hals.

Mr Kobayashi hat schon mehrfach angeboten, ihr Stimmproblem beheben zu lassen, aber Miss Whittles winkt immer ab. »Ich bin ein Montagsmodell«, pflegt sie in diesen Momenten zu sagen und aus ihrem Mund, mit ihrer Schraubenstimme gesprochen, klingt das fast wie ein Kompliment. Sie schenkt den Tee ein und gibt einen Tropfen Sahne hinzu. Ihre Gelenke quietschen ein wenig und sie errötet. Mr Kobayashi tut so, als hätte er nichts gehört und nimmt die Tasse entgegen. Earl Grey, natürlich. Miss Whittles weigert sich beharrlich, japanischen Tee zuzubereiten und Mr Kobayashi hat sich daran gewöhnt, so wie er sich an vieles in diesem Land gewöhnt hat. An die Hektik, das viel zu fette Essen, den Nebel, Regen, Gestank. Er nimmt wieder Platz, nippt an dem heißen Tee und lehnt sich in seinem Sessel zurück.

Miss Whittles kommt langsam in die Jahre. Die quietschenden Gelenke sind nur eins der Symptome. Letzte Woche hat sie vergessen, die Suppe zu salzen, und in der kommenden wird sie ihren Termin bei Doktor Dunnaby versäumen. Das allerdings wird vorsätzlich geschehen, was sie natürlich nicht zugeben wird. Miss Whittles gehört noch lange nicht zum Alteisen, auch wenn Doktor Dunnaby anderer Meinung sein mag. Sie schenkt Mr Kobayashi Tee nach und reicht ihm einen Teller mit Gebäck.

Der Milchmann stellt die Flaschen vor der Tür ab, Jack the Ripper verschließt das Glas, in das er Mary Kellys Herz gelegt hat, und im Schlafzimmer des roten Backsteinhauses saugt ein Baby Luft in seine Lungen und stößt den ersten, noch etwas dünn klingenden Schrei aus. Willkommen, Miyo, willkommen in dieser kalten Welt.

Mrs Kobayashi – Yumiko – sinkt erschöpft in die Kissen zurück. Sie wirft keinen Blick auf Miyo, riecht nicht an ihrem flaumweichen Haar, berührt nicht die kleinen Finger vorsichtig mit ihren. Sie lächelt nicht, als Miyo zum ersten Mal schreit, legt sie nicht an die Brust, beschirmt sie nicht mit ihren Armen.

Yumiko ist traurig, seit vielen Jahren schon. Vielleicht wurde sie schon traurig in diese Welt geboren. Zu zart, zu verletzlich, zu schwach, das Wissen zu tragen, dass sie an der Kälte des Lebens zerbrechen wird. Irgendwann. Nicht heute, aber bald.

Als Mr Kobayashi seine Frau in dieses Land brachte, hat sie es hingenommen. So wie sie hinnahm, dass sie eine Fremde unter Fremden war – selbst in dem Haus, das ihr Heim sein sollte. Sie hat hingenommen, dass sie ihm ein Kind gebären sollte, hat hingenommen, dass es in ihr wuchs, sich von ihr nährte. Aber sie kann das krähende Bündel nicht in die Arme nehmen.

Mr Kobayashi geht vor der Tür auf und ab, die Hände hinter dem Rücken verschränkt, bis die Hebamme ihn endlich hereinbittet.

Er beugt sich über die Wiege, zählt die Finger, die Zehen, streichelt das Gesicht, kitzelt den Bauch. »Miyo«, sagt er und wischt die Träne nicht fort, die über seine Wange rinnt.

Miss Whittles huscht aufgeregt im Zimmer hin und her, macht eine Besorgungsliste und speichert sie auf einer der Lochkarten, die in dem Teil ihres Körpers eingebaut sind, den man wohl als Gehirn bezeichnen kann. Miss Whittles' Gehirn sitzt allerdings nicht im Schädel, sondern befindet sich in einem flachen, rucksackgroßen Kasten, der auf ihrem Rücken angebracht ist. Miss Whittles ist ein mechanischer Mensch, Modell Haushälterin der ersten Generation, und zu ihrer Zeit waren Lochkarten gerade der neuste Schrei.

Seit das Modell Amber auf dem Markt ist, gibt es nicht mehr viele Miss Whittles, die sich noch in Anstellung befinden. Aber unsere Miss Whittles lässt sich davon nicht einschüchtern, sie verrichtet zuverlässig ihren Dienst und tut einfach so, als stünde die Zeit still.

Miss Whittles notiert noch eine zusätzliche Garnitur Unterwäsche und eins dieser neumodischen Musikwerke, die man über der Wiege anbringt, und nickt zufrieden. Das dürfte alles gewesen sein. Aber jetzt muss sie sich sputen, es ist bereits zwanzig nach sieben und Mr Kobayashi nimmt jeden Tag pünktlich um halb acht sein Frühstück ein. Sie muss frischen Tee kochen und das Brot aus dem Ofen holen.

Amber würde niemals Brot oder Kuchen backen. Amber kauft in einer dieser schnieken Bäckereien ein, wo selbst die Verkäuferinnen aussehen wie Sahnetorten mit Zuckerguss, so hat sie mehr Zeit, sich die Fingernägel … Aber lassen wir das.

Miss Whittles beugt sich noch einmal über die Wiege, drückt Mr Kobayashis Hand und nickt ihm zu. Mr Kobayashi nickt zurück. Dann wirft er einen Blick auf seine Taschenuhr und Miss Whittles nickt noch einmal. Die beiden verstehen sich ohne Worte und Mr Kobayashi würde niemals auf die Idee kommen, Miss Whittles gegen eine Amber einzutauschen. Nicht in hundert Jahren! Miss Whittles weiß das zu schätzen und eilt in die Küche.

Yumiko hat die Bettdecke bis zum Kinn hochgezogen. Sie ist müde, unendlich müde, und wünscht sich nichts sehnlicher als zu schlafen. Eintauchen in Schwärze und nie wieder aufwachen. Ihre Wangen sind ein wenig gerötet, die Lider halb geschlossen. Sie sieht Mr Kobayashi an und sieht durch ihn hindurch.

Er streicht das Haar aus ihrer Stirn und küsst sie auf die kleine Falte, die sich zwischen den Brauen gebildet hat. »Sie ist wunderschön«, sagt er. »Fast so schön wie ihre Mutter. Sie hat deine Augen, Yumiko.«

Yumiko schließt die Lider und flüchtet sich in Schlaf. Sie träumt von einem Kaminkehrer, der mit riesigen Schritten von Dach zu Dach springt. Er lässt seinen Drahtbesen in die Schornsteine hinab und zieht Baby um Baby aus den schlafenden Häusern Londons. Sein Aschesack ist schon ganz prall und schwer … Sie träumt von Gewitterwolken, die sich weigern zu regnen. Sie schwellen an und an, bis sie die ganze Stadt absorbiert haben. Erst dann platzen sie wie Luftballons, verspritzen Backsteine, Glas, Teile von menschlichen Körpern … Sie träumt von einer großen grauen Eule, die lautlos über Trümmerbergen kreist – die Augen gelb blitzend in der Dunkelheit. Unvermittelt stößt sie hinab und zerrt einen zappelnden Aschesack aus den kläglichen Resten dessen, was einmal eine Stadt gewesen ist …

Die Amme schaukelt die Wiege und summt eine tonlose Melodie. Mr Kobayashi geht leise aus dem Zimmer.

Miyos Welt ist weich und weiß; hinter ihren Lidern regt sich etwas, das sie nicht begreifen kann. Und es soll noch etwas dauern, bis sie begreifen wird. Jetzt schläft sie einen traumlosen Schlaf, durch den sich der Geruch von frischer Milch zieht wie die Rauchschwaden aus Francis Fairweathers Pfeife.

Punkt acht Uhr betritt Mr Kobayashi den Laden. Der letzte Schlag von Big Ben hängt noch in der Luft und es riecht nach Regen. Die Hüter der Großen Uhr beginnen eifrig damit, die Zahnräder zu überprüfen. Mr Kobayashi rückt das Holzschild gerade, das über der Eingangstür angebracht ist. Gewachste Eiche, an den Rändern eingebrannte Drachen-Ornamente. *Kobayashi – Puppenmacher* steht darauf.

Mr Kobayashi ist ein bescheidener Mann, *Kobayashi – Puppen-*

macher trifft nicht einmal ansatzweise das, was man in seinem Laden finden kann.

An den Wänden des kleinen Geschäfts stehen mannshohe Holzregale, auf jedem Regalbrett findet man nur eine einzige Puppe, jeweils ein Unikat. Jede Puppe hat eine Persönlichkeit und Mr Kobayashi erweist seinen Puppen Respekt. Nicht eine von ihnen würde er bedenkenlos abgeben. Wenn er sie verkauft, dann aus Überzeugung, nicht des Geldes wegen. Bevor Miyo geboren wurde, waren sie seine einzigen Kinder.

Miss Whittles achtet auf penible Sauberkeit, täglich staubt sie die Regale ab, kleidet die Puppen passend zu den Jahreszeiten. Und wenn eine davon den richtigen Besitzer gefunden hat und den Laden für immer verlässt, bricht es ihr jedes Mal das Herz. Doktor Dunnaby musste ihre Zahnräder an solchen Tagen schon mehrfach auswechseln. Mr Kobayashi versteht ihren Schmerz nur zu gut, aber er hat diese Puppen nicht für sich selbst erschaffen. Nicht diese.

Mr Kobayashi geht durch den Laden, hängt Mantel und Hut an die Garderobe im hinteren Teil des Geschäfts, streift seine Ärmelschoner über und setzt die Vergrößerungsbrille auf die Stirn. Dann zieht er sich in seine Werkstatt zurück, die an den Laden angrenzt. Die Türglocke wird ihm Kunden ankündigen und allzu häufig läutet sie sowieso nicht. Die Menschen haben keinen Sinn mehr für kunstvolle Arbeiten, für Arbeiten, die Geduld und Zeit brauchen, um zu etwas Besonderem zu werden. Und kaum jemand will den Preis dafür bezahlen. Schnell, schneller, billig, billiger. Es gibt nur noch wenige Menschen, die Mr Kobayashis Arbeit zu schätzen wissen, doch das grämt Mr Kobayashi nicht.

Mr Kobayashi besitzt ein recht ansehnliches Vermögen, das er gewinnbringend angelegt hat. Wenn er bescheiden wirtschaftet, sollte es für den Rest seines Lebens ausreichen und auch Miyo bekäme noch eine recht bemerkenswerte Mitgift.

Die Werkstatt ist der einzige Raum, der mit diesen modernen Glühlampen ausgestattet ist. Mr Kobayashi mag das künstliche Licht nicht, aber bei Tüftelarbeiten ist es wirklich eine Erleichterung. Heute schaltet er es nicht ein, er entzündet ein Gaslicht und rückt den Hocker an den Arbeitstisch heran, bevor er sich daraufsetzt. Mr Kobayashi faltet die Hände auf dem Tisch und betrachtet sein Meisterstück.

Ein Gesicht so fein und fragil, dass man Angst bekommt, es könnte vom bloßen Ansehen zerbrechen. Eine kleine Nase, rote, weiche, warme Lippen. Natürlich sind sie nicht wirklich weich und warm, aber sie erwecken den Anschein und jedes Mal, wenn er sie betrachte, wünscht er sich, sie würden ihn auffordern, sie zu küssen. Mr Kobayashi ist ein Künstler, ein Meister seines Fachs; wenn man in die mandelschwarzen, perfekt geformten Augen blickt, ist man sich dessen gewiss.

Keinem anderen Puppenmacher wäre es gelungen, diese Traurigkeit einzufangen – marianengrabentief und dunkel wie Jack the Ripper's Seele. Eine Traurigkeit, die sich über den Betrachter legt und seine Brust beschwert, als wäre es die eigene.

Ja, Mr Kobayashi hat Yumiko nachgebildet. Vielleicht übertrifft das Abbild sogar das Original. Vielleicht. Aber Mr Kobayashi ist unzufrieden. Er fasst hinter den Puppenrücken und dreht den Schlüssel, der sich zwischen den Schulterblättern befindet, viermal um. Ein kurzer Moment der Stille, dann hebt sie den Kopf. Das Geräusch der Zahnräder ist dezent, in einer belebteren Umgebung wäre es wohl kaum zu hören. Sie blinzelt kokett, schlägt den Fächer auf und bedeckt ihr Lächeln, das kaum die Mundwinkel hebt. Und Mr Kobayashi lächelt zurück.

»Ach«, seufzt er. »Ich wünschte, du würdest endlich die Traurigkeit abschütteln.« Dann senkt er den Kopf und reibt sich die Augen. »Miyo«, sagt er. »Was soll nur aus ihr werden?«

Yumiko berührt seinen Handrücken, eine federleichte Berührung, ihre Fingerspitzen streifen kaum die Haut. »Sie wird ihren Weg finden«, sagt sie. »Mit unserer Hilfe.«

Ihre Stimme klingt eine Nuance dunkler als die der echten Yumiko, und unter den Worten klingt ein leises Rasseln der Mechanik nach, aber das kann er leicht ausblenden, wenn er in ihre Augen sieht, die nicht lebendiger wirken könnten, gehörten sie einem echten Menschen.

»Du hast recht.« Mr Kobayashi schaltet nun doch das elektrische Licht ein und setzt die Brille auf. »Lass uns an den Bewegungsabläufen deiner Arme arbeiten. Sie sind noch nicht ganz flüssig, aber ich denke, das kann ich justieren.«

Er streift den Ärmel ihres seidenen Kimonos nach oben und schraubt die Metallplatte ab. Darunter kommt ein ausgetüfteltes Konstrukt aus Zahnriemen, -rädern und Öladern zu Vorschein, das ähnlich wie ein Uhrwerk funktioniert. Gesteuert werden die Bewegungen durch Yumikos Cerebrum-Apparatus. Ein mechanischer, gehirnähnlicher Apparat, den Mr Kobayashi extra zu diesem Zweck entwickelt hat, und der nicht, wie bei mechanischen Menschen, in einem Kasten außerhalb des Körpers angebracht ist, sondern sich im Kopf befindet. Schiebt man die Perücke etwas nach hinten, kommt die Schädelplatte zum Vorschein, hinter der sich der Cerebrum-Apparatus befindet.

Yumiko beobachtet, wie Mr Kobayashi einige Schrauben anzieht, hier und dort eins der Zahnräder justiert, eine Ölader mit einem anderen Zielpunkt verbindet. Sie beugt und streckt den Arm, wenn Mr Kobayashi sie dazu auffordert. »Wann«, sagt sie unvermittelt und streicht mit der freien Hand durch Mr Kobayashis Haar, »bekomme ich meine Beine, Kazuki?«

Mr Kobayashi wird es immer ein wenig flau im Magen, wenn sie seinen Vornamen ausspricht. Sie betont ihn auf eine ganz spezielle Art. Die wirkliche Yumiko hat seinen Namen noch niemals auf diese Weise betont. Liebevoll? Er sieht Yumiko lange an. Sie ist eine Puppe, sagt er sich, und doch … Mr Kobayashi liebt Yumiko. Er liebt sie weit mehr, als seine anderen Puppen.

»Bald«, sagt er. »Die Schwierigkeit liegt nicht darin, dir Beine zu geben, sondern darin, dir funktionierende Beine zu geben. Ich möchte nicht, dass du umherstakst, als liefest du auf Holzstelzen. Du bekommst gute Beine – die besten! – Beine, die in der Lage sind, deinen unverwechselbaren Gang auszuführen – sinnlich über den Boden gleitend, als berührten ihn deine Füße kaum.«

»Du bist ein guter Mann, Kazuki.« Sie kichert und schlägt wieder den Fächer vor den Mund. »Ich werde nur für dich gehen, wenn es soweit ist. Nur für dich.« Und auch wenn es unmöglich scheint, Yumiko errötet bei diesen Worten.

Die Ladenglocke läutet und Mr Kobayashi sieht auf seine Taschenuhr. »Genug für heute«, sagt er. »Ich bin morgen wieder bei dir, Yumiko«, fügt er nach einer kurzen Pause hinzu. Er setzt die Metallplatte wieder ein, zieht den Ärmel bis auf das Handgelenk hinunter und greift nach dem Schlüssel, der sich langsam in ihrem Rücken dreht.

»Kazuki«, sagt sie und nimmt seine Hand. »Warum musst du mich abschalten?«

Mr Kobayashi denkt einen Moment nach und schüttelt den Kopf. »Es ist besser so«, sagt er ohne zu erklären, warum es besser ist. Dann zieht er den Schlüssel ab und Yumikos Kinn sinkt langsam auf ihre Brust.

Er löscht das elektrische Licht und dreht die Gaszufuhr der Tischlampe ab. Jetzt ist es dunkel in der fensterlosen Werkstatt. Mr Kobayashi lauscht dem langsam auslaufenden Werk bis es vollkommen still ist. Dann geht er nach vorne in den Laden, um zu sehen, wer der Kunde sein mag.

Francis Fairweather stützt sich schwer auf seinen Stock und legt die Aktentasche auf den Tresen. Er hat keinen Blick für die kunstvollen Puppen übrig, die ihre Lider gesenkt haben, als er eingetreten ist. Die Puppen mögen Mr Fairweather nicht, er ist ihnen unheimlich.

Und die Puppen haben recht. Francis Fairweather ist kein guter Mensch. Vielleicht ist er nicht einmal ein Mensch. Er kleidet sich wie ein Mann gehobenen Standes, spricht wie ein Mann gehobenen Standes, er raucht nur besten Tabak, verkehrt in den besten Kreisen. Und doch. Er hat etwas an sich, das man nicht beschreiben kann. Etwas, das Menschen, aus ihnen unerklärlichen Gründen, die Straßenseite wechseln lässt, wenn sie seine Gegenwart spüren.

Mr Kobayashi bleibt im Türrahmen stehen, als er gewahr wird, um wen es sich bei dem vermeintlichen Kunden handelt, der die Ladenglocke zum Läuten gebracht hat. »Mr Fairweather«, sagt er lächelnd. Aber das Lächeln ist so künstlich, als gehörte es zu einer dieser maschinell gefertigten Puppen, die man in den Kaufhäusern für ein paar Pennys erwerben kann.

»Mr Kobayashi.« Francis Fairweather deutet eine Verbeugung an. »Sie haben unseren Termin doch nicht etwa vergessen?«

Mr Kobayashi beginnt, den tadellos sitzenden Kimono einer Puppe neu zu drapieren. »Wir haben keinen Termin, Mr Fairweather. Und ich bin beschäftigt. Also wenn Sie mich bitte …«

Francis Fairweather lacht ein leises, nicht unangenehm klingendes Lachen. »Ich neige nicht dazu, jemanden um etwas zu bitten. Aber das wissen Sie doch, Mr Kobayashi. Nicht wahr? Für gewöhnlich bitten die Menschen mich.« Er legt seinen Stock auf die Aktentasche, zieht ein Lederetui aus der Innentasche seines maßgeschneiderten Gehrocks und stopft bedächtig seine Pfeife. »Nun«, fährt er fort, nachdem er einige Rauchkringel in die Luft gepafft hat, »wir müssen über Ihre Finanzen reden. Und den *Vertrag*.«

Mr Kobayashi sieht den Mann im dunkelgrauen Gehrock lange an – sein kantiges Gesicht, das man fast hübsch nennen könnte, wenn die dunkelgrünen Augen nicht so kalt und leblos wie Schlangenaugen daraus hervorgeblickt hätten.

»Der Vertrag hat seine Gültigkeit«, sagt Mr Kobayashi. »Sie haben zu jeder Jahreszeit eines jeden Jahres eine Puppe bekommen, im Gegenzug kümmern Sie sich um meine Finanzen. So wie es vertraglich geregelt ist. Ich habe den Vertrag eingehalten und ich hoffe, auch Sie erfüllen Ihre …«

»Jajaja, natürlich.« Francis Fairweather winkt ab und poliert seine manikürten Nägel am Revers seiner Jacke. »Langweilen Sie mich nicht mit Einzelheiten. Bitte. Ich bin nur hier, um einzufordern, was mir vertraglich zusteht. Das neue Herbstkind.«

»Ich darf Sie daran erinnern, dass sie das Herbstkind … die Puppe bereits im Oktober in Empfang genommen haben.«

Es mag verwundern, dass Mr Kobayashi seine Puppen so freigiebig an diesen ganz offenbar nicht freundlichen Mann abgibt, wo er sie doch liebt, als seien sie seine Kinder. Aber Mr Kobayashi ist nicht nur pünktlich, korrekt und loyal, er ist auch pragmatisch.

Als er in London ankam, wusste er, dass seine Chancen in dieser nebligen, kalten Stadt nicht gut standen. Oh ja, er verfügte über Ersparnisse und er verfügte über ein Talent, das seinesgleichen sucht. Aber was ist solch ein Talent wert, in dieser schnelllebigen Zeit? Mit einer Frau an seiner Seite, die zwar an Schönheit kaum zu übertreffen, aber labil und zerbrechlicher als feinstes Porzellan ist. Also wandte er sich an einen renommierten Advokaten, damit er seine Finanzen verwalten, sein Geld vermehren und ihm – Mr Kobayashi – so die Möglichkeit geben würde, sich um sein Meisterstück zu kümmern – um die Verwirklichung seines Traums.

»Natürlich, das habe ich.« Mr Fairweather öffnet die Aktentasche und zieht einen Umschlag heraus. »Es haben sich aber jüngst Umstände ergeben, die weitere Bemühungen Ihrerseits erfordern.« Mr Kobayashi setzt zu einer Erwiderung an, doch Fairweather bringt ihn mit einer barschen Geste zum Schweigen. »Paragraph 54, Absatz 4«, fährt er unbeirrt fort und deutet auf einen kleingedruckten Absatz auf dem Dokument. »Falls unvorhergesehene Umstände eintreffen und es vonnöten ist, kann Francis Fairweather, Advokat von Kobayashi Kazuki, Puppenmacher, weitere Sachleistungen einfordern, die ihm unverzüglich auszuhändigen sind. Falls dies nicht geschieht, wird das als Vertragsbruch angesehen und der Vertrag ist als null und nichtig einzustufen. Das Advokat Fairweather zu treuen Händen überlassene Bargeld wird in einem solchen Fall nicht zurückerstattet.«

Mr Kobayashi lässt die Nackenwirbel knacken und ballt die Fäuste. Er ist kein jähzorniger Mann, aber in diesem Moment wünscht er sich, er könnte das Brechen von Fairweathers Kieferknochen hören.

Francis Fairweather lacht sein wohlklingendes Lachen. »Sie sollten leiser wünschen«, flüstert er. »Ich kann ihre Gedanken hören, als schrieen Sie sie von der Towerbridge. Nun denn.« Er klatscht in die Hände und steckt den Vertrag zurück in die Aktentasche. »Dann wollen wir mal zur Tat schreiten. Händigen Sie mir das neue Kind aus und ich kann die kleine Finanzmisere, in der Sie stecken, beheben.«

Mr Kobayashi nickt geschlagen. »Ich habe keine neue Puppe hergestellt«, sagt er und deutet auf die Regale. »Sie müssen sich mit einer von diesen begnügen.« Begnügen. Das Wort sticht splitterscharf in sein Herz. Jede dieser Puppen ist etwas Besonderes, jede hätte ein gutes Zuhause verdient, einen Platz, an dem man sie zu schätzen weiß. »Nehmen Sie sich eine und verlassen Sie mein Geschäft, Mr Fairweather.« Er wendet sich ab und verschränkt die Hände vor dem Bauch.

»Ich glaube, Sie haben mich nicht richtig verstanden, auch

wenn ich mich sehr deutlich ausgedrückt habe. Es ist das neue *Kind*, das ich benötige.«

Mr Kobayashi wirbelt auf dem Absatz herum. »Was wollen Sie damit sagen?«, flüstert er, die Hände immer noch verschränkt, um sie daran zu hindern, sich um den Hals des Mannes zu legen und zuzudrücken, bis das überhebliche Grinsen aus seinem Gesicht verschwindet.

»Na, na«, sagt der. »Wer wird denn!« Er nimmt seinen Gehstock und klopft mit dem Knauf auf die Aktentasche. »Vertrag ist Vertrag«, sagt er. »Aber vielleicht ... Ja, doch, warum eigentlich nicht, ich denke, das wäre möglich. Ich werde Ihnen die Entscheidung erleichtern und Ihnen einen Ausblick auf die möglichen Zukunftsvarianten geben.« Er wirft einen Blick auf seine goldene Taschenuhr, klemmt sich die Aktentasche unter den Arm und fasst grüßend an die Hutkrempe. »Wir sehen uns morgen wieder. Ich suche Sie zur selben Zeit in Ihrem netten, kleinen Geschäft auf. Bis dahin, einen guten Tag, Mr Kobayashi.«

Mr Kobayashi starrt die Tür an, durch die Fairweather soeben den Laden verlassen hat – unfähig, sich zu bewegen, unfähig, einen klaren Gedanken zu fassen. Die Glocken klingeln und im Raum hängt der schwere Pfeifenrauch wie eine körperlich spürbare Mahnung.

Francis Fairweather überquert beschwingten Schrittes die Straße. Ein weiterer erfreulicher Termin steht an: In weniger als fünfzehn Minuten wird er das bestellte Herz entgegennehmen. Und dann wird er den Überbringer aus dem Verkehr ziehen. Den Mann, den die Tagespresse den Ripper nennt.

Francis Fairweather würde diese Tat damit erklären, dass er sich selbst schützen musste. Die Wahrheit ist jedoch, dass Jack sich zu sehr ins Rampenlicht gedrängt hat, und Francis Fairweather zeichnet sich insbesondere durch zwei Charaktereigenschaften aus: Narzissmus und Geltungssucht.

Miss Whittles tritt aus dem Hinterzimmer herein und legt ihre Hand auf Mr Kobayashis Schulter. »Mir wollen die Zahnräder aus der Führung springen, wenn ich nur an diesen Menschen denke«, sagt sie. »Ein unangenehmer Zeitgenosse. Aber gut, dass er nun gegangen ist, es ist Zeit fürs Mittagessen.«

Mr Kobayashi schüttelt den Kopf, der leer und gleichzeitig bis zum Überlaufen gefüllt ist. Worauf hat er sich nur eingelassen? Und mit wem? »Miyo«, flüstert er. »Kleine Miyo.« Dann fasst er sich und denkt nach.

Ein wenig unheimlich war ihm Francis Fairweather schon bei ihrem ersten Treffen vorgekommen, aber Fairweathers Versprechungen hatten das ungute Gefühl aufgewogen. Und er hat seine Verpflichtungen immer gewissenhaft erfüllt. Mr Kobayashis Vermögen ist kontinuierlich gewachsen.

Aber was, wenn er damals einen furchtbaren Fehler begangen hat?

»Miss Whittles, erinnern Sie sich an den Tag, als ich Mr Fairweather zum ersten Mal kontaktiert habe?«

»Wie könnte ich den vergessen?« Sie schüttelt sich. »Ich erinnere mich an jedes einzelne Treffen mit diesem Menschen.«

»Gut. Und alle Gespräche, bei denen Sie zugegen sind, werden aufgezeichnet, richtig?«

Miss Whittles nickt errötend. Die Speicherfunktion ist eine Grundeinstellung und in allen Miss Whittles aktiviert, doch ihr ist es unangenehm, die Gespräche ihrer Herrschaft aufzuzeichnen. »Ja, natürlich«, antwortet sie aber wahrheitsgemäß.

»Sehr gut!« Mr Kobayashi nimmt Miss Whittles' Arm, eine der seltenen vertraulichen Gesten, die er sich ihr gegenüber gelegentlich erlaubt. »Würden Sie mir beim Essen Gesellschaft leisten und mir das Gespräch noch einmal vorspielen?«

»Selbstverständlich, Mr Kobayashi.« Miss Whittles eilt in die Küche, um die Soße noch einmal besonders gewissenhaft abzuschmecken. Insgeheim ist sie hocherfreut, dass ihre ungeliebte Speicherfunktion nun endlich einmal von Nutzen sein kann.

Während Miss Whittles Mr Kobayashi beim Essen zusieht und sich wegen seines schlechten Appetits sorgt, döst Miyo an der Brust der Amme langsam und zufrieden ein. Sie weiß nichts von den Geschäften ihres Vaters, weiß nichts von Francis Fairweather, hat keine Ahnung, dass in einem anderen Teil der Stadt gerade ein böser Mann einen anderen bösen Mann tötet.

Der Mann, der sich selbst Jack nennt, sinkt auf den schmutzigen Boden eines Hurenhauses in Whitechapel. Niemand wird sich für den Vorfall interessieren, weil niemand die Leiche finden wird. In einigen Tagen wird eine besorgte Ehefrau zum wiederholten Male auf dem Polizeirevier vorsprechen, aber der Police-Officer wird ihr auch dieses Mal nichts anderes sagen können, als dass keine Informationen eingegangen sind.

Die Frau wird die Hände auf ihren gewölbten Bauch legen und sich fragen, was nun aus ihr und dem ungeborenen Kind werden soll. Das Kind ist ein Mädchen, es wird den hübschen Namen Josefine tragen und niemals erfahren, warum ihr Vater verschwunden und welches Glück das für sie ist.

Miss Whittles räumt das Geschirr in die Spüle, schenkt Mr Kobayashi Tee nach und setzt sich dann zu ihm an den Tisch. »Sie müssen besser auf sich achtgeben und ordentlich essen«, sagt sie.

Mr Kobayashi reibt sich die Stirn. »Wie geht es Miyo? Und Yumiko?«

»Sie sind wohlauf. Miyo ist das entzückendste Baby, das ich mir vorstellen kann. Und Mrs Kobayashi … Sie wird sich erholen.«

Sie wissen beide, dass Yumiko sich niemals erholen wird – nicht so, wie man es sich wünschen würde. Nach einem Blick auf die Uhr sagt er: »Dürfte ich Sie jetzt um die Aufzeichnung bitten, Miss Whittles?«

»Oh, selbstverständlich.« Sie greift sich in den Nacken und man hört ein Klicken. Dann rastet etwas ein und eine Mechanik beginnt, hörbar zu arbeiten. Miss Whittles hebt entschuldigend die Schultern, ihre Technik ist nicht auf dem neusten Stand. Aber sie funktioniert tadellos, wenige Sekunden später hört man Mr Kobayashi jemandem einen guten Tag wünschen.

»Soll ich die Höflichkeiten überspringen?«, fragt Miss Whittles. Mr Kobayashi nickt und es folgt ein Gewirr aus sich überlagernden Geräuschen. Miss Whittles stoppt den Vorlauf genau an der Stelle, als Francis Fairweather sagt: »Kommen wir also zu den Vertragsbedingungen.«

Mr Kobayashi legt den Finger auf die Lippen und beugt sich näher zu Miss Whittles heran, um jedes Detail zu verstehen.

Als das Gespräch beendet ist, faltet er die Hände und legt die Stirn darauf. »Was habe ich nur angerichtet?«, flüstert er. »Fairweather wird Miyo mit sich nehmen und das ist allein meine Schuld. Und niemand wird mir helfen können, weil er im Recht ist.«

»Bitte, so etwas dürfen Sie nicht sagen!« Miss Whittles springt auf. »Niemand wird das kleine Bündel mitnehmen, das ist nicht recht. Das kann nicht recht sein!« Sie geht aufgeregt auf und ab.

»Aber Sie haben es doch gehört. Ich habe zugestimmt, ihm zu jeder Jahreszeit eins meiner unschuldigen Kinder zu überlassen. Wer hätte denn ahnen können, dass er die Bezeichnung wörtlich nehmen würde? Fairweather muss doch klar gewesen sein, dass ich die Puppen gemeint habe.« Nun erhebt sich auch Mr Kobayashi von seinem Stuhl. »Ich bin ein Narr und jetzt muss ich für meine Dummheit bezahlen.«

Miss Whittles schüttelt so vehement den Kopf, dass ihr Halsgelenk besorgniserregend knirscht. »Das werde ich nicht zulassen!«

Mr Kobayashi legt seine Hand auf ihren Arm. »Wir können nichts tun, wir können uns nicht verstecken. Er würde uns finden, wohin wir auch gingen. Und was würde dann aus Yumiko werden? Einen weiteren Ortswechsel würde sie nicht verkraften. Daran würde sie endgültig zerbrechen. Und wenn ich ablehnte, verlöre ich mein gesamtes Vermögen. Was dann? Soll ich Yumiko zur Frau eines Arbeiters machen, sie in ein schäbiges, heruntergekommenes Zimmer bringen und ihr sagen, dass das nun ihr Zuhause ist?«

Mit einem verzweifelten Schnauben ist Miss Whittles inzwischen dazu übergegangen, ihre Wut am Geschirr auszulassen. Sie schrubbt den Teller so fest wie einen rußigen, alten Holzofen.

»Um Miyo zu holen, müsste er sie sehen können«, ruft Miss Whittles aus und hält abrupt inne. »Sehen und erkennen«, fügt sie leiser hinzu.

Miss Whittles weiß von der anderen Yumiko. Sie weiß um Mr Kobayashis Fähigkeiten, und als sie das Aufflackern in seinen Augen sieht, weiß sie, dass er verstanden hat.

Mr Kobayashi nickt. »Ich werde den Laden heute Nachmittag nicht öffnen«, sagt er. »Falls Yumiko nach mir fragt, sagen Sie ihr …« Er zuckt mit den Schultern.

»Dringende, unaufschiebbare Arbeiten«, vollendet Miss Whittles den Satz. »Gehen Sie nur, ich kümmere mich hier um alles. Ich bringe Ihnen später einen Tee in die Werkstatt.«

Mr Kobayashi drückt noch einmal Miss Whittles' Arm, dann geht er nach unten. Er hat etwas zu erledigen und sämtliche Götter und Ahnen mögen ihm beistehen, dass er es zustande bringt.

Miyo liegt wach und still in ihrer Wiege. Auf ihren Lippen der Geschmack von Milch, in ihrem Herzen ein Gefühl, das wie ein Kolibri umherflattert und nach einem Ausgang sucht. Noch kennt sie Wörter wie Einsamkeit und Sehnsucht nicht, spürt nur den rastlosen Flügelschlag des kleinen Vogels. Erst sehr viel später wird sie erkennen, dass dieser kleine Kolibri zu ihr gehört wie ihre Hände. Und dass er niemals einen Ausweg finden wird, es sei denn, sie öffnete ihr Herz. Doch das hat sie verschlossen, genau in diesem Augenblick, als sie die Gegenwart ihrer Mutter spürt. Ein kurzer Moment der Verbundenheit, behagliche Wärme, weiches, rötliches Licht, und dann die schmerzliche Ahnung, dass das alles für immer verloren ist.

Yumiko steht stumm vor dem kleinen Bett, die Hände vor der Brust gefaltet. Miss Whittles berührt sie sacht am Arm, um sie nicht zu erschrecken, aber Yumiko registriert nicht einmal ihre Gegenwart. Sie lässt sich zu ihrem Bett führen und zudecken, dreht sich auf die Seite und schläft ein.

»Armes, kleines Bündel«, flüstert Miss Whittles. Sie geht zur Wiege, streicht über Miyos Kopf und summt eine leise, ein wenig blechern klingende Melodie. »Dein Vater liebt dich«, sagt sie nach einer Weile. »Er liebt und beschützt dich.« Dann geht sie in die Küche, um Teewasser aufzusetzen.

Mr Kobayashis Werkstatt ist hell erleuchtet, er hat das elektrische Licht eingeschaltet und noch zusätzliche Lampen aufgestellt. Yumikos weißes Gesicht leuchtet, als wäre es selbst eine Lichtquelle. Sie beobachtet Mr Kobayashi und schweigt. Sie weiß, dass er nicht gern gestört wird, wenn er so konzentriert arbeitet.

Es ist heiß und stickig in dem kleinen Raum, Schweiß rinnt Mr Kobayashis Nacken hinab, als er die flüssige Porzellanmasse in die Form gießt. Dann setzt er sich an den Tisch und wartet darauf, dass der Scherben trocknet.

»Sie wird wunderschön werden«, sagt Yumiko. »Du bist ein Künstler, Kazuki.«

Mr Kobayashi seufzt. »Miyo *ist* wunderschön«, sagt er. »Wie könnte ich etwas Vollkommenes veredeln? Nein. Die Maske wird ihre Schönheit überdecken, aber es muss sein.«

»Natürlich muss es das, mein geschickter, umsichtiger Mann. Du tust genau das Richtige.«

»Tue ich das?« Er schüttelt langsam den Kopf, aber es ist keine Verneinung, Mr Kobayashi weiß nicht, was richtig oder falsch ist. Er weiß nur, dass er Miyo nicht verlieren will und es keinen anderen Weg gibt, sie vor Francis Fairweather zu verbergen.

Es klopft an der Tür und Mr Kobayashi öffnet. Miss Whittles reicht den Tee hinein und zieht sich unaufdringlich wieder zurück.

»Kazuki?« Yumikos Stimme klingt wie die eines satten, zufrieden schnurrenden Kätzchens. »Wann kümmerst du dich um meine Beine? Ich langweile mich hier drinnen. Immer nur der Tisch und die Wände und du leistest mir viel zu selten Gesellschaft. Ich möchte mit dir in den Garten gehen. Unsere Tochter ausfahren«, fügt sie nach einer kaum merklichen Pause hinzu.

Aber Mr Kobayashi hat das kurze Stocken bemerkt. Unsere Tochter, denkt er. Unsere Tochter. Er weiß, wie verrückt das klingen muss, aber er wünscht sich, Miyo wäre ihre Tochter – seine und Yumikos Tochter. Die Tochter der Yumiko, die zugleich die falsche und die richtige ist.

»Bald«, sagt er. Das sagt er immer und irgendwann wird sie sich nicht mehr hinhalten lassen und irgendwann wird er das vielleicht auch gar nicht mehr wollen. Er trinkt seinen Earl Grey mit hastigen Schlucken.

»Sehr bald?«, fragt sie. »Sehr bald, nicht wahr, Kazuki?«

»Sehr bald«, sagt er und meint es schon ein bisschen ehrlicher.

Sie schweigen, warten, Yumiko lächelt und Mr Kobayashi fühlt sich nicht mehr ganz so mutlos. Es wird gelingen, denkt er, und dann wird alles gut werden.

Lady Strix Brouillard gluckst genießerisch, als Fairweather die empfindliche Stelle an ihrem Hals krault.

»Das war ein guter Tag.« Francis Fairweather nimmt einen Schluck des goldgelben, 80 Jahre alten Brandys und deutet auf Mary Kellys Herz, das einen Ehrenplatz in dem Regal mit den Sammlerstücken bekommen hat. »Es hat noch gepumpt, als er es heraustrennte.« Seine Finger krallen sich in das weiche Gefieder, das er eben noch liebevoll gestreichelt hat.

Lady Strix beißt in seinen Finger und er schuppst sie von seinem Schoß. »Sie vergeuden Ihr Talent mit diesen Spielereien«, sagt sie und wirft den Kopf hochmütig in den Nacken. Ihre Augen blitzen zitronengelb.

Sie hält nichts von Fairweathers Sammelleidenschaft, die sie als unnützen Spleen abtut. »Sie sollten Ihre Zeit sinnvoller verbringen. Und diese Puppen …« Sie würgt die unverdauten Überreste einer Maus hervor und spuckt sie wenig damenhaft auf den Perserteppich. »Was wollen Sie nur mit ihnen?«

Fairweather denkt an das Baby, das schon morgen früh seine Sammlung um ein Vielfaches aufwerten wird. So ein frisches, kaum benutztes Herz würde seine Sammlung zu etwas ganz Besonderem machen. Er schenkt sich noch etwas von dem ausgezeichneten Brandy ein. »Ich mag sie einfach«, sagt er. »Und nun lassen Sie mich allein, ich möchte ein Nickerchen machen.«

Lady Strix fliegt auf, kreist kurz über Fairweathers Sessel und gleitet lautlos aus dem Zimmer, um sich auf dem Dachboden ein wenig mit den Mäusen zu vergnügen. Die Jagd entspannt sie und sie kann dabei vortrefflich nachdenken. Und sie muss über einiges nachdenken, als erstes darüber, wie sie Fairweathers Potenzial endlich für ihre Zwecke einsetzen kann. Sie hält ihn für einen außerordentlich begabten Narren, einen Kretin, und damit liegt sie nicht falsch.

Mr Kobayashi schreckt aus einem unruhigen Schlaf, reibt sich den verspannten Nacken und sieht auf seine Taschenuhr. Es ist Zeit, die Maske aus dem Brennofen zu nehmen.

Yumiko sieht gespannt zu, wie er sie zum Abkühlen vorsichtig auf dem Gitter ablegt. Sie klatscht begeistert in die Hände. »Das ist das schönste Gesicht, das du je erschaffen hast, Kazuki!«

Mr Kobayashi nickt. Nur, dass es diesmal um weit mehr geht, als darum, einer Puppe ein Gesicht zu schenken. Er sieht Yumiko lange an und erkennt in diesem Augenblick, dass auch sie tatsächlich eine Puppe ist. Aber das Erkennen dauert nur eine Sekunde an, dann wischt er es weg wie eine lästige Fliege.

»Es dauert mich, dass ich nicht dabei sein und zusehen kann, wenn du sie endlich vervollständigst.« Yumiko schmollt ein wenig, doch gleich darauf lächelt sie wieder. »Aber du wirst sie zu mir bringen, nicht wahr?«

Mr Kobayashi denkt über Yumikos Worte nach. »Ich vervollständige Miyo nicht«, sagt er. »Die Maske ist nur zu ihrem Schutz, verstehst du?«

Yumiko versteht nicht. Sie berührt ihre kalte, glatte Stirn, die grazile Nase, den feingeschwungenen Mund. Dann nimmt sie Mr Kobayashis Hand und legt sie auf ihre Wange. »Wie könnte sie denn vollständig sein, ohne ein solches Gesicht zu besitzen? Du wirst sie zu etwas Besonderem machen, Kazuki, du wirst ihr eine Persönlichkeit schenken.«

Mr Kobayashi atmet tief ein und aus und schenkt Yumiko ein Lächeln. »Sie wird so besonders werden wie ihre Mutter«, sagt er. Dann zieht er den Schlüssel aus Yumikos Rücken und steckt ihn in seine Westentasche.

Als Yumikos Kopf still auf ihrer Brust ruht, greift er nach der Maske und überprüft sie. Sie ist makellos und so fein, dass man das Licht hindurchschimmern sehen kann. Dann macht er sich auf die Suche nach Miss Whittles, damit sie ihm bei seinem schwierigen Vorhaben zur Hand geht.

Die Sonne taucht die Dächer Londons in ein rötliches Licht, selbst der Nebel, der über der Themse hängt wie eine schwere Erinnerung, schimmert unwirklich, als wäre er aus einer anderen Welt heraufgequollen.

Miyo hat aufgehört zu weinen und ist in einen erschöpften, traumlosen Schlaf gesunken. Mr Kobayashi zieht ein Taschentuch aus der Westentasche und wischt sich den Schweiß von der Stirn. »Beten Sie, dass es funktioniert«, sagt er.

Miss Whittles hat noch niemals in ihrem Leben gebetet, aber sie nickt. »Es wird funktionieren«, sagt sie. »Sehen Sie nur, wie die Maske sich an das kleine Gesichtchen schmiegt. Geradeso, als wäre sie schon immer dort gewesen. Als gehörten sie zusammen.«

»Ja, es scheint tatsächlich so.« Mr Kobayashi streichelt über die kühlen, glatten Wangen seiner Tochter. »Die Maske sitzt perfekt, Miyo wird sie nicht einmal bemerken.«

Nein, Miyo wird die Maske lange nicht bemerken. Sie wird in dem Glauben aufwachsen, dass sie schon mit diesem Gesicht zur Welt gekommen ist. Aber sie wird die Kälte spüren, die von jetzt an zu ihr gehört wie die Einsamkeit.

Nun bleibt Mr Kobayashi nichts weiter, als zu warten. Zu warten, dass die Sonne vollständig aufgegangen ist, zu warten, dass es Zeit ist, den Laden zu öffnen, zu warten, dass Francis Fairweathers Eintreten die Ladenglocke zum Läuten bringt.

Miss Whittles erhebt sich energisch von ihrem Stuhl. »Sie müssen etwas essen«, sagt sie pragmatisch. »Niemandem ist geholfen, wenn sie hier verhungern.« Und ohne eine Antwort abzuwarten, geht sie in die Küche, um ein besonders reichhaltiges Frühstück zuzubereiten.

Francis Fairweather wählt seine Kleidung an diesem Morgen besonders sorgfältig aus. Er ist gut gelaunt und pfeift beschwingt, als er sich die rote Krawatte bindet. Das leuchtende Rot ist gewagt und würde geradezu dekadent wirken, wäre heute ein ganz normaler Dienstagmorgen. Aber es ist ein besonderer Dienstagmorgen und ein leuchtendes Rot scheint dem Anlass angemessen.

Lady Strix klappert angewidert mit dem Schnabel. »Sie sehen aus wie ein Geck auf Brautschau. Wollen Sie Ihrer Zukünftigen vielleicht einen Antrag unterbreiten?«

»My Lady«, sagt er vergnügt und seine Mundwinkel zucken belustigt. »Können Sie etwa Gedanken lesen?« Dann sinkt er auf ein Knie und hält ihren Kopf fest, sodass sie ihm direkt in die Augen sehen muss. Strix Brouillard hasst das und das weiß er sehr gut. Er räuspert sich und senkt die Stimme. »Erweisen Sie mir die Ehre, meine Frau zu werden«, sagt er unvermittelt.

»Bah!« Lady Strix schnauft verächtlich, schüttelt sich und dreht den Kopf nach hinten. »Sie werden keine Freude an diesem Tag haben, das kann ich Ihnen versichern. Was auch immer Sie zu dieser *widerwärtigen* Fröhlichkeit veranlasst hat, es wird Ihnen im Hals stecken bleiben, genau wie das Grinsen. Guten Tag!«

Sie hüpft von der Sessellehne, breitet die Flügel aus und gleitet lautlos aus dem Raum. Und einmal mehr ärgert sie sich, dass ihr theatralisches Türenschlagen aufgrund ihres Eulenkörpers verwehrt bleibt.

Francis Fairweather klopft sich lachend auf die Schenkel, streift den Gehrock über, greift Hut, Stock und Aktentasche und macht sich auf den Weg zu Mr Kobayashis Geschäft.

Als die Türglocke läutet, legt Mr Kobayashi die Feder beiseite und sieht von seinen Büchern auf. »Mr Fairweather«, sagt er. »Pünktlich wie ein Schornsteinfeger.«

»So gut gelaunt, werter Kobayashi? Das freut mich außerordentlich, denn auch ich bin heute bester Dinge. Der vermaledeite Regen hat endlich aufgehört und die Sonne lacht. Das ist ein guter Tag, um ein gutes Geschäft abzuschließen, nicht wahr?«

Er schiebt Mr Kobayashis Bücher zur Seite und stellt seinen Aktenkoffer auf der Theke ab. »Zuerst aber möchte ich mein Versprechen einhalten«, sagt er und kramt allerlei merkwürdiges Gerät aus der Tasche. Einen Sextanten, einige Landkarten, ein aufklappbares Metallgestell, an dem er mehrere Zahnräder, Riemen, eine Kurbel und etwas, das wie ein überdimensionaler Zirkel aussieht, anbringt, verschraubt und ausrichtet. Er verbindet eine Tastatur mittels eines Kabels mit einer Teslaspule und diese wiederum mit dem Metallgestell. Zu guter Letzt zieht er einen rechteckigen, rahmenlosen Spiegel aus der Aktentasche und platziert darauf das Gestell.

»Nun denn«, sagt er, faltet die Hände, drückt sie durch und lockert sie. »Darf ich Sie um Aufmerksamkeit für Ihre möglichen Zukunftsvarianten bitten?«

Mr Kobayashi ist aufmerksam. Er hat genau beobachtet, wie Fairweather sämtliche Gerätschaften aus einer Tasche gezogen hat, in der sie unmöglich alle Platz gefunden haben können.

Die Beschaffenheit von Francis Fairweathers Tasche zu ergründen, würde den Rahmen dieser Geschichte allerdings sprengen. Daher nur so viel: Das Raum-Zeit-Kontinuum ist eine praktische Angelegenheit, wenn man es zu nutzen weiß.

Fairweather tippt einige Zeichen, richtet den Sextanten aus und klopft mehrmals auf einige der Zahnräder. Dann stopft er seine Pfeife. Über dem Gestell erscheinen Kindergesichter mit leblosen Augen. Fairweather wedelt sie mit der Hand zur Seite. Dann wird Mr Kobayashis Gestalt sichtbar. Er beugt sich über Miyos Wiege. Aber die Wiege ist leer. Fairweather wedelt auch diese Szene weg wie Rauchschwaden. Er tippt wieder, richtet aus, klopft, wartet und pafft.

Als nächstes sieht man Mr Kobayashi im Park. Er wirkt glücklich. Miss Whittles schiebt einen leeren Kinderwagen. Dann Mr Kobayashi und Miss Whittles im Garten, fröhlich beim Ballspielen.

Fairweather wedelt Szene um Szene zur Seite. Zwischen den Szenen mit Kobayashi erscheinen immer wieder die toten Kinderaugen. Aber niemals sieht man Miyo. Als die Rauchschwaden in Mr Kobayashis Laden immer dichter werden, beginnt Fairweathers Lachen aufgesetzt und leicht verkrampft zu wirken. Dann legt er bedächtig die Pfeife auf der Theke ab und sieht Mr Kobayashi mit undurchdringlichem Gesichtsausdruck an. »Sie«, sagt er. Und noch einmal: »Sie!«

Ohne ein weiteres Wort zu verlieren, räumt er die Utensilien in die unendlichen Weiten seiner Aktentasche zurück, klemmt sie sich unter den Arm und tritt so dicht an Mr Kobayashi heran, dass der Fairweathers teures Rasierwasser riechen kann, ebenso wie den Brandy vom letzten Abend. »Wir sehen uns wieder«, sagt er. »Zu jeder Jahreszeit eines jeden Jahres. Seien Sie sicher, dass ich Sie finden werde, wo auch immer Sie sich verborgen halten. Und sei es direkt in der Hölle.«

Ohne einen Gruß verlässt er den Laden und Mr Kobayashi atmet hörbar auf, als hätte er in Fairweathers Gegenwart keine Luft bekommen.

Miss Whittles tritt hinter dem Vorhang hervor, hinter dem sie sich versteckt gehalten hat, um gegebenenfalls wichtige Konversationen aufzuzeichnen. »Niemals«, sagt sie. »Niemals wird er sie finden, das werden wir nicht zulassen. Hinter der Maske ist sie sicher vor diesem schrecklichen Mann, nicht wahr?«

Mr Kobayashi hebt die Hand, um sie dankend auf Miss Whittles' Arm zu legen, dann zieht er sie zurück und drückt ihr einen schmatzenden Kuss auf die Wange. »Niemals«, sagt er. »Solange ich lebe, ist sie in Sicherheit – und auch darüber hinaus, dafür werde ich sorgen.«

Die Welt verändert sich. Automobile bevölkern Londons Straßen, wo vormals Pferdekutschen gefahren sind. Die Menschen haben keine Zeit mehr, obwohl Zeit doch das einzige Gut ist, das jedem Lebewesen frei und kostenlos zugänglich ist.

Miyo sitzt in dem kleinen Garten hinter dem Haus und lauscht mit geschlossenen Augen. Eine Fehlzündung auf der Hauptstraße, scheppernde Mülltonnendeckel, Katzengekreisch und in dem Apfelbaum, unter dem sie auf einer karierten Decke sitzt, zwitschert ein Vogel.

Miss Whittles hat einen Schirm aufgespannt, um Miyo vor der Sonne zu schützen. Ihr Gesicht ist empfindlich.

»Wie heißen Sie eigentlich mit Vornamen, Miss Whittles?« Miyo öffnet die Augen und sieht die Haushälterin an.

»Ich brauche keinen Vornamen«, sagt Miss Whittles. »Ich habe noch nie einen gebraucht und ich wüsste nicht, warum jetzt. Wie kommst du nur immer auf solche Fragen, Kind?«

Miyo zuckt mit den Schultern. »Aber jeder hat doch einen Vornamen«, sagt sie, »ob er ihn nun braucht oder nicht.«

»Dein Vater sollte wirklich langsam einen Lehrer einstellen. Du fragst mir noch ein Loch in meine Steuereinheit.«

Aufgeregt springt Miyo auf die Füße und Miss Whittles hastet mit dem Schirm hinterher. »So warte doch«, ruft sie, aber Miyo ist schon im Haus verschwunden. Miss Whittles schüttelt den Kopf. »Ich glaube, ich werde wirklich alt«, sagt sie.

Mr Kobayashi schiebt sich seine Brille auf die Stirn, als Miyo in den Laden stürmt. »Langsam«, sagt er. »Du schreckst ja die Puppen auf.«

»Papa?« Miyo nimmt seine Hand und legt den Kopf in den Nacken, um ihn besser ansehen zu können. »Wann wirst du einen Lehrer einstellen?«

Mr Kobayashi seufzt. Dieses Gespräch führt er nicht zum ersten Mal. Miyo ist nun fast acht Jahre alt und er kann sich immer noch nicht dazu durchringen, ihr diesen Herzenswunsch zu erfüllen. Er geht in die Hocke und streichelt die kühle Wange. »Du weißt doch, dass das nicht so einfach ist«, sagt er.

»Wegen meines Gesichts. Aber ich bin vorsichtig, ich renne nicht und ich gehe nicht in die Sonne.«

»So, so, dann war das eben sicher ein anderes Kind, das in meinen Laden gestürmt ist.« Mr Kobayashi verbirgt ein Schmunzeln und hustet.

Wie gerne würde er ihr diesen Wunsch erfüllen. Wie gerne

würde er erleben, wie sie all das Wissen in sich aufnimmt, nach dem sie so dürstet. Wie gerne würde er zuhören, wenn sie ihm abends vorliest, was sie am Tag gelernt hat oder ihre Bilder ansehen, die sie ihm stolz präsentiert. Wie gerne würde er sie mit anderen Kindern spielen sehen, würde erleben, wie sie Freunde findet, zum ersten Mal zum Tanzen abgeholt wird … Aber all das darf nicht sein. Niemals.

»Lauf in den Garten«, sagt er. »Ich muss arbeiten. Wir reden später darüber.« Er küsst die kalte Stirn und Miyo drückt ihr Gesicht an seine Wange.

»Ich erinnere dich daran«, sagt sie. »Beim Abendessen. Ich überrede Miss Whittles dazu, dein Leibgericht zu kochen.« Ihre Stimme klingt glücklich und das macht Mr Kobayashi traurig.

»Sie sollten wirklich einen Lehrer einstellen«, sagt Miss Whittles, als Miyo den Raum verlassen hat. »Fairweather hat sie bis heute nicht gefunden und er wird es auch morgen nicht.«

»Die Maske könnte zerbrechen«, sagt er. »Sie könnte sie zu lange der Sonne aussetzen. Sie könnte …«

»Sie könnte hier in Ihrem Garten sitzen, bis sie älter ist als ich«, vollendet Miss Whittles den Satz. »Und was dann? Sie muss lernen damit umzugehen. Allein. Wir werden auch nicht jünger.«

»Ja, ich weiß.« Mr Kobayashi geht im Laden auf und ab und Miss Whittles wartet geduldig, bis er nachgedacht hat.

»Sie sind eine sehr intelligente Frau«, sagt er nach einer Weile und Miss Whittles' Zahnräder drehen sich etwas schneller. »Gut. Miyo muss lernen, aber nicht hier. Wir werden umziehen.«

Miss Whittles' Steuereinheit hat einen panischen, wenn auch nur kurzen Aussetzer. »Umziehen?«, fragt sie. »Sie wollen London verlassen? Aber was wird aus dem Geschäft?«

Mr Kobayashi zieht die Brauen hoch. »Das Geschäft? Wann hat zum letzten Mal ein Kunde den Laden betreten? Wann habe ich zum letzten Mal eine Puppe verkauft?«

Miss Whittles durchforstet ihre Speicherkarten. »Am zweiten September 1894«, sagt sie dann. »Um 15:18 Uhr, an einen Herrn in einem braunen Anzug, der die Puppe für seine Tochter …« Sie stockt. »Oh. Das war vor mehr als zwei Jahren«, flüstert sie dann und ihre Schraubenstimme klingt noch ein wenig rostiger als sonst.

Mr Kobayashi nickt. »Niemand wird uns hier vermissen. Und mein Herz ist nicht an diesen Ort gebunden, arbeiten kann ich genauso gut auf dem Land. Allein Yumikos Gesundheitszustand bereitet mir Sorge. Ich weiß nicht, ob ich ihr die Reise zumuten sollte. Was denken Sie, Miss Whittles?«

Miss Whittles fühlt sich überaus geehrt, nach ihrer Meinung gefragt zu werden, und errötet ein wenig, wie sie es in solchen Momenten immer tut. »Ich denke, Mrs Kobayashi würde eine Luftveränderung guttun«, sagt sie. »Dieser ewige Nebel, der Regen, der Dampf, die schrecklichen Automobile …« Sie schüttelt sich. »Aber vielleicht sollten Sie besser den Arzt befragen.«

»Nein. Nein, ich denke, Sie haben recht.« Mr Kobayashi klatscht in die Hände. »Dann lassen Sie uns den Umzug planen. Ich kümmere mich um ein angemessenes Haus. Vielleicht an der Küste? Ich habe vielleicht schon etwas im Auge. Nun, wir werden sehen.« Ganz Pragmatiker beginnt er, sein Werkzeug zu ordnen. Es gibt noch so viel zu bedenken und zu erledigen.

Reisevorbereitungen an sich sind bereits eine höchstkomplexe Angelegenheit. Wenn man sie möglichst unbemerkt durchführen muss, sind sie eine schier unüberwindbare Herausforderung. Aber Miss Whittles gibt ihr Bestes, was durchaus beachtlich ist. Sie packt und listet auf, wäscht und putzt, bessert aus, sortiert aus und kauft Notwendiges neu.

Mr Kobayashi hat ihr angeboten, eine Hilfe einzustellen, eine … Amber. Miss Whittles kann den Namen nicht einmal denken, ohne dass sich ihr Öldruck erhöht. Man stelle sich vor: eine Amber! Was denkt sich Mr Kobayashi nur dabei? Wer würde die Belange seines Haushalts in die Hände einer Amber legen wollen? Amber lackiert sich die Fingernägel in einem grellen Rosarot und fällt in Ohnmacht, sobald der Wind ihre Frisur zerzaust.

»Wollen Sie den Umzug nutzen, um mich auszurangieren? Neues Haus, neue Haushälterin? Weg mit dem alten Eisen?« Sie schnaubt und einige Zahnräder rasseln aufgebracht.

»Miss Whittles!« Mr Kobayashi hebt beschwichtigend die Hände. »Nie und nimmer würde ich … Niemals! Das sollten Sie doch wissen. Niemandem sonst würde ich trauen, wie ich Ihnen vertraue.«

Miss Whittles nickt, zwar immer noch ein wenig rasselnd, aber ihr Öldruck ist wieder gesunken und eigentlich weiß sie, wie dumm der Gedanke ist. Sie ist bereit einzulenken. »Nun denn«, sagt sie. »Meine Antwort lautet: Nein. Ich denke, das alte Montagsmodell kommt noch ganz passabel allein zurecht.«

Mr Kobayashi spart sich eine Erwiderung, die womöglich neue Diskussionen nach sich ziehen könnte und nickt nur, während er auf seine Taschenuhr blickt.

»Oh je!« Miss Whittles erbleicht vor Schreck. Mr Kobayashis Termin mit Dr Dunnaby hat sie vollkommen vergessen. Was ist sie nur für eine dumme alte Gans. Mit ihren persönlichen Animositäten hat sie Mr Kobayashis Terminplan durcheinandergebracht. Kein Wunder, dass er mit einer Amber liebäugelt. So etwas wird Miss Whittles nie wieder passieren. Niemals!

In Windeseile packt sie Notizbuch und Schreibgarnitur in Mr Kobayashis Aktentasche und holt seinen besten Mantel und den neuen Zylinder. »Es tut mir leid«, sagt sie kleinlaut, als sie ihm in den Mantel hilft.

Mr Kobayashi streift die blendend weißen Handschuhe über und schüttelt den Kopf. »Nein, mir tut es leid. Das war eine ausgesprochen dumme Idee. Wir müssen den Kreis der Eingeweihten möglichst klein halten. Das betrifft auch das Personal. Je weniger Menschen von Miyo wissen, desto besser. Wer weiß schon, wie gewissenhaft diese neumodischen Modelle programmiert sind?«

In Miss Whittles Brust breitet sich eine Wärme aus, die definitiv nichts mit ihrem Öldruck zu tun hat. Sie ist eine Vertrauensperson! Ergriffen presst sie ihre Hände an die Brust, aber bevor sie etwas sagen kann, ist Mr Kobayashi bereits zur Tür hinaus.

Sie blickt ihm noch einen Moment nach, dann besinnt sie sich. Himmel, was steht sie hier herum und hält Maulaffen feil? Das Essen muss zubereitet und die Fenster geputzt werden. Und Miyos Wäsche ist auch noch nicht fertig. Sie klatscht in die Hände und ignoriert das Klappern der Gelenke. Auf, auf ans Werk!

Im Garten des roten Backsteinhauses in Covent Garden blühen Tulpen, Krokusse und Hyazinthen prächtiger als je zuvor, gerade so, als wüssten sie, dass ihre Pracht das Letzte sein würde, auf das Miyo zurückblickt. Miyo ist so aufgeregt, dass sie fast ohne Schuhe in den Garten gelaufen wäre. Miss Whittles hat alle Hände voll zu tun.

Mrs Kobayashi kneift geblendet die Augen zusammen und atmet schwer. Es klingt fast wie das Stöhnen, das der Wind dem Mauerwerk hinter dem Friedhof in kalten Herbstnächten entlockt. Ihre Haut war immer schon hell wie Kirschblüten, doch mittlerweile wirkt sie fast durchscheinend. Arme Yumiko, so schwach und zerbrechlich inmitten all dieses blühenden Lebens.

Sie verlässt das Haus schon lange nur noch in dem klobigen Rollstuhl, den die Schwester kaum bewegen kann. Heute müssen die großen Eisenräder nur bis zur Kutsche bewegt werden, die am hinteren Tor bereits wartet. Leichtes Gepäck auf dem Dach, ein Picknickkorb in der Kabine. Ein zufälliger Beobachter würde es für einen sonntäglichen Familienausflug halten. Und so hat Mr Kobayashi es auch geplant.

Der Großteil der Kleidung und einige Möbelstücke, an denen er besonders hängt, sind bereits auf dem Weg nach Devonshire. Ebenso sein Werkzeug und Yumiko. Die andere Yumiko, die fröhliche, die aufgeregte, die es nicht abwarten kann, endlich im neuen Heim anzukommen.

Ihre Stimme klingt noch in Mr Kobayashis Ohr nach wie eine Erinnerung an zärtliches Streicheln. »Kazuki, Geliebter, endlich werden wir gemeinsam durch den Garten gehen können, dort, in der Abgeschiedenheit, wenn du mir Beine gemacht hast. Auf dem Land bekomme ich meine Beine, nicht wahr, Kazuki?« Und dabei hat sie ihn so angesehen, wie nur sie es kann.

Die meisten seiner Puppen wird er schweren Herzens zurücklassen. So kann Francis Fairweather nicht behaupten, er wolle die Vertragsbedingungen nicht erfüllen. Fairweather kann sich an seinen Kindern bedienen wie es ihm beliebt. Nur das eine, um das es Fairweather wohl von Anfang an gegangen ist, wird ihm auf immer verborgen bleiben.

Mr Kobayashi hilft dem Kutscher, Yumiko in die Kutsche zu heben und es ihr möglichst bequem zu machen. Dabei streift er ihren Arm, der kalt und leblos scheint. Wieder denkt er an die andere Yumiko und zwingt sich gewaltsam ins Hier und Jetzt zurück.

Welch glückliche Fügung, dass Dr Dunnaby sein Landhaus

vermieten wollte. Noch glücklicher aber erscheint es Mr Kobayashi, dass er nicht nur das Haus, sondern auch eine Hauslehrerin dazu bekommt.

Unter normalen Umständen hätte er Miss Dunnaby unmöglich als Erzieherin seiner Tochter akzeptieren können, doch dies sind besondere Umstände und so ist sie die beste Wahl, die ihm bleibt – vielleicht die einzige. Zumal Dr Dunnaby selbst der letzte Mensch auf Erden wäre, der diese Tatsache verbreiten würde. Womöglich weiß nicht einmal Mrs Dunnaby etwas vom Verbleib ihrer Nichte. Aber das ist eine Familienangelegenheit der Dunnabys und soll Mr Kobayashi nicht kümmern. Jede Familie hat ihre eigenen Sorgen zu tragen und ihre eigenen Geschichten zu schreiben.

Miyo riecht verträumt an einer besonders schön gewachsenen Tulpe, während Miss Whittles ihr Gesicht mit dem Schirm vor der Sonne schützt. So wird es immer sein müssen. Irgendjemand wird die kleine Miyo auf immer beschützen müssen. Schmerzhaft wird sich Mr Kobayashi seines Alters bewusst und der Vergänglichkeit allen Lebens. Auch Miss Whittles wird sich eines Tages Rost und Verschleiß ergeben müssen, so gut Dr Dunnaby sie auch warten mag. Und dann? Was wird dann aus Miyo werden?

Schluss mit den trüben Gedanken! Bis zu diesem Tag ist es noch gar zu lange hin, als dass man sich jetzt schon darüber grämen müsste. Bis jetzt hat Mr Kobayashi noch jede Schwierigkeit mit Bravour gemeistert und er arbeitet ja bereits an einer dauerhaften Lösung. Wenn nur das Porzellan etwas entgegenkommender wäre. Aber das wird es sein, er braucht nur mehr Zeit und davon hat er reichlich.

»Komm, Miyo, wir warten auf dich«, ruft er betont fröhlich.

Sie winkt ihm zu, pflückt schnell noch eine Tulpe und rennt zur Kutsche. Miss Whittles mit fliegendem Schirm und flatternden Kabeln hinterher.

Sie atmet erleichtert auf, als sie endlich alle in der Kutsche sitzen und Mr Kobayashi mit dem Knauf seines Stockes an die Kutschwand klopft. Sogleich schnalzt der Kutscher mit der Zunge und lässt die Zügel knallen. Die braven Pferdchen legen sich mächtig ins Zeug und ziehen die Passagiere mit wehenden Mähnen in ein neues Leben.

Francis Fairweather legt die Aktentasche auf den Tresen und ballt die Hände zu Fäusten. Dann hebt er seinen Spazierstock und schlägt einer Puppe den Kopf ab. Der feingearbeitete Alabasterknauf bekommt einen Riss, der ihn noch Jahre später an diese Niederlage erinnern wird. Aus just diesem Grund wird er den Stock auch behalten, zur Erinnerung an sein Versagen.

»Kobayashi«, flüstert er. »Das wirst du mir büßen.«

Die Puppen geben keinen Mucks von sich, sie fürchten den bösen Mann.

Das Geläut lässt alle zusammenfahren, selbst Francis Fairweather zuckt kurz, bevor er den Störenfried mit seinem Blick fixiert. »Lady Strix! Ich will es kaum glauben, dass Sie mir durch die halbe Stadt bis hierher gefolgt sind. Fürchten Sie, ich könnte Sie mit einem Freudenmädchen betrügen?« Er lacht, aber es ist ein freudloses Lachen, in dem man den Zorn spüren kann, der ihn beherrscht.

Jedes andere Lebewesen, und selbst die nicht lebendigen Wesen, würden sich von Fairweather fernhalten, wenn er so gelaunt ist. Nicht so Lady Strix Brouillard.

Sie hebt ihren Kopf und dreht ihn in alle Richtungen. »Hier haben sich ungewöhnliche Dinge ereignet«, sagt sie.

»Ach«, erwidert Fairweather lakonisch.

Unbeeindruckt hüpft Lady Strix durch den Laden, hält inne, dreht den Kopf, hüpft weiter, bis sie vor der Werkstatttür stehen bleibt und mit dem Schnabel an die Tür klopft. »Wenn ich Sie bitten dürfte?«

Fairweather greift in die Manteltasche und schleudert etwas Richtung Tür, das wie ein kleiner Klumpen Kartoffelbrei aussieht. Die Masse bleibt direkt über dem Türknauf kleben, dampft gelblich und explodiert dann recht eindrucksvoll. Der rotglühende Knauf fällt zu Boden, die Tür öffnet sich mit quietschenden Angeln.

Lady Strix klappert mit dem Schnabel. »Himmel«, zischt sie.

»Wohl kaum.« Fairweather grinst. Ein wenig pyromanisch veranlagt ist er schon seit frühester Jugend, Feuerwerk heitert ihn auf.

Lady Strix betritt die Werkstatt und flattert auf den Arbeitstisch. »Dachte ich es mir doch«, sagt sie. »Hier waren Kräfte am Werk. Aber wohl nicht Ihre, liebster Fairweather?«

Widerwillig folgt er Lady Strix in die große Kammer, in der sich fast leere Regale, ein Arbeitstisch und ein Ofen befinden. Er hasst es, wenn sie sich wichtigmacht, aber er ist auch von Natur aus neugierig. Nun schnüffelt er und sieht dabei wie ein Droschkengaul aus, der seinen Hafer wittert. »Bei Asmodis' Bart«, sagt er. »Ich will verdammt sein.«

Er reibt etwas kalte Asche zwischen den Fingern und schnüffelt auch daran. »Pi-pa-puppenmacher«, murmelt er fast tonlos. »Was hast du nur hier drinnen erschaffen?«

Dann durchstöbert er die unteren Regale, während Lady Strix über die oberen hopst und jedes Teil ausgiebig in Augenschein nimmt und manches sogar anknabbert. »Sehen Sie nur«, sagt sie.

Fairweather nimmt den Scherben in die Hand. Es ist einer der ersten Versuche, Yumikos Gesicht nachzubilden. Noch nicht perfekt, aber man erkennt, was der Hersteller im Sinn hatte. »Tztztz«, sagt Fairweather. »Mr Kobayashi scheint abgründiger zu sein, als vermutet. Alter Schwerenöter!« Er lacht laut auf. »Mit solchen Ambitionen kann man doch arbeiten, nicht wahr verehrte Strix?«

Schon wieder denkt Fairweather zu begrenzt, zu klein, viel zu persönlich. Global lautet das Zauberwort, aber ihm das zu erklären, wäre verschwendete Liebesmüh. Deshalb gluckst sie nur mehrdeutig. »Damit kriegen Sie ihn. Ganz vorzüglich.«

»Wer solchen Begierden nachgibt, der ist auch anfällig für andere Laster.« Fairweathers Zorn ist fast vollständig verraucht. »Er mag mir das Kind vorenthalten, aber ihn werde ich bekommen, auf die eine oder andere Weise.«

»Und wir werden den Laden behalten«, sagt Lady Strix.

Fairweather sieht sie verdutzt an. »Wozu? Wollen Sie darin künstliche Mäuse verkaufen? Oder vielleicht Ihre Gewölle?« Wieder lacht er laut auf, er ist aber auch ein vortrefflicher Witzbold.

Lady Strix ignoriert Fairweathers schlechten Humor und sagt: »Träume. Sie werden den Menschen Träume verkaufen. Können Sie sich ein großartigeres Geschäft vorstellen?«

Fairweather kratzt sich am Kinn. »Träume, Wünsche … Das Sehnen ist es, was die Menschen verwundbar macht. Immer sehnen sie sich nach Dingen, die sie nicht haben. Und niemals sind sie zufrieden. Ich werde Illusionen verkaufen.« Er lässt den Knauf des Stockes auf ein Regalbrett knallen und der Riss weitet sich. »Ich bin wahrlich ein Genie.«

2

Miss Jennifer May Dunnaby ist die klügste Frau, die Miyo jemals gesehen hat, sie weiß einfach alles. Gebannt hängt sie an Miss Jennys Lippen, als diese von einem fernen Land namens Afrika erzählt, das bevölkert ist von wilden Tieren und wunderschönen Menschen. Würde Miss Jenny einen Penny bekommen für jedes Mal, wenn Miyo ihren Namen sagt, sie wäre bald eine reiche Frau. Aber Mr Kobayashi zahlt ihr auch jetzt einen fairen Lohn. Ein Leben in Abgeschiedenheit als Erzieherin eines kleinen Mädchens ist nicht das, was sie sich vorgestellt hat, als sie sich ihre Zukunft erträumt hat, aber auf jeden Fall besser als in eine Ehe gezwungen zu werden mit einem alten fast dreißigjährigen Langweiler.

Nein, Sir, so sieht ihre Zukunft nicht aus!

Miss Jenny träumt von Reisen und Abenteuern und ist allzeit bereit, ihrer Bestimmung zu folgen. Eines Tages wird ein Luftschiff landen, das einen Platz für sie bereithält. Dessen ist sie sich sicher. Und so ist sie auch allzeit passend gekleidet, in ihr Abenteuer aufzubrechen. Schwere Stiefel, Reithosen, ein weites, weißes Hemd unter einer engen Lederweste mit vielen kleinen praktischen Taschen, am Gürtel links einen Degen, rechts einen Lederbeutel, der Tabak, Pfeife und ein wenig Geld enthält, daneben ein Holster mit Großvater Dunnabys altem Derringer. Holla, Abenteuer, hier bin ich!

Unwillkürlich schließen sich ihre Finger um den Griff des Degens, als sie von einer Safari berichtet, von wilden Löwen und brennend heißer Sonne. Ihre Stimme wird zu einem Flüstern, als der König des Dschungels sich an die schlafenden Menschen heranpirscht, die Muskeln anspannt und …

Miss Whittles stößt einen spitzen Schrei aus und verheddert sich in den Fäden ihrer Stickerei. »Himmel«, sagt sie. Und noch einmal: »Himmel!«

Miyo kichert und Miss Jenny richtet ihre Kleidung, die bei dem lebhaften Vortrag etwas gelitten hat. Womöglich an der Stelle, als sie auf den Schreibtisch geklettert ist, um die Savanne besser überblicken zu können. Sie räuspert sich und sieht auf ihre Taschenuhr.

Miss Whittles entwirrt ihre Stickerei und sich selbst und besinnt sich ihrer Aufgaben. »Oh«, sagt sie. »Es ist schon fast Zeit für den Tee. Was halten Sie von einer Pause, Miss Dunnaby?«

»Ach bitte, nein!« Miyo sieht Miss Jenny hilfesuchend an, aber Miss Whittles erstickt die Revolution im Keim. Den Fünfuhrtee verpasst man nur, wenn man dem Tode näher ist als dem Leben oder die Grenze bereits überschritten hat. Alle Anwesenden erfreuen sich bester Gesundheit.

»Noch dazu«, sagt sie streng, »freut sich Mr Kobayashi darauf, von den Fortschritten deiner Studien zu erfahren, und die Freude möchtest du deinem Vater doch nicht nehmen.« Das ist keine Frage und Miyo schämt sich ein wenig, dass sie so egoistisch war zu vergessen, wie sehr ihr Vater an der gemeinsamen Stunde hängt.

»Nein«, sagt sie kleinlaut. »Gewiss nicht.«

Miss Jenny grinst breit. »Wir werden morgen weiter lernen. Oder vielleicht, wenn Miss Whittles es erlaubt, erzähle ich dir vor dem Zubettgehen, wie die Geschichte ausgegangen ist.«

Miss Whittles seufzt, das grenzt an Erpressung. Wie könnte sie jetzt nein sagen. »Fragen wir Mr Kobayashi«, erwidert sie diplomatisch.

Miyo springt auf und umarmt sie stürmisch. Mr Kobayashi

wird ihr diesen Wunsch nicht abschlagen. Das wissen sie beide. »Nun kommen Sie schon, Miss Whittles, lassen Sie uns den Tee zubereiten!« Sie zieht die Haushälterin hinter sich her zur Küche.

Vor dem Fenster singt eine Drossel Liebeslieder, im Wäldchen hinter dem Haus trommelt ein Specht einen forschen Marschrhythmus auf Buchenrinde. Mr Hornsby schneidet die Buchsbaumhecken und pfeift die Melodie eines ganz und gar nicht jugendfreien Trinkliedes, während sein Sohn Max, der eigentlich die Schubkarre aus dem Schuppen holen sollte, sich in der Krone der großen Eiche möglichst klein macht, um von dem merkwürdigen Mädchen nicht entdeckt zu werden, das gerade die mechanische Haushälterin am Arm gepackt und aus dem Studierzimmer geschleift hat. Was für eine eingebildete Göre, denkt er. Gestern hat sie ihn beim Holzhacken beobachtet und keine Miene verzogen, als er sie freundlich gegrüßt hat. Die hält sich wohl für die Königin von England! Er klettert ein Stück nach unten, bis die Äste stabiler werden und springt dann ins hohe Gras. Wenn er keine Backpfeife kassieren will, muss er sich jetzt aber sputen.

Francis Fairweather überwacht gerade die Einrichtung seines neuen Geschäfts in Covent Garden. Später am Abend wird er sich mit Amelia Elizabeth Dyer treffen, die ihm ein Kinderherz für seine Sammlung übergeben wird. Eine schreckliche Frau ohne jegliche Manieren, aber die Herzen sind von ausgezeichneter Qualität, rein und immer ausgesprochen frisch.

Miss Jenny denkt daran, wie es wohl wäre, den Tee nicht nur zu trinken, sondern die Teeplantagen in China zu besuchen. Oder Indien. Reitend auf dem Rücken eines mächtigen Elefanten. Ein Schaudern durchläuft ihren Körper. Himmel, das wäre eine Wucht!

Beim Anblick der Rosen regt sich in Yumiko die Erinnerung an Empfindungen, die so tief unter Staub und abgelegten Kleidern vergraben gewesen sind, dass sie sie nicht benennen kann. Gefühle, zart wie der Flügelschlag des Tagpfauenauges, das sich auf dem Rot der Blüte niederlässt. Warme Gefühle, wie der tiefe Blick in die Seele eines geliebten Menschen. Gefühle, so sicher wie der Arm des Vaters oder des Ehemannes.

Yumiko ist erstaunt, wagt es kaum zu atmen. Die kalten grauen Nebelschleier lichten sich nur kurz ein bisschen für ein kleines Stückchen Farbe und Wärme. Später werden sie die Lücke mit Wucht schließen und alles Schöne zurück in die Tiefe drücken, wo es auf immer verloren ist.

Arme Yumiko, arme Miyo. Der Blick auf die Tochter, die eben noch in der Wiege geschrien hat und nun schön wie ein Kirschblütentag durch den Garten springt, will ihr das Herz fast zerdrücken, so stark ist die Scham, das Wissen um ihre Schuld. Wie alt mag sie sein? »Kazuki?«

Mr Kobayashi drückt Yumikos Hand. Sanft nur, zu schwach sind die Glieder. »Sie ist schön wie ihre Mutter.«

»Das ist sie. Doch ist sie … schwermütig?«

»Oh nein, meine Liebe. Hab keine Furcht, Miyo ist fröhlich, überaus klug und wissbegierig.« Er winkt seiner Tochter zu, die schon wieder unvorsichtig ist, schon wieder rennt und springt. Miss Whittles versucht ihr Bestes, doch sie kann Miyos Übermut nicht bremsen und ihre Mechanik wird nicht jünger. Mr Kobayashi muss unbedingt seine Studien fortführen und ein Porzellan entwickeln, das dem Ungestüm gewachsen ist. Flexibel muss es sein, anschmiegsam, hauchdünn, doch ebenso unzerbrechlich und robust. Es muss gelingen.

»Entschuldige, Yumiko, ich bin abgelenkt. Die Arbeit.« Er schüttelt leicht den Kopf, um die Gedanken abzuschütteln. »Was sagtest du?«

»Bring mich hinein, bitte.« Yumiko sieht bleich aus. Vor einem Augenblick nur, schien sie aufzublühen wie die Rosen, die sie so liebt.

Mr Kobayashi macht sich Vorwürfe, er war mit den Gedanken woanders. Was ist nur geschehen? Pflichtschuldig winkt er die Schwester heran und Mr Hornsby, der ihr helfen wird, Yumiko nach oben zu bringen.

Wie hätte ihr Leben sein können, wäre Yumiko nicht der Schwermut verfallen, wäre sie Miyo eine Mutter gewesen. An dem Vertrag mit Francis Fairweather hätte auch das nichts geändert, aber möglicherweise an allem anderen. Noch versteht Miyo die Ausmaße des Problems nicht, noch kann sie unbeschwert Kind sein.

Mr Kobayashi zieht ein makellos weißes Taschentuch aus der Jacke und wischt sich über die Stirn. Ihm ist bewusst wie schnell sich alles ändern kann, wie eng alles miteinander verknüpft ist, wie unerbittlich das Schicksal die Würfel fallen lässt.

Miss Whittles rollt einen Servierwagen auf die Terrasse und läutet mit der kleinen Glocke, an der sie einen Narren gefressen hat. »Teatime!«, ruft sie fröhlich. Um zu unterstreichen, dass sie keine Verzögerung duldet, klatscht sie dabei in die Hände.

Und tatsächlich kommt Miyo sogleich herbeigelaufen und setzt sich gesittet neben Miss Dunnaby, die trotz ihres recht absonderlichen Auftretens anscheinend einen guten Einfluss auf das Kind ausübt.

Mr Kobayashi nimmt ebenfalls Platz und Miss Whittles reicht ihm einen Teller mit Scones und Clottet Cream, nicht ohne zu erwähnen, dass sie die Brötchen soeben selbst gebacken hat.

»Sie riechen wie ein Geschenk des Himmels«, sagt Mr Kobayashi. »Aber die Scones duften auch ganz köstlich.«

Miss Whittles hält in der Bewegung inne, öffnet den Mund, schließt ihn wieder und schnauft konsterniert. »Mr Kobayashi!«

Miss Dunnaby bricht in unkontrolliertes Lachen aus und auch Miyo kichert, während sie verzückt kaut.

Mr Kobayashi nimmt sich noch einen Schlag Clottet Cream und lehnt sich zurück. Möglicherweise spielte das Schicksal ihnen doch nicht die schlechtesten Karten zu. Es muss nicht immer ein Royal Flush sein, auch mit einem Paar Damen kann man das Spiel machen, mit etwas Glück.

Aber Kazuki, du hast es versprochen!« Ihre Lippen zucken und in den Augenwinkeln schimmern Tränen.

Das ist nicht möglich, Mr Kobayashi schüttelt den Kopf und blinzelt, das ist technisch gar nicht möglich. »Es tut mir leid«, sagt er, »aber diese Arbeit ist im Moment wichtiger, das verstehst du doch, nicht wahr?«

Sie versteht es nicht, wie könnte sie auch. Mr Kobayashi schilt sich einen dummen alten Mann. Er hat seinen Träumen viel zu viel Macht gegeben – Fantasien und Spinnereien. Dies ist nicht Yumiko und wird es niemals sein. »Ich muss die Porzellanmasse für Miyos Maske verbessern«, sagt er, aber mehr zu sich selbst als zu Yumikos künstlichem Abbild. »Die Flexibilität erhöhen, ohne dass die Haltbarkeit darunter leidet.«

Er verwendet nur feinste Tonerden, die er extra zu diesem Zweck aus Japan importieren lässt, er experimentiert mit der Brenndauer, es sind Nuancen, die das Ergebnis erheblich beeinflussen können. Doch auch dieses Mal sieht er schon direkt nach dem Brennen, dass die Maske sehr gut, aber nicht perfekt geworden ist. Hart und stoßfest ist sie, von zauberhafter Farbe, jedoch nicht anpassungsfähig genug.

»Es gelingt nicht, Kazuki. Das kann ich an deinem Gesicht ablesen, mein armer Mann.« Yumikos Stimme klingt viel weniger mitfühlend, als ihm lieb ist. Anteilnahme am Befinden anderer Lebewesen ist ihr fremd. Wie hatte er nur annehmen können, dass sie zu Regungen wie Mitgefühl oder gar Liebe fähig sein könnte?

»Du hast recht«, sagt er. »Es ist nicht gelungen. Doch das wird es. Irgendwann wird es gelingen.«

»In der Zwischenzeit«, schnurrt sie, »könntest du dich doch um meine Beine kümmern. Kazuki? Ich langweile mich hier drinnen zu Tode. Du besuchst mich zu selten und wenn du hier bist, kümmerst du dich nur um *ihr* Gesicht. Was ist mit mir?«

Er starrt sie ausdruckslos an und sie merkt, dass sie einen Fehler gemacht hat. »Mit uns«, sagt sie schnell. »Was wird mit uns? Wir wollten doch zusammen durch den Garten spazieren? Uns halten, uns … lieben.« Sie hebt den Fächer und spielt die Schüchterne.

Mr Kobayashi kann ihre Anwesenheit nicht mehr ertragen, er umfasst den Torso und zieht den Schlüssel ab.

»Aber Kazu…« Ihr Kopf sinkt auf die Brust.

Miss Whittles klopft an und betritt die Werkstatt, nachdem er sie hereingerufen hat. »Ist es Ihnen recht, wenn ich jetzt Bericht erstatte? Mrs Kobayashi macht gute Fortschritte.«

»Sehr gern, aber lassen Sie uns dazu nach oben gehen. Womöglich findet sich in Ihrer Küche noch eines dieser köstlichen Scones? Und ein Tässchen Tee?«

Miss Whittles ist hocherfreut, dass ihre neuerworbenen Backkünste einen solchen Anklang finden. Und tatsächlich hat sie noch einige der Brötchen aufbewahrt. Die kann sie fix aufbacken und frischer Tee ist auch schnell zubereitet.

»Gehen Sie nur schon«, sagt Mr Kobayashi. »Ich räume hier noch auf, dann reden wir in der Küche.«

Miss Whittles schließt die Tür und eilt die steile Treppe hinauf.

Mr Kobayashi betrachtet Yumiko. Sie ist so wunderschön, dass ihm das Herz schwer wird, und er ist versucht, sie wieder einzuschalten – einen Moment nur. Sie könnte lernen, ihn zu lieben, könnte lernen, rücksichtsvoll und gütig zu sein. Seine Hand wandert zu dem Schlüssel, aber dann hält er inne. Nein, das wären nur Illusionen. Dumme Fantasiegebilde. Niemals kann sie echte Gefühle entwickeln, niemals kann sie die echte Yumiko ersetzen. Kurzentschlossen wirft er ein Tuch über den reglosen Torso, die missglückte Porzellanmaske legt er ins Regal zu den anderen, als Zwischenlösung wird sie tadellos funktionieren. Dann löscht er das Licht und folgt Miss Whittels nach oben.

Die Zeit vergeht gemächlich auf dem Land und doch vergeht sie, ticktack ticktack. Die Bewohner des hübschen Cottages sind zufrieden in ihrer kleinen Welt. Mr Hornsby hat den Garten in ein wahres Paradies verwandelt, das nun friedlich unter einer dicken Mulchschicht bis zum Frühling ruht, Miss Whittles selbstgemachte Erdbeerkonfitüre ist zu nationaler Berühmtheit gelangt, Marie Curie entdeckt just in diesem Moment die Radioaktivität, Miss Jenny ist von Miyos Fortschritten begeistert, Yumiko hat persönlich den Schmuck für den gewaltigen Weihnachtsbaum ausgewählt, den Mr Hornsby selbst geschlagen hat, und auch Mr Kobayashi hat fast vergessen, warum sie aus der Stadt geflüchtet sind. Miyo ist glücklich.

Mr Hornsby hat seinen Sohn nach draußen geschickt, um noch etwas Brennholz zu holen. Mürrisch stapft der Junge zum Schuppen. Es ist düster, der Mond versteckt sich hinter bauschigen Wolken und es riecht sogar ein wenig nach Schnee. Max öffnet die Schuppentür, aber ein Schnaufen lässt ihn innehalten. Lautlos greift er sich das Beil, das noch im Hauklotz steckt und folgt dem Schnaufen bis zu einer kleinen Bank, die versteckt hinter hohen Hecken steht und vom Haus aus nicht zu sehen ist.

Miyo hält ihr Gesicht in den kalten Dezemberwind. Ihre Wangen sind gerötet, die Haut spannt schmerzhaft über den Wangenknochen. Ein wunderbares Gefühl. Tränen rinnen unter den geschlossenen Lidern hervor und sammeln sich als winzige Eiszapfen an der zierlichen Nase. Die Porzellanmaske hält sie mit den Händen in ihrem Schoß sicher umklammert.

In diesem Moment ist sie tatsächlich glücklich und gleichzeitig könnte ihre Traurigkeit nicht größer sein, zitternd, weinend, das Gesicht kalt und schmerzend. Aber es ist ihr eigenes Gesicht, in das der Wind so unerbittlich beißt, ihre eigenen Wangen, die er schmerzen lässt. Und sie kann lachen und weinen und frei sein.

Wenn Mr Kobayashi wüsste, was Miyo in der Dunkelheit mondverhangener Nächte dort auf der kleinen Bank tut, er würde sie wegsperren, bis er endlich die Rezeptur für die verbesserte Maske gefunden hat. Doch er weiß es nicht, auch Miss Whittles ahnt nichts davon, nur Miss Jenny hat einen leisen Verdacht, dass Miyo sich gelegentlich einen kleinen Ausflug gönnt, um allein zu sein, würde dem aber niemals nachgehen oder sie gar verraten.

Max Hornsby lässt das Beil sinken. Ach, nur die hochnäsige Tochter des Hauses. Schon will er zurück zum Schuppen gehen, um seine Aufgabe zu verrichten, da schimmert das Mondlicht zwischen den Wolken hindurch, eine Sekunde nur, aber die Zeit reicht aus, um Miyos Gesicht zu sehen. Jetzt ist es Max, der die kalte Nachtluft geräuschvoll in die Lungen saugt. Noch nie zuvor hat er ein so schönes Mädchen gesehen. Gar nicht hochnäsig und überheblich wirkt sie im Mondlicht. Und sie weint! Ihm fehlen die

Worte, um zu beschreiben, was der Anblick in seinem jungen Herzen auslöst. Auch Jahre später noch wird es ihm an Wortgewandtheit fehlen, doch niemals bis zu seinem Tod wird er vergessen, was er in diesem Augenblick gefühlt hat.

Ohne nachzudenken geht er zu dem Mädchen und setzt sich neben sie auf die Bank. Sie schreckt auf, unterdrückt einen Schrei und wischt sich mit dem Handschuh über das Gesicht. Sie wendet sich ab und als sie sich wieder zu Max umdreht, trägt sie wieder die Maske. Ebenfalls schön, aber kalt und ohne Leben in den starren Gesichtszügen. Trotzdem nimmt er ihre Hand in seine. Und so sitzen sie gemeinsam in der Dunkelheit auf der Bank, ohne ein einziges Wort zu wechseln.

Miyo wagt es kaum zu atmen. Noch nie hat ein Junge ihre Hand gehalten. Sie spürt die Wärme, die trotz der eisigen Kälte von seinen Händen ausgeht, an den Handflächen spürt sie die Schwielen von der Gartenarbeit. Aber er hält ihre Hand ganz sanft, gerade so, als hielte er ein Vögelchen, das aus dem Nest gefallen ist.

Als die Wolken sich teilen und der Mond auf die beiden hinunter sieht, besinnt Miyo sich der Gefahr, entdeckt zu werden. Miss Whittles verwendet die Nachtstunden dazu, ihre Zahnräder zu schmieren und die Gelenke zu ölen. Das ist die Zeit, in der sich Miyo für gewöhnlich alleine hinausstielt, aber wenn Miss Whittles mit ihren Wartungsarbeiten fertig ist, sieht sie nach dem Mädchen, bevor sie sich dann löchriger Socken oder zerknitterter Kleider annimmt.

»Ich muss gehen«, sagt sie deshalb und zieht ihre Hand ganz vorsichtig aus der von Max.

Er sieht ihr nicht ins Gesicht, nickt aber. »Sehen wir uns wieder?«, fragt er. »Allein, meine ich.« Er räuspert sich und steht auf, vergräbt die Hände tief in den Hosentaschen und wippt auf den Fußballen. Den Blick hat er auf Miyos Hände gerichtet.

Miyo weiß nicht, was sie ihm antworten soll. Möchte sie ihn

denn wiedersehen? Ihr Herz beantwortet die Frage mit einem aufgeregten Hüpfer, aber bevor sie antworten kann, hört sie Mr Hornsby nach seinem Sohn rufen, und er klingt nicht gerade freundlich.

Max dreht sich auf dem Absatz um und lässt sie allein auf der Bank zurück. Langsam steht sie auf und faltet die flauschige Decke zusammen, in die sie sich eingewickelt hat. Trotzdem ist sie durchgefroren bis auf die Knochen, hoffentlich hat sie sich keine Erkältung geholt. Nur die Hand, die eben in seiner Hand geborgen lag, fühlt sich immer noch warm an.

Niemand weiß, ob es die Kälte des Winters ist, die Yumikos Gemütszustand so rapide ins Gegenteil kehrt – die Weihnachtszeit, die wenigen hellen Stunden am Tage? Niemand vermag zu sagen, was den Niedergang ausgelöst hat. Aber es geht bergab und das in Siebenmeilenschritten.

Schon am Morgen des ersten Weihnachtsfeiertages reicht ihre Kraft nicht mehr aus, um aufzustehen, schwach ist sie und unsagbar traurig, dermaßen traurig, dass sie nicht einmal mehr zu weinen vermag. So traurig, dass sie nichts und niemanden um sich herum wahrnimmt, gerade so, als wäre dort nur Dunkelheit. Wahrscheinlich ist es genau das, was sie empfindet.

In der Halle, an dem prächtigen Baum, brennen hundert rote Kerzen und tauchen alles und jeden in warmes, gelbes Licht, fast fühlt Mr Kobayashi sich selbst erhaben im Kerzenschimmer, auf jeden Fall aber spürt er Demut im Herzen. Doch mit jeder Stufe, die er nach oben nimmt, mit jedem Schritt, den er tut, um sich Yumikos Zimmer zu nähern, weicht das warme Gefühl der Furcht.

Furcht vor ihrem leeren Blick, den bleichen Lippen, vor allem aber Furcht vor der eigenen Hilflosigkeit.

Miss Whittles überschlägt sich geradezu mit fürsorglichen Gesten. Sie bringt ein weiteres weiches Kissen, frischen Tee, der neben dem vorigen erkaltet, heiße Suppe, die niemand anrührt, doch nichts hilft, nichts kann Yumiko zurück in den Schoß der liebenden Familie bringen. Am 26. Dezember, zur gleichen Zeit verkündet das Ehepaar Curie der Welt die Entdeckung der Radioaktivität, schickt Mr Kobayashi nach dem Arzt.

»Es tut mir leid, Mr Kobayashi«, sagt Dr Finch, nachdem er Yumiko fast eine Stunde lang untersucht hat, »aber ich stehe vor einem Rätsel. Mrs Kobayashi scheint körperlich kerngesund, sehr schwach, sicher, jedoch kann ich kein körperliches Leiden erkennen, das sie dermaßen schnell in einen solchen Zustand versetzen könnte.«

Mr Kobayashi atmet tief ein und aus. »Die Schwermut«, sagt er.

Dr Finch nickt. »Es gibt eine kleine Klinik in Exiter, eine private Einrichtung.«

»Ein Irrenhaus?« Mr Kobayashi schüttelt verärgert den Kopf. »Ich soll meine Frau in ein Irrenhaus geben?« Seine Stimme bekommt einen drohenden Unterton, so sehr erregt ihn die Vorstellung: Yumiko inmitten kreischender Verrückter, angekettet womöglich, allein und angsterfüllt.

»Oh nein, Sir!« Der Arzt hebt fast unterwürfig die Hände. »Es handelt sich um eine Klinik für psychisch Kranke. Ein Institut mit untadeligem Ruf.«

Mr Kobayashi ignoriert das Gesagte und weist zur Tür. »Vielen Dank, Herr Doktor, Miss Whittles wird Sie zur Tür begleiten. Ich wünsche frohe Weihnachten.« Er wendet sich ab und tritt zu Yumiko ans Bett, ergreift ihre Hand. So zierlich, so zerbrechlich. »Ach Yumiko«, sagt er. Die anderen Anwesenden hat er vollkommen vergessen.

»Bitte, Sir«, raunt Miss Whittles Dr Finch zu.

Er nickt. »Natürlich. Es tut mir sehr leid«, fügt er zu Mr Kobayashi gewandt hinzu, obwohl der ihn weder hört noch wahrnimmt. Dann geht er zur Tür und gibt Miss Whittles noch einige Anweisungen. Warmhalten soll sie Mrs Kobayashi, wenn möglich, soll sie ihr viel Flüssigkeit einflößen. Mehr könne sie nicht tun. »Es tut mir leid«, sagt er noch einmal und er meint es wirklich so.

Miss Whittles versteht nicht, was genau ihm leidtut, doch Mr Kobayashi hatte es bereits verstanden, bevor der Arzt es aussprach. Er kann nichts mehr für Yumiko tun, niemand kann das, sie hat aufgegeben.

Yumiko schläft nicht, sie träumt nicht, aber sie ist weit fort, an einem Ort, an dem Schnee nicht weiß und Kerzenschein nicht warm ist, alles dort ist finster, kalt und hoffnungslos. Und totenstill.

Eine frische Schneeschicht bedeckt den Boden wie ein Leichentuch, als wolle der Himmel eine passende Atmosphäre schaffen. Doch niemand weiß diese außergewöhnlichen Bemühungen des Wetters zu würdigen. Miss Whittles weint sich die Schrauben aus dem Kopf, schon zweimal hat sie sich verstohlen bücken müssen, um sie wieder aufzusammeln. Das ist ihr zwar unglaublich unangenehm, doch just in dieser Situation buchstäblich den ganzen Kopf zu verlieren, wäre noch viel unangenehmer. Sie hält Miyos Hand, die wie ein totes Vögelchen schlaff und kraftlos in ihrer liegt.

Mr Kobayashi steht mit undurchdringlicher Miene an Yumikos

Grab. Der Wind zupft an seiner Krawatte, er bemerkt es nicht, auch nicht die Schneekristalle, die sich auf seiner Hutkrempe niedergelassen haben. Yumiko ist tot. Sie ist tot. Yumiko.

Sie hat diese Welt so lautlos verlassen, wie sie in ihr lebte. Ganz sanft überschritt sie die Grenze vom Reich des Schlafes zur Totenwelt, fast ließ sich kein Unterschied feststellen, nur das zaghafte Heben und Senken ihres Brustkorbs hörte auf. Einatmen, ausatmen, Stille.

Mr Kobayashis Welt hat den Angelpunkt verloren, sie kippt ein wenig zur Seite. Er muss die Füße fest in den Boden stemmen, um nicht zu wanken und zu fallen. Seine Augen sind trocken, aber sein Herz zieht sich in schmerzhaften Krämpfen zusammen und das Atmen fällt ihm schwer. Ganz am Rande seiner Wahrnehmung hört er Miss Whittles schluchzen und ihm wird bewusst, dass er nicht allein auf der Welt ist. Miyo, kleine Miyo.

Sie starrt ausdruckslos auf den Boden, so ausdruckslos, wie die Maske es ihren Gesichtszügen vorgibt. Was sich in ihrem Inneren abspielt, ist von außen nicht sichtbar. Miyo kann den Schmerz kaum ertragen. Er liegt unter der Maske gefangen wie sie selbst. Sie greift nach dem falschen, starren Gesicht, will es herunterreißen, doch Mr Kobayashi ahnt, was sie vorhat. Er packt ihren Arm, drückt ihn sanft nach unten.

Miyo schlägt Mr Kobayashis Hand zur Seite, schüttelt Miss Whittles ab, und bevor die beiden wissen, was geschieht, ist sie auf den Beinen und rennt, so schnell sie kann, davon.

Miss Whittles reagiert instinktiv, sie rennt Miyo nach, ruft immer wieder ihren Namen, doch Haushälterinnen sind nun einmal nicht für Langstreckenläufe konstruiert. Ihre Gelenke knirschen bereits besorgniserregend, sodass sie bald aufgeben muss.

Mr Kobayashi hetzt an ihr vorbei, er verschwendet keinen Atem für Rufe, die Miyo sowieso nicht hört, sie rennt blindlinks immer weiter, über die große Wiese, direkt auf die Landstraße zu, auf der sich das Fuhrwerk eines Bauern nähert. Der massige Kaltblüter zieht den großen, mit Brennholz beladenen Wagen, als wäre er aus Watte. Als Miyo sich nähert, stampft er unruhig mit den schweren Hufen. Mr Kobayashi holt auf. Seine Lungen pfeifen und schmerzen bei jedem Atemzug, fast hätte er Miyos Mantel greifen können. Sie rennt direkt vor das schwere Arbeitspferd, das trotz seiner Größe scheut und hochsteigt. Mr Kobayashi springt, stößt seine Tochter mit letzter Kraft beiseite und sieht noch im Fallen, wie sie in eine Schneewehe am Wegesrand stürzt. In Sicherheit, dem Himmel sei Dank, sie ist in Sicherheit.

Dann trampeln ihn die gewaltigen Hufe nieder. Mr Kobayashi wird durch die Luft geschleudert, als der schlingernde Wagen ihn erfasst. Knochen brechen. Der Schrei des Bauern, Wiehern, Miss Whittles Kreischen, Miyos Augen, geweitet und voller Entsetzen. Aber sie ist in Sicherheit, Miyo ist in Sicherheit. Dann hört und sieht und spürt Mr Kobayashi nichts mehr. Um ihn herum wird es so dunkel wie in Yumikos Grab. Dunkel und still.

Max steht in gewohnter Haltung vor ihrer Bank, mit gespreizten Beinen, die Hände tief in den Hosentaschen vergraben. Er legt den Kopf in den Nacken; die Sehnen an seinem Hals sind gespannt wie Drahtseile. Groß ist der Junge geworden, in seinen Zügen ist bereits der Mann erkennbar, der er bald sein wird. Seine Stimme klingt rau, unwillkürlich imitiert er den Tonfall seines Vaters.

»Wir sehen uns kaum noch und wenn, dann nimmst du die Maske nicht ab.« Er sieht Miyo nur widerwillig in das künstliche Gesicht. Dann räuspert er sich und setzt sich neben sie, nimmt nach kurzem Zögern ihre Hand. »Ich dachte, du magst mich«, sagt er.

»Aber das tue ich, das weißt du doch.«

»Das sagst du, aber woher soll ich …« Er schüttelt den Kopf. »Schon gut, das war dumm von mir. Ich weiß ja, wie schwer es für dich ist.«

Miyo drückt seine Hand etwas fester. Niemand weiß, *wie* schwer das alles für sie ist. Der Schmerz, der tief in ihr vergraben liegt, ist an manchen Tagen kaum auszuhalten. Sie fühlt sich schuldig am Tod ihrer Mutter und am Unfall ihres Vaters, wegen ihr sind sie alle hier gefangen, wegen ihr kann Mr Kobayashi nur noch unter großen Schmerzen am Stock gehen.

Zuerst hatte alles nicht so schlimm ausgesehen. Zwei Knochenbrüche, die gut zu verheilen schienen. Doch dann entzündete sich die Wunde. Mr Kobayashis Bein schwoll an wie ein Heißluftballon und bald lag er im Fieberwahn danieder. Miss Whittles wich keine Sekunde von seiner Seite. Wahrscheinlich hielt ihn nur das Wissen am Leben, dass Miyo ohne ihn verloren sein würde. Und das Morphium, das Dr Finch ihm regelmäßig verabreichte, um die Schmerzen zu lindern. Mr Kobayashi hat überlebt, doch der Schmerz wird ihn nun auf immer begleiten.

»Ich habe dich sehr gern«, sagt Max. »Und ich würde gerne öfter mit dir zusammen sein, nicht nur heimlich ein paar Minuten in der Nacht. Die Maske ist mir egal!« Fast angriffslustig betrachtet er jetzt das feine weiße Porzellan, dann senkt er den Blick und atmet tief ein und aus.

Er würde es mit der ganzen Welt aufnehmen, würde jeden Gegner zu Boden schlagen und bis aufs Blut für Miyo kämpfen. Aber was kann er ausrichten gegen dieses künstliche Gesicht, das Miyos wahres Ich auf immer verdecken wird? Natürlich ist sie darunter, warm, weich und verletzlich. Aber er weiß nie, was sie fühlt, findet keine Bestätigung, sei es durch ein leichtes Erröten, ein Lächeln oder auch ein Stirnrunzeln. Immer derselbe sterile Gleichmut, der ihn hilflos und wütend macht. Das Leben ist so ungerecht.

Miyo schmiegt sich an ihn und hält seine Hand ganz fest in ihrer. »Ich weiß«, sagt sie. »All das würde ich auch gerne tun. Aber es geht nicht. Mein Vater … Er will mich doch nur beschützen.«

Ungestüm springt Max auf. »Aber wovor denn nur? Niemand wird dir etwas antun. Ich beschütze dich mit meinem Leben!«

Miyos Herz macht einen dieser ungestümen Hüpfer, die es in Max' Gegenwart manchmal vollführt. Wie sehr sie diesen Jungen mag, aber sie weiß auch, dass ihr Vater ihr verbieten würde, Max zu sehen. Es bleiben ihnen nur die wenigen gestohlenen Minuten auf ihrer Bank, mit dem Mond als ihrem einzigen Zeugen.

»Dann laufen wir zusammen weg«, flüstert Max, als hätte er ihre Gedanken erraten. »Ich bin stark, ich kann für uns sorgen.«

Miyo steht auf und drückt seine Hand zum Abschied. »Es wird Zeit«, sagt sie.

Max verschränkt die Arme vor der Brust. »Du wirst nicht mit mir weggehen, nicht wahr? Niemals.«

Miyo macht einen Schritt auf ihn zu, hebt die Maske und drückt ihm einen sanften Kuss auf die Wange. Dann dreht sie sich um und läuft mit schnellen Schritten zurück zum Haus.

Max sieht ihr nach, die Finger noch dort, wo ihre Lippen ihn berührt haben.

Mr Kobayashi schließt die Augen und spürt dem flüssigen Feuer nach, das heiß durch seine Blutbahnen rauscht. Sein Atem wird flacher, alles liegt unter einer dicken Watteschicht begraben. Nur undeutlich nimmt er Dr Finchs Stimme wahr.

»Was?«, fragt er, aber er ist sich nicht sicher, ob er das Wort tatsächlich ausgesprochen hat, nur langsam finden die Gedanken einen Weg. Mit aller Gewalt reißt er sich zusammen und öffnet die Augen. »Doktor?«

Dr Finch packt gerade die Spritze und den Gummischlauch in seine schwarze Tasche und lässt den Verschluss zuschnappen. Das Geräusch des Schlosses erreicht Mr Kobayashis Ohren erst, als Dr Finch bereits den Lederriemen festgezurrt hat. Dr Finch sieht besorgt auf seinen Patienten hinab. »Wir können die Dosis erhöhen«, sagt er, »und sie morgens und abends verabreichen, aber …« Er macht ein Schnalzgeräusch mit der Zunge. »Wenn Sie sich weiterhin weigern, im Bett zu bleiben, kann ich Ihnen nicht helfen. Die Entzündung braucht Zeit zu heilen.«

Zeit. Mr Kobayashi stöhnt auf. Bis das Morphium seine Wirkung entfaltet, dauert es für gewöhnlich ein paar Minuten, aber ihm ist schon vor Dr Finchs Ermahnung klar gewesen, dass ihm niemand mehr helfen kann. Seit zwei Jahren quält er sich von Entzündung zu Entzündung, aber er wird nie wieder schmerzfrei gehen können.

»Halten Sie die alte Dampflock am Laufen, Doktor, und alles andere überlassen Sie mir.« Er stützt sich schwer auf seinen Gehstock, kommt nur mit Mühe auf die Beine, das Gesicht schmerzverzerrt, Schweißperlen auf der Stirn. Mr Kobayashis Körper riecht nach altem Lebertran; er schwitzt das Gift aus jeder Pore. Ihm bleiben zwei gute Stunden nach der Injektion.

Wenn sein Kopf wieder klar ist, aber die Glieder noch betäubt sind, hat er zwei Stunden, in denen er in seine Werkstatt gehen und an Miyos Maske weiterarbeiten kann. Und er macht Fortschritte. Es mag ihm nicht mehr viel Zeit bleiben, aber sie wird ausreichen, um sein Werk zu vollenden. Was danach mit ihm geschieht, ist zweitrangig, Miyos Glück – ihr Leben liegt in seinen Händen.

Er bedeutet dem Arzt zu gehen, weist ihm praktisch die Tür und humpelt bereits Richtung Treppe. Hinunter ins Foyer, dann in den Keller. »Wir sehen uns also morgen um acht Uhr früh, und dann noch einmal abends zu gewohnter Stunde, Doktor. Sie werden es nicht bereuen«, fügt er hinzu, den Gesichtsausdruck des Arztes falsch deutend.

Dr Finch sorgt sich um Mr Kobayashi. Morphium ist ein tückischer Diener, wenn man sich erst blind darauf verlässt, macht es seinen Herrn zum Sklaven. Aber was soll's. Die Waagschale in die eine oder andere Richtung zu kippen, liegt nicht an Dr Finch. Er ist nur ein einfacher Landarzt mit einem kleinen Haus, das bezahlt werden muss, einer Praxis, die direkt neben der Wohnstube liegt und einer Frau, die schneller verwelkt als ein Strauß Mohnblumen im August.

Mr Kobayashi ist bereits in seiner Werkstatt verschwunden, ohne Dr Finch zur Tür zu begleiten. Der setzt sich rasch seinen Hut auf, wirft seinen Mantel über den Arm, der die Arzttasche hält, und macht sich auf den Heimweg.

»Ich muss schon sagen, ich bin ausgesprochen zufrieden mit der Entwicklung!«

Dr Finch lässt die Arzttasche fallen und sieht sich erschrocken um. Einen Moment später hat er sich wieder gefasst, hängt Hut und Mantel an die Garderobe und knetet nervös seine Hände. Der Besucher sitzt in der dunkeln Wohnstube und hebt sich nur schemenhaft von der Einrichtung ab. Elisabeth, Dr Finchs Frau, ist nirgends zu sehen. Im Haus ist es grabesstill.

»Mrs Finch hat sich bereits hingelegt.« Der Mann macht eine

kreisende Bewegung mit der Hand und Dr Finch schluckt trocken. »Und auch Sie sollten sich bald zur Ruhe begeben, wenn Sie verstehen, was ich meine.« Er schließt die Hand um den Alabasterknauf seines Stockes und fährt mit dem Daumennagel über einen unregelmäßigen Riss darin.

Dr Finch schluckt noch einmal. »Nun ja, ich … wenn Sie es sagen … sicher«, stottert er.

»Zur Hölle.« Der Besucher erhebt sich, richtet seine goldfarbene Krawatte und knirscht mit den Zähnen, nur um sich an dem Schauder zu weiden, den das Geräusch in Dr Finch auslöst. »Doktor«, sagt er leise, »wenn Sie die Wüste wässern wollen, dann wäre heute der Tag dafür.« Der Stock saust auf den kleinen Couchtisch, zwei Tassen zerspringen. »Heute ist der Tag der Tage, an dem Ihr sehnlichster Wunsch in Erfüllung geht. Verstehen Sie, Doktor?«

Dr Finch nickt, er hat verstanden, heute wird er den Sohn zeugen, auf den er so viele Jahre vergeblich gehofft hat. Was gehen ihn schon die Zwistigkeiten reicher Leute an? Der Mann, Mr … er überlegt krampfhaft, er kennt seinen Namen, hat ihn schon oft gehört, schon selbst ausgesprochen, er liegt ihm auf der Zunge. Mr … wird schon seine Gründe haben, warum er so versessen darauf ist, dass Mr Kobayashi der Morphiumsucht verfällt. Und was macht es schon, dass er das Ganze ein wenig beschleunigt hat? Irgendwann wäre es erfahrungsgemäß sowieso dazu gekommen, auch ohne sein Zutun. Aber auf diese Weise kann er sein kleines, beschauliches Leben endlich komplettieren.

Doch die Erfüllung mancher Wünsche hat einen zu hohen Preis. Einen Sohn wird Dr Finch zweifelsohne zeugen, in nicht einmal sechzig Minuten wird sein Samen Frucht tragen. Doch wird er mit diesem Jungen nie das Haus verlassen. Er wird ihn nichts lehren, wird nicht zusehen, wie er in die Fußstapfen des Vaters tritt. Mrs Finch wird zugrunde gehen an dem Wesen, das unmöglich in ihr gewachsen sein kann, und Dr Finch wird verbittert und einsam sterben, immer das unmenschliche Geschrei des namenlosen Dings im Ohr, das er mit einem schweren Daunenkissen endgültig zum Schweigen gebracht hat. Einige Wünsche bleiben besser unerfüllt.

»Nun los, worauf warten Sie denn, Doktor? Auf keinen Fall werde ich diesen Teil des Handels auch noch für Sie erledigen. Meine Arbeit ist getan, nun ist es an Ihnen. Die Sporen angeschnallt und aufs Pferdchen, Doktor!« Der Besucher lacht klangvoll, beinahe angenehm, wäre da nicht diese unterschwellige Häme, als Dr Finch gehorsam nach oben ins Schlafzimmer geht.

»Und vergessen Sie unseren Handel nicht«, ruft der Besucher ihm nach. »Vertrag ist Vertrag!« Er bleibt am Fuß der Treppe stehen, bis er das rhythmische Quietschen rostiger Bettfedern vernimmt. Noch einmal macht er eine kreisende Bewegung mit der Hand, dann setzt er sich seinen nagelneuen Zylinder auf und macht sich auf den Weg zurück nach London. Der Handel mit Wünschen ist nicht das schlechteste Gewerbe, daran könnte er sich glatt gewöhnen.

Mr Kobayashi stützt sich schwer auf den Arbeitstisch, atmet angestrengt und ungleichmäßig. Um die Ziffern seiner Taschenuhr erkennen zu können, muss er die Augen zusammenkneifen und sich konzentrieren. Noch zwei Stunden, bis Dr Finch zu seinem täglichen Abendbesuch erscheint – dreimal am Tag kommt der Arzt mittlerweile vorbei, um Mr Kobayashi das Morphium zu injizieren, ohne das er es nicht einmal mehr aus dem Bett schafft.

»Es ist so weit, Geliebter.« Yumiko deutet auf den Ofen, Mr

Kobayashi hat ihr erklärt, worauf sie zu achten hat und so kann sie einfache Aufgaben übernehmen, wie die, ihm zu sagen, wenn es Zeit ist, den Scherben aus dem Ofen zu nehmen.

Er wirft einen Blick hinein und sie hat recht, es ist so weit. Mr Kobayashi fürchtet eine weitere Niederlage. Wie viele davon kann er noch durchstehen, bis sein Geist sich endgültig dem Morphium unterworfen hat?

Konzentration, bis die Hände aufhören zu zittern, höchste Willenskraft, bis die Augen nicht mehr unstet hinter die reale Welt blicken. Er nimmt den Scherben heraus und legt ihn vorsichtig zum Abkühlen auf den Rost. Dann setzt er sich stöhnend in den abgenutzten Lehnstuhl und gestattet sich eine Auszeit vom grellen Werkstattlicht und den quälenden Gedanken, die kontinuierlich um sein Ableben kreisen und um die Frage, was wohl ohne ihn aus Miyo werden würde.

Yumiko betrachtet ihn eine Weile, dann sagt sie: »Du wirst mir niemals Beine machen, nicht wahr?«

Mühsam zwingt sich Mr Kobayashi zurück ins Hier und Jetzt. Er hat Yumikos Cerebrum-Apparatus so eingestellt, dass sie in der Lage ist zu lernen. Aber dass sie nun sogar solche Schlussfolgerungen ziehen kann, erfordert ein hohes Maß an künstlicher Intelligenz, die er ihr – oder gewissermaßen seinen eigenen Fähigkeiten – nicht zugetraut hätte.

»Nein«, antwortet er wahrheitsgemäß. »Ich werde dir keine Beine geben. Es tut mir leid.«

»Liebst du mich?« Die Frage kommt unvermittelt und scheint sie selbst zu überraschen.

Mr Kobayashi schüttelt langsam den Kopf. »Ich wünschte, ich könnte es.«

Yumiko nickt ernst, als verstünde sie alle Ebenen der Antwort, das Universum und den ganzen Rest. »Ich werde mit dir sterben.«

Jetzt ist es an Mr Kobayashi zu nicken, dann lacht er auf. »Wie

Romeo und Julia werden wir uns gemeinsam von der Welt verabschieden.«

Yumiko lächelt unbestimmt. »Wenn du mir keine Beine geben willst, bekomme ich dann wenigstens einen neuen Hut?«, fragt sie nach einer Weile und fächert sich kokett Luft zu.

So viel zu künstlicher Intelligenz. Mr Kobayashi scheint diesmal wenig erstaunt über die Frage, sagt nur: »Hmhm«, und wendet sich der neuen Maske zu.

Das Porzellan ist so fein, dass man kaum wagt, es anzufassen, zart und weiß mit einem winzigen Farbhauch, als hätte die Sonne reinstes Elfenbein gebleicht. Aber die Zartheit täuscht, das Material ist fest, härter noch als Metall, das galt allerdings auch für die letzten beiden Versuche, immer war es die Flexibilität gewesen, an der Mr Kobayashi scheiterte.

Er nimmt die Maske in die Hand und saugt scharf die Luft ein, als das Porzellan in seinen Fingern geschmeidig wird und sich der Form seiner Hände anpasst. »Große Mutter«, flüstert er. »Kann das wahr sein?« Er wendet sich an Yumiko. »Siehst du das? Kannst du das sehen?«

Yumiko nickt. »Eine sehr schöne Arbeit«, sagt sie. »Genau so wolltest du es doch haben, mein geliebter Mann.«

Und ob er das wollte. Noch immer ungläubig auf die Maske starrend, schluchzt Mr Kobayashi auf und lässt seinen Tränen freien Lauf. Dreizehn Jahre hat er an der perfekten Mischung gearbeitet, dreizehn Jahre voller Furcht, dass er es nicht schaffen würde, dreizehn leidvolle Jahre. Jetzt ist es vollbracht.

Schon wieder eine neue Maske?« Miyo setzt sich in Mr Kobayashis alten Lehnstuhl. »Diese ist doch gerade mal zwei Wochen alt und passt perfekt.«

»Ich weiß, mein Herz. Tu deinem alten Vater den Gefallen und probiere sie an. Du wirst begeistert sein.«

Miyo hat bereits den Kopf angelehnt und sieht Mr Kobayashi erwartungsvoll an. Manchmal wünscht sie sich, er würde ebenfalls eine Maske tragen. Die Furchen auf der Stirn sind tief, unter den Augen dunkle Ringe. Man sieht ihm den Schmerz an, mit dem er tagtäglich leben muss. Und das ist alles ihre Schuld. Wie könnte sie ihm einen Wunsch abschlagen? »Das Porzellan sieht wunderbar aus«, sagt sie. »Ist das eine neue Rezeptur?«

»Hmhm. Sei jetzt still, es muss schnell gehen.« Mr Kobayashis Hände zittern ein wenig, als er Miyos alte Maske abnimmt und gegen die neue austauscht. Sie passt perfekt. Einen Moment lang glaubt er, er hätte sich getäuscht und die Maske wäre genauso starr wie all die anderen, die er vorher angefertigt hat. Das Morphium gaukelt dem Geist gerne etwas vor. Gespannt hält er den Atem an und dann passiert es.

Das Porzellan beginnt sich nach den Umrissen von Miyos Gesicht zu formen, fast sieht es aus, als würde die Masse sich verflüssigen. Miyo stößt einen Schrei aus. Mr Kobayashi packt ihre Arme und presst sie auf die Armlehnen des Stuhles, dort hält er sie unnachgiebig fest.

»Bitte, Papa!« Miyo windet sich. »Bitte, da stimmt etwas nicht. Papa!«

»Gleich ist es vorbei«, flüstert er. »Halt noch einen Augenblick still.«

Das Porzellan wird so durchscheinend, dass er Miyos echtes Gesicht dahinter erkennt. Zwischen Maske und Haut passt kein Blatt Papier mehr, so vollkommen hat sie sich angepasst. Das ist unglaublich, einfach unglaublich.

Wieder schreit Miyo auf und wieder hält er ihre Handgelenke fest umklammert. »Es muss sein«, sagt er. »Es tut mir so leid.«

Noch einmal scheint sich die Maske ein wenig zu verformen, die letzten haarfeinen Unebenheiten auszugleichen. Sie schmiegt sich immer enger an die Haut des Gesichts … Millimeter für Millimeter. Sie *wird* zur Haut. Erschrocken lässt Mr Kobayashi Miyos Hände los und sie springt auf, greift sich verzweifelt ins Gesicht, will die Maske herunterreißen und zu Boden schleudern. Noch nie zuvor hat es sich so angefühlt, wenn ihr Vater eine neue Maske angepasst hat – so falsch, so erdrückend.

Ihre Finger gleiten an dem glatten Porzellan ab, immer wieder versucht sie den Rand zu finden, hinter dem ihre Finger Halt finden können, aber da ist nichts. Nichts! Wieder schreit sie auf.

Miss Whittles kommt ohne anzuklopfen hereingestürmt, fängt Miyo auf, bevor sie zu Boden stürzen kann, und will sie zum Sessel begleiten. Doch Miyo schreit. Sie wehrt sich … wieder und wieder. Noch niemals hat Miss Whittles Miyo so aufgelöst erlebt. Es dauert eine unendlich lange Zeit, bis das Mädchen erschöpft zu Boden sinkt, zu ausgelaugt, sich noch zu wehren.

Mr Kobayashi hat den Kopf in den Händen vergraben, von ihm braucht sie keine Hilfe zu erwarten. Wenn der Schmerz die Oberhand gewinnt, ist Mr Kobayashi nicht mehr ansprechbar. Also führt sie Miyo in ihr Zimmer, bringt sie zu Bett und deckt sie behutsam zu.

Sie wartet, bis Miyos gleichmäßiger Atem ihr zeigt, dass sie eingeschlafen ist. Dann bittet sie Miss Dunnaby, auf Miyo aufzupassen, während sie selbst sich um Mr Kobayashi kümmern wird.

Der neuen Maske widmet sie kaum einen Blick, obwohl sie natürlich bemerkt, wie exquisit diese gearbeitet ist, das ist zweifellos die beste Maske, die Mr Kobayashi bislang hergestellt hat. Sein Meisterwerk.

Miss Jenny streichelt vorsichtig über Miyos Wange, zieht die

Finger jedoch schaudernd zurück. Diese Masken sind ihr ein Graus. Wie muss das arme Mädchen darunter leiden. Aber sie beschwert sich nie, lernt fleißig, trägt ihr Schicksal mit solchem Gleichmut. Miss Jenny ahnt, dass in Miyo weit mehr Stürme toben, als man von außen wahrnehmen kann. Sagen würde sie dergleichen nie, dafür ist sie eine zu gehorsame Tochter, und sie liebt ihren Vater viel zu sehr. Und zeigen kann sie es ja nicht.

Miss Jenny schluckt einen dicken Kloß hinunter. Arme Miyo. Armes Mädchen mit dem Porzellangesicht.

Mr Kobayashi sitzt an seinem Schreibtisch, vor sich eine lederne Aktentasche, die offensichtlich schon einige Jahre auf dem Buckel hat, abgegriffen ist das feine Leder und an den Schnallen glänzt es fettig. In der zitternden Hand hält er einen Cognacschwenker. »Setzen Sie sich«, sagt er, als Miss Whittles das Arbeitszimmer betritt.

Echauffiert bleibt sie stehen, noch nie hat sie mit Mr Kobayashi in seinem Arbeitszimmer zusammengesessen. Sie muss sich verhört haben und macht sich gedanklich eine Notiz, gleich morgen früh unbedingt ihre akustischen Empfänger zu überprüfen.

»Nun setzen Sie sich schon, Miss Whittles«, sagt Mr Kobayashi und deutet auf einen der Cocktailsessel. Seine Stimme klingt gereizt und nach deutlich zu viel Alkohol.

Miss Whittles setzt sich und faltet die Hände im Schoß. Drei Dosen Morphium sind es mittlerweile täglich, dazu Cognac und Brandy. Mr Kobayashi ist nicht mehr der Mann, bei dem sie in London ihre Dienstzeit begonnen hat. Unwirsch ist er geworden, oft mürrisch und ungeduldig, gelegentlich sogar jähzornig. Niemals würde sie sich beschweren – nicht in hundert Jahren! –, es ist sein Schmerz, der ihm zu schaffen macht und der sich über das ganze Haus und all seine Bewohner breitet.

Auch Miyo hat sich verändert, seit Mr Kobayashis Unfall. Seit sie die neue Maske trägt, scheint sie ganz und gar teilnahmslos, selbst den Unterricht bei Miss Jenny nimmt sie nur noch hin, hinterfragt kaum noch etwas. Es ist zu traurig.

Das Klirren von Glas auf Glas lässt sie aufschrecken, was ist sie nur für eine dumme alte Tratschliese, macht sich Gedanken um Dinge, die sie nichts angehen, während Mr Kobayashi sich selbst bedienen muss. Whittles, Whittles, so geht das nicht!

Mr Kobayashi nimmt einen kräftigen Schluck und legt seine Hand auf die Aktentasche. »Miss Whittles«, sagt er. »Sie sind schon so lange unsere Haushälterin und ich vertraue ihnen mehr, als jedem Menschen.«

Miss Whittles Zahnräder kommen ein wenig aus dem Takt, sie strafft den Rücken und macht eine abwehrende Handbewegung, freut sich aber im Stillen ungemein.

»Ich möchte, dass Sie genau abspeichern, was ich Ihnen jetzt sage, und dass Sie meine Anweisungen befolgen, auch wenn ich selbst nicht mehr hier sein sollte … auch dann, wenn ich tot sein sollte.« Wieder trinkt er mit zitternder Hand.

»Mr Kobayashi!« Miss Whittles will sich erheben, bleibt aber doch sitzen und schüttelt nur vehement mit dem Kopf, bis das Halsgelenk anfängt zu knarren. »Sie werden noch sehr lange …«

»Wir haben keine Zeit für Nettigkeiten. Sie wissen so gut wie ich, dass es nicht mehr lange dauern wird. Speichern Sie bitte: Nach Mr Kobayashis Ableben, oder wenn deutlich wird, dass sein Ableben kurz bevorsteht, muss Miyo unverzüglich aus dem Haus gebracht werden. Da Francis Fairweather Mr Kobayashis Vermögen verwaltet, wird er dieses Haus nach dessen Tod aufsuchen. Verstehen Sie, Miss Whittles? Sie müssen Miyo hier wegbringen, noch bevor Sie den Arzt oder irgendjemand anderen verständigen!«

»Aber Sir, Mr Kobayashi, das wäre ja …« Sie sucht nach den passenden Worten, aber der Gedanke an Mr Kobayashis Tod bringt ihre Zahnräder jetzt völlig aus dem Takt.

»Das wäre das einzig Richtige«, vollendet Mr Kobayashi den Satz. »Miyo wird ihr Erbe nicht einfordern können. Dafür müsste sie sich Fairweather zu erkennen geben, was selbstverständlich unmöglich ist. Wenn er sie findet, wird er sie mit sich nehmen, das wissen Sie doch. Auch die monatlichen Zinszahlungen, von denen wir zurzeit leben, fallen dann weg. Also wird sie nach meinem Tod mittellos sein. Deswegen habe ich im Lauf der Jahre ein kleines Barvermögen für sie zur Seite gelegt. Es ist leider weniger, als ich ihr gern mitgeben würde, aber mehr zurückzulegen, habe ich nicht gewagt. Es wäre zu auffällig gewesen. Fairweather hätte womöglich Verdacht geschöpft.« Mr Kobayashi greift sich an den Oberschenkel und verzieht vor Schmerz das Gesicht. »Miyos Leben ist mehr wert, als alle Vermögen der Welt«, sagt er. »Soll er das Geld behalten, wenn Miyo nur in Sicherheit ist. Sie ist mutig und stark, sie wird ihren Weg auch so gehen. Fairweather darf sie nur niemals finden. Weiß der Himmel, was er ihr antun würde.«

Er sieht auf seine Taschenuhr. Noch zwei Stunden bis Dr Finch mit dem Morphium erscheint. Die Dosen sind zu gering, sie reichen nicht einmal mehr ansatzweise aus, um den Schmerz wenigstens zu dämpfen. Er greift nach der Flasche, doch seine Hände zittern so stark, dass er sie nicht halten kann.

Nun springt Miss Whittles auf, schenkt nach, hilft ihm das Glas zum Mund zu führen. Er schämt sich, selbst vor der mechanischen Haushälterin. Was ist nur aus ihm geworden? Wie kann Miyo nur einen solchen Vater ertragen? Barsch schlägt er Miss Whittles' Hand zur Seite, als sie ihm die Tropfen vom Mund tupfen will, und klopft mit den Knöcheln auf die Tasche. »Hier drinnen ist das Geld, genug für eine Ausbildung in einem angesehenen Institut und eine ansehnlich Mitgift. Der Name und die Adresse des Instituts stehen hier.« Er reicht ihr ein Papier. »Speichern Sie die Informationen ab.«

Miss Whittles liest: *Miss Twifords Heim für höhere Töchter.* Sie speichert die Adresse und nickt. Mr Kobayashi reißt ein Zündholz an und verbrennt das Papier in dem großen Kristall-Aschenbecher auf dem Schreibtisch. Dann wechselt er vorsichtig die Sitzposition und kann ein Stöhnen nicht unterdrücken. »Noch etwas«, sagt er. »Sie müssen alles zerstören, was Fairweather auf Miyos Spur bringen könnte. Wirklich alles, verstehen Sie?« Miss Whittles nickt. Sie versteht besser, als ihr lieb ist. »Gut, dann helfen Sie mir in meinen Sessel.«

Miss Whittles stützt Mr Kobayashi, hilft ihm, zum Sessel zu gelangen und sich zu setzen, gießt Brandy ein, reicht ihm das Glas und wartet an seiner Seite, bis er betrunken genug und der Schmerz dumpf ist. Dann deckt sie eine Wolldecke über seine Beine, geht zurück zum Schreibtisch und nimmt die Aktentasche an sich, die Miyos Zukunft enthält. Die Verantwortung wiegt schwer, aber sie wird sie ohne Murren tragen.

Auf dem Flur vor Mr Kobayashis Arbeitszimmer zittern Miyos Hände und der Teller mit den Sandwiches, die sie ihrem Vater bringen wollte. Sie lehnt schwer atmend an der Wand, unfähig wegzulaufen, und hat jedes Wort gehört, das ihr Vater zu Miss Whittles gesagt hat. Ins Mädchenheim soll sie sie bringen, weil ihr dieser Mr Fairweather etwas antun will. Sie begreift, das alles passiert wegen eines Vertrags. »Francis Fairweather«, flüstert sie tonlos. »Ach Papa, was hast du nur gemacht?« Dann hört sie ihren Vater schnarchen und Miss Whittles aufräumen und einige Dinge ordnen. Die Hauhälterin darf sie auf keinen Fall beim Lauschen ertappen, schnell geht sie in die Küche zurück.

Ihr Vater hat seine Vorbereitungen getroffen, nun muss auch Miyo einiges regeln, bevor es zu spät dafür ist, auch wenn ihr dabei das Herz bricht. Wenn dieser Fairweather so gefährlich ist, dann sind auch alle Menschen in ihrer Nähe in Gefahr. Alle Menschen, die sie lieben.

Sie wirft das Butterbrot in den Müll und setzt sich auf einen Stuhl, um dort auf die Nacht zu warten.

Der stille Mond lugt vorsichtig über die Wipfel der Buchen und Nussbäume, die den Abschluss des kleinen Wäldchens bilden, das direkt hinter dem Garten liegt. Nur ganz kurz taucht er die beiden jungen Menschen in ein bläuliches Licht. Wie die Figuren eines impressionistischen Gemäldes wirken sie, wunderschön und sehnsuchtsvoll. Die Illusion hält nur wenige Sekunden an, dann sitzen dort wieder zwei junge, fast ganz normale Leute, die sich zärtlich an den Händen gefasst haben. Zärtlich oder verzweifelt – an etwas klammernd, das niemals eine Zukunft haben kann.

Miyo weiß das. Seit dem Tag, als ihr Vater die neue Maske angepasst hat, weiß sie, dass sich alles verändern wird, auch wenn sie es bis jetzt nicht glauben wollte. Sie sieht es in Max' Augen. Er kann ihr kaum ins Gesicht sehen – oder in das, was aus ihrem Gesicht geworden ist. Haut aus Porzellan, Gesichtszüge ohne jedes Gefühl, gerade flexibel genug, um zu essen, zu sprechen, die Lider im Schlaf zu schließen, aber zugleich so starr, dass ihr wahres Gesicht abgeschirmt und vor Francis Fairweather verborgen bleiben würde. So wie jegliche Gefühlsregung – kein Lächeln, kein Stirnrunzeln, kein Erröten, nichts in den zarten Gesichtszügen weist auf einen fühlenden Menschen hin, wunderschön, doch leblos und kalt. Und nun bleiben ihr nicht einmal mehr die gestohlenen Minuten in den dunklen Nächten, denn diese Maske lässt sich nicht mehr abnehmen.

Wie sollte ein Junge – ein Mann – sein ganzes Leben mit einem solchen Menschen verbringen? Und wie könnte ein Mädchen ihm im Namen der Liebe eine solche Bürde auferlegen?

Miyo betrachtet Max' Hände, prägt sich jeden Zentimeter Haut ein, die kurzgeschnittenen, penibel sauber geschrubbten Nägel, die kräftigen Finger, die jetzt schon Schwielen aufweisen. Jede noch so kleine Regung des Gefühls saugt sie in sich auf, denn das wird das letzte Mal sein, dass sie seine Hände in ihren hält. Oder die Hände eines anderen Jungen. Für den Rest ihres Lebens.

Miyo atmet tief ein. »Wir können uns nicht mehr sehen.«

Ohne sie anzusehen, schüttelt Max den Kopf. »Blödsinn«, sagt er. »Wir sehen uns jeden Tag und wir können uns weiterhin nachts treffen.«

Miyo entzieht ihm ihre Hände und faltet sie im Schoß. Zum ersten und einzigen Mal ist sie fast froh darüber, dass die Maske, ihre Porzellanhaut, das verbirgt, was sie wirklich empfindet. »Du verstehst nicht«, sagt sie. »Ich *möchte* dich nicht mehr sehen.«

Jetzt sieht er Miyo direkt ins Gesicht, verzweifelt auf der Suche nach einer Regung, die ihm ihre Worte erklären könnte. Aber da ist nichts, natürlich nicht. »Was soll das?«, fragt er. »Ist es wegen deinem Vater? Wir sind bald erwachsen, wir können …«

Miyo schneidet ihm barsch das Wort ab. »Hast du wirklich gedacht, ich könnte mit dir den Rest meines Lebens verbringen?« Ihre Hände zittern, sie krallt sie fester ineinander und steht auf, damit er nicht bemerkt, wie die Worte sie innerlich zerreißen. »Mit einem Gärtnerssohn? Das war doch nur Spaß, ein netter Zeitvertreib.« Sie lacht affektiert, versucht, ihrer Stimme einen höhnischen Klang zu verleihen. »Ein Gärtnerssohn.«

Max springt ebenfalls auf, starrt sie immer noch ungläubig an. »Das meinst du nicht so«, flüstert er. »Ich kann für uns sorgen!«

»Du willst für uns sorgen?« Wieder lacht sie gekünstelt mit einem dicken Kloß im Hals. »Und wo würden wir wohnen? In einem Stall zwischen Kühen und Ziegen, die du hütest? Und ich würde was tun? Deine Socken stopfen und Brotsuppe kochen?«

»Wir wären zusammen«, antwortet er. »Das ist doch alles, was zählt.«

»Zusammen«, äfft sie ihn nach. Sie richtet ihr Kleid und bindet die Schleife neu, um sich zu sammeln, dann dreht sie sich im Kreis wie beim Tanz. »Der Mann, den ich einmal heirate, wird mich auf große Bälle führen. Er wird mir die schönsten Kleider und funkelnde Juwelen schenken und er wird meine Schönheit zu würdigen wissen.«

»Ich bin so dämlich«, sagt er und starrt sie durchdringend an, immer noch verzweifelt auf der Suche nach einer Erklärung, einem Hoffnungsschimmer, aber da ist nichts, natürlich nicht. Dann senkt er resigniert den Blick. »Ich hätte es wissen müssen, dass du doch die verwöhnte Zicke bist, die ich von Anfang an in dir gesehen habe.« Er nimmt seine Handschuhe von der Bank und steckt sie in seine Hosentasche. »Ich wünsche Ihnen ein schönes Leben Miss Miyo und hoffe, dass Sie den Mann bekommen, den Sie verdienen.« Dann dreht er sich um und geht mit großen Schritten zum Holzschuppen.

Die ganze Nacht wird er die schwere Axt auf die Holzscheite hinabsausen lassen, bis er in den frühen Morgenstunden erschöpft zusammensackt. Erschöpft, traurig, gedemütigt, aber mit einem Plan für seine Zukunft. Hier hält ihn nichts mehr, im Gegenteil, es treibt ihn weit fort. Vielleicht sogar bis nach Amerika, dort sollte ein kräftiger junger Mann doch Arbeit und Auskommen finden – vielleicht sogar zu Vermögen kommen. Wagen will er es, was auch kommen mag, kann nur besser sein, als hier in ihrer Nähe zu bleiben und ständig ihr kaltes Gesicht sehen zu müssen.

Auch Miyo liegt lange wach in dieser Nacht. Verliert sich in einem Strudel aus Kummer und Verzweiflung. Sie kann den Schmerz kaum aushalten. Keine Träne, kein Schrei dringt nach außen. Erst früh am Morgen hüllt sie ihren Kummer in ein schwarzes Tuch aus Schweigen und verwahrt ihn in einem abgelegenen Winkel ihres Herzens. Eines Tages mag es ihr gelingen, dieses Bündel loszuwerden und sich freizumachen. Eines Tages, vielleicht.

Miss Whittles steht in der Werkstatt und betrachtet Yumiko. Mr Kobayashi geht nicht mehr nach unten, seit Miyo die neue Maske trägt, also kann sie diese Angelegenheit auch gleich zu Ende bringen. Sie hat die Tür einen Spalt breit offen gelassen, ein Lichtstreifen fällt genau auf das zarte weiße Gesicht mit den geschlossenen Augen. Sie weiß, was Mr Kobayashi für die falsche Yumiko empfindet. Wie zerrissen sein Herz ist. Aber sie weiß auch, dass diese Puppe rein gar nichts für ihn empfindet, weil sie dazu gar nicht fähig ist.

Langsam dreht sie den Schlüssel im Rücken des Torsos, wie sie es so oft bei Mr Kobayashi beobachtet hat. Die Zahnräder beginnen zu arbeiten, der Kopf hebt sich. »Kazuki? Wo bist du, Geliebter?«

Schweigend hebt Miss Whittles den Schürhaken, den sie aus dem Speiseraum mitgebracht hat, und stößt ihn fest durch die Augenhöhle schräg nach oben in Yumikos Cerebrum-Apparatus, bis die Eisenspitze in der Wand hinter ihrem Kopf verankert ist.

»Kazuki? Ist das ein Spiel? Ich mag dieses Spiel nicht.« Öl sammelt sich in der durchstochenen Augenhöhle und rinnt zäh über die weiße Wange, tropft auf den seidenen Kimono und den Tisch. Der Unterkiefer kippt leicht zur Seite, die Arme zucken spastisch. »Kazu-ki?«

Dann starrt sie Miss Whittles ins Gesicht. Kichert. »Kleine Maus, kitzelditzel, meine Füße kochen Brei, pieppiep?«

Miss Whittles nickt. Sie hat ins Schwarze getroffen. Yumikos Denkapparat ist zerstört, das Sprachzentrum ebenfalls. Jetzt kann sie keinen Schaden mehr anrichten. Wenn Fairweather sie findet, wird sie nutzlos für seine Zwecke sein.

Noch eine ganze Weile lauscht die Haushälterin Yumikos wirrem Gebrabbel. Durchforstet ihre Schaltkreise nach einem Gefühl der Reue – immerhin hat sie soeben das Gehirn dieser Kreatur zerstört. Ihre Seele, wenn man es so nennen will. Aber wo befindet sich die Seele? Im Denkapparat? Im Herzen? Miss Whittles legt ihre Hand auf die eigene Brust. Nur leises Rattern der Zahnräder, kein Herzschlag.

Sie betrachtet Yumikos feingearbeitete Hände und ihre eigenen. Gröber sind sie, für die schwere Hausarbeit geschaffen. Und doch sind sie gleich. Sie beginnt zu erahnen, wie sehr sie der falschen Yumiko ähnelt. Aber sie macht auch die Unterschiede aus.

Die falsche Yumiko hat nur die Fähigkeit zu sprechen verloren, ansonsten ist sie genauso leer wie zuvor. Kein Herz, keine Seele, kein lebendiges Wesen. Mitleidig streicht Miss Whittles über Yumikos glänzendes Haar, zieht den Schlüssel aus dem Schloss in ihrem Rücken. Niemals wird sie wissen, wie es ist, zu lieben, wie wunderbar es ist, gebraucht zu werden. Und wie schmerzhaft das Loslassen sein kann.

Schwer atmend und zitternd schreckt Miyo aus dem Schlaf. Es dauert einen Moment, bis sie weiß, wo sie sich befindet. »Nur ein Traum«, flüstert sie tonlos.

Miss Whittles sitzt neben ihr auf dem Stuhl und lässt ihre Systeme im Wartungsbetrieb laufen, das kann man sehr leicht am Blinken der kleinen Lampe auf dem Metallkasten an ihrem Rücken erkennen, es muss also etwa zwei Uhr nachts sein.

Miyo greift sich den Morgenmantel, der am Fußende des Bettes liegt und die weichen Hausschuhe und schleicht auf Zehenspitzen an Miss Whittles vorbei, nach unten in die Küche, um ein Glas Milch zu trinken. Sehnsüchtig betrachtet sie den Mond, der verschwörerisch zum Fenster hereinblinzelt. Doch die Zeiten, in denen sie im Licht ihres alten Freundes in den Garten geschlichen ist, um die Maske abzunehmen und Max zu treffen, sind vorbei. Für immer vorbei.

Auf der obersten Treppenstufe hält sie inne. War da ein Geräusch in der Küche? »Miss Jenny?«, flüstert sie. »Sind Sie das?«

Nur Stille, dann folgt ein Scheppern, Glas zerbricht und jemand flucht wie ein Kesselflicker, unterbrochen von Schmerzenslauten.

»Papa!« Schnell eilt sie nach unten, die Hausschuhe lässt sie achtlos fallen. Erst an der Küchentür hält sie einen Moment inne.

Mr Kobayashi kniet in einer Lache aus Brandy und Glasscherben, mit einer Hand stützt er sich am Boden ab, Blut vermischt sich mit dem scharfen Geruch des Branntweins. Mit der anderen Hand versucht er sich am Küchentisch hochzuziehen, gleitet jedoch immer wieder ab. An seiner Schläfe klafft eine offene Wunde.

Es dauert einige Sekunden, Miyo kommt es vor, als wären es Stunden, bis er sie im Türrahmen bemerkt. Sein Blick ist glasig, das Gesicht schmerzverzerrt, das Haar hängt ihm wirr in die

Stirn. Die ehemals weiße Hemdbrust ist fleckig. Mr Kobayashi wirkt eher wie ein Tier, gehetzt und verwundet, kaum noch wie der Mann, der er einmal gewesen ist.

Ihre Blicke kreuzen sich und so plötzlich wie der erste Donner eines herannahenden Gewitters wissen beide, dass Miyo ihn niemals mehr so sehen wird, wie eine Tochter den Vater sehen sollte. Immer wird er das waidwunde Tier sein, das im eigenen Blut auf dem Boden hockt.

»Verschwinde«, sagt er. Er ist kaum zu verstehen, seine Zunge weigert sich, die Worte zu formen. Miyo ist nicht in der Lage, sich zu bewegen, wie festgenagelt bleibt sie stehen. »Geh!«, schreit er dann. »Geh, lass mich allein!«

Dann umfassen Miss Whittles' Hände Miyos Schultern. Sie führt das Mädchen wortlos in ihr Zimmer zurück, legt sie wie ein Kleinkind ins Bett, deckt sie zu. Miyo lässt sie gewähren und wünscht sich, sie wäre nicht aufgewacht, wünscht sich, sie würde immer noch träumen.

Sie schließt die Augen, hört Miss Whittles nach unten eilen und zieht sich die Decke über den Kopf. Ach, könnte sie doch nur schlafen.

»Mr Kobayashi, so kommen Sie doch, ich helfe Ihnen.«

Mr Kobayashi schüttelt Miss Whittles' Hände ab. »Lassen Sie mich«, sagt er. Dann rollt er sich zur Seite und lehnt sich mit dem Rücken an den Geschirrschrank. Im Inneren klappern Teller und Saucieren. Mr Kobayashi atmet schwer, seine Hände wandern unstet über den feuchten Fußboden. »Es ist so weit«, sagt er. »Hören Sie, Miss Whittles?«

»Ich höre Sie, natürlich, aber nun lassen Sie mich Ihnen erst einmal aufhelfen, Sie gehören ins Bett. Ich werde nach Dr Finch schicken, dann geht es Ihnen bald besser.«

Mr Kobayashi packt sie am Arm und zieht sie dicht zu sich heran. »Sie haben es versprochen«, sagt er. »Es ist an der Zeit, Ihr Versprechen einzulösen.«

Miss Whittles schüttelt den Kopf, obwohl sie genau weiß, worüber er redet. »Nein«, sagt sie. »Nein, nein, nein.« Fast klingt sie prätentiös wie eine *Amber*, aber das ist ihr gleich. Sie will das nicht hören und schon gar nicht will sie Mr Kobayashis Anweisungen befolgen.

Mr Kobayashis Griff wird fester, Miss Whittles könnte sich nur befreien, wenn sie ihm weh täte, also bleibt sie neben Mr Kobayashi hocken. »Bitte«, sagt er nach einer Weile. »Tun Sie es Miyo zuliebe. Ihre Zukunft liegt in Ihren Händen.« Dann sackt er in sich zusammen und röchelt bei jedem Atemzug, gelegentlich hustet er. Sein Griff lockert sich und Miss Whittles legt seine schlaffe Hand vorsichtig auf seinem Bein ab.

Dann beseitigt sie die Schweinerei auf dem Fußboden, wäscht Mr Kobayashis Gesicht und seine Hände mit einem feuchten Lappen. Zuletzt tauscht sie das schmutzige Hemd gegen ein frisches. Gerade als sie vorsichtig seine Haare kämmt, schreckt er mit einem Husten auf und packt sie an den Schultern.

»Sie dürfen nicht zurückkommen«, sagt er. »Wenn sie Miyo in das Mädchenheim gebracht haben, dürfen Sie auf keinen Fall hierher zurückkommen.«

»Schon gut, Mr Kobayashi, alles wird gut.« Mit einem geübten Griff rückt sie ihn gerade, als sein Körper zur Seite wegzurutschen droht.

»Ich bin vorhin die Papiere noch einmal durchgegangen.« Mr Kobayashis Aussprache wird wieder fahrig. »Sie gehören zur Erbmasse, Miss Whittles. Verstehen Sie? Francis Fairweather wird

Sie suchen lassen, wenn er sie nicht hier vorfindet. Der Mann ist gerissen und ich kann nicht …« Wieder sackt er zusammen.

Miss Whittles zittert jetzt so sehr, dass sich einige ihrer Schrauben zu lockern beginnen, also zwingt sie sich zur Ruhe und senkt vorsichtshalber ihre Öltemperatur um ein halbes Grad. Das ist der Augenblick, in dem ihr der Ernst der Lage in vollem Umfang bewusst wird. Mr Kobayashi wird sterben. Vielleicht nicht heute Nacht, aber schon bald, denn er stirbt bereits seit Jahren. Seit das Morphium begonnen hat, das Gehirn zu zerstören. Mr Kobayashi wird sterben.

Wieder schreckt er auf. »Bringen Sie mir Brandy«, sagt er. »Brandy!«

Ohne ein Wort holt sie eine neue Flasche, ein frisches Glas, schenkt ein und sieht ihm beim Trinken zu. »Ich werde es tun«, sagt sie. »Für Miyo.«

Mr Kobayashis Blick klärt sich und sie erkennt in ihm den liebevollen, den besorgten, den guten Mann. »Danke«, sagt er. »Tun Sie es gleich, warten Sie nicht mehr.«

Sie versteht und nickt. Er hat Angst vor der Zukunft, Angst um seine Tochter, die er mehr liebt als sein Leben, aber noch mehr fürchtet er sich davor, sie nicht gehen lassen zu können.

Miss Whittles lässt Mr Kobayashi in der Küche zurück und macht sich daran, seine Anweisungen auszuführen. Noch niemals ist ihr etwas so schwergefallen. Sie wird eine kleine Tasche mit Miyos Sachen packen, die Aktentasche voller Geld liegt in der Putzkammer auf dem obersten Regal bereit. Direkt daneben ein Fläschchen Äther aus Dr Finchs Bestand und ein sauberes Tuch.

Es ist ein aufregendes Jahr, ein Jahr voller Wendepunkte. Die ersten Nobelpreise werden vergeben, Pablo Picasso beginnt seine blaue Phase, ein seelenloses Kind wird geboren und stirbt eines gewaltsamen Todes, ein Mädchen verliert den Vater, ihr Zuhause, den Glauben an das Gute.

Miss Whittles betrachtet die Schlafende, so unschuldig, so hilflos. Die Taschen stehen bereit, sie hat das Gewicht so bemessen, dass sie sie in der linken Hand halten kann, während sie Miyo über der rechten Schulter trägt. Falls mechanische Menschen so etwas wie Reue empfinden können, Mitleid oder Schuld, dann fühlt Miss Whittles all das auf einmal – so gewaltig und schwer, dass es sie wanken lässt.

Aber sie bleibt standhaft, träufelt Äther auf das Tuch und drückte es auf Miyos leicht geöffneten Mund und die Nase. Sie registriert den entsetzten Ausdruck in den Augen des Mädchens, wartet, bis sie aufhört sich zu wehren. Dann holt sie das veilchenblaue Kleid aus dem Schrank, das Miyo so liebt, und kleidete sie sorgfältig an.

Bevor sie geht, macht sie das Bett und löscht das Licht. Sie wird das Haus durch den Hintereingang verlassen, niemand wird sie hören oder sehen. Nur der Mond, der entsetzt über die Baumwipfel lugt, bevor er bekümmert die Augen schließt.

Ganz sachte legt Miss Whittles den schlaffen Körper auf der Türschwelle ab. Wie eine Verbrecherin fühlt sie sich, als sie das Mädchen in eine Wolldecke hüllt und ihr eine Jacke unter den Kopf schiebt, damit sie es bequem hat – so bequem es die Umstände zulassen. Ach, sie möchte Zeter und Mordio schreien vor Wut und Trauer. Wie konnte es nur so weit kommen?

Aber sie muss tun, wozu sie sich verpflichtet hat. Mr Kobayashi wollte nur das Beste für seine Tochter und das will Miss Whittles selbstverständlich auch. Miyo wird es gut haben in dem Mädchenheim, sie wird eine Menge lernen und erwachsen werden.

Eines Tages wird sie sich verlieben, wird heiraten, wird glücklich sein. Miss Whittles seufzt aus tiefster Seele. Zumindest wird sie leben, ohne dass Francis Fairweather sie je findet.

Sie befestigt den Umschlag, in dem sich das Schulgeld und ein Brief an die Schulleiterin befinden, gut sichtbar an Miyos Mantelkragen. Ihren kleinen Koffer stellt sie auf die oberste Treppenstufe. Kleidung, das Geld, das Mr Kobayashi heimlich zur Seite gelegt hat, das ist alles, was Miyo von ihrem Vater bleibt. Miss Whittles verbeißt sich ein Schluchzen. Die Überbleibsel eines ganzen Lebens in diesem kleinen Koffer. Dann streicht sie dem Mädchen die Haare aus der Stirn und gibt ihr einen Kuss. »Armes Kind«, sagt sie. »Schlaf noch ein wenig. Ich bleibe in der Nähe, bis du in Sicherheit bist, das verspreche ich.«

Das Geräusch des schweren Türklopfers klingt dröhnend laut durch die nachtstillen Räume des alten Gemäuers. Schnell zieht sich Miss Whittles in den Schatten einer uralten Platane zurück und wartet, bis sich die Tür knarzend öffnet und eine Gestalt sich über Miyos Körper beugt. Sie findet den Brief, öffnet ihn und sieht hinein. Das Schulgeld ist mehr als ausreichend, das erkennt man am erstaunten Gesichtsausdruck der Frau, als sie die Summe überschlägt. Der Umschlag verschwindet wie von Zauberhand unter dem weißen Gewand, dann packt sie Miyo unter den Achseln und schleift sie schwer keuchend ins Haus.

Die Tür fällt krachend ins Schloss, danach ist alles still. Nur Miss Whittles' Zahnräder surren und rattern leicht, weil die Haushälterin so sehr zittert. Aber sie besinnt sich ihrer Pflichten, sie muss noch etwas Wichtiges erledigen.

Francis Fairweather beugt sich über Mr Kobayashis Körper und schnüffelt an seinem Hemdkragen wie eine misstrauische Ehefrau, die nach den Spuren eines fremden Parfums sucht. »Hm«, sagt er dann und tupft sich die Nase mit einem Spitzentaschentuch. »Was meinen Sie?« Er nickt Lady Strix Brouillard zu. »Sieben Stunden?«

»Möglicherweise acht«, antwortet Lady Strix gespreizt, obwohl sieben wahrscheinlich präzise sind. »Er stinkt wie der Rinnstein vor einer billigen Absteige.« Sie schüttelt sich und niest. »Auch wenn ihn jemand penibel gesäubert hat.«

Fairweathers Hände krampfen sich um den Knauf seines Stockes, die Fingerknöchel knacken. Dann holt er aus und drischt wie ein Wahnsinniger brüllend auf die Schränke ein. Kristallgläser, feinstes Porzellangeschirr, Tassen- und Tellerscherben mischen sich klirrend mit den Glassplittern der Vitrinentüren.

Lady Strix stößt sich vom Boden ab, schlägt zweimal mit den Flügeln und nimmt auf einem Regalbrett außerhalb der Gefahrenzone Platz. Sie schüttelt sich und beginnt, ihr Federkleid zu ordnen. Dieser Mann ist wirklich ein Kretin sondergleichen. Missbilligend beobachtet sie, wie sich die Küche in kürzester Zeit in einen Kriegsschauplatz verwandelt.

Es dauert wohl an die zwanzig Minuten, bis Fairweather innehält und sich die violette Krawatte richtet. Violett ist wohl die neuste Mode aus Paris. Lady Strix möchte schreien – aus Verzweiflung oder aus Resignation und im Bewusstsein ihrer schier untragbaren Bürde –, aber sie schweigt. »Sind Sie fertig«, fragt sie nur, »und können wir jetzt halbwegs produktiv weiterarbeiten?«

»Produktiv?«, fragt Fairweather. »Sie ist nicht hier.« Seine Stimme ist ruhig, aber unter der Oberfläche brodelt es noch immer. »Keine Spur von ihr, nicht die kleinste. Ich will, was mir zusteht. Vertrag ist Vertrag!« Beim letzten Wort stampft er mit seinem Stock auf den Fußboden.

Er ist ein Kind, denkt Lady Strix. Ein verzogenes, egoistisches Kind. Wir verlieren die Weltherrschaft, weil dieser trotzige kleine Junge seine Puppe haben will. Langsam wird sie ungehalten, sie muss das Problem lösen. »Gut«, sagt sie. »Vertrag ist Vertrag. Dann gehen Sie und erledigen Sie Ihre Arbeit, Herr Advokat, ordnen Sie Kobayashis Nachlass. Schließlich sind wir deswegen hier. Und ich begebe mich noch einmal auf die Suche. Nichts und niemand verschwindet vollkommen spurlos.«

3

Miyo schläft tief und fest. Sie taumelt durch cin Gewirr aus Erinnerungen, bildgewordenen Empfindungen, Ängsten und Wünschen. Gerade jetzt ist die Erinnerung an ihre Mutter greifbarer als all die Jahre zuvor. Die kurze Phase der Geborgenheit, der Wärme, des tröstlichen Rauschens … und schließlich der Verlust. Und nun wieder Verlust und ein Schmerz, der den kleinen Kolibri in ihrem Herzen flattern lässt.

Sie träumt von ihrem Vater, von seinen weichen Händen mit den geschickten Fingern. Feuer und Hitze. Leere Augenhöhlen. Gesichter, die alle gleichgültig und schweigend in den Regalen seiner Werkstatt lagern. Ihr Gesicht. Tausendfach gespiegelt und doch jedes Mal verändert.

Sieben Mädchen drängen sich um das Bett, in dem sich das neue Mädchen stöhnend hin und her wälzt. Niemand sagt ein Wort, sie sollten in ihren eigenen Betten liegen und schlafen. Miss Twiford duldet keine umherstreunenden Kinder. Aber sie müssen sie einfach ansehen. Das Mondlicht schimmert zauberhaft auf ihren weißen Wangen. Noch nie im Leben haben sie ein so schönes Gesicht gesehen. Selbst die Angst, die sie noch in ihren Träumen zu verfolgen scheint, kann der Schönheit nichts anhaben.

Eins der Mädchen streckt beherzt die Hand aus und berührt Miyos Wange mit den Fingerspitzen, sie schreit auf und zuckt zurück.

»Was ist los, Claudette? Was hast du gespürt?«, fragen die Mitbewohnerinnen.

»Kalt«, flüstert die mutige Claudette. »Sie ist eiskalt. Als wäre sie schon tot.«

Die Mädchen treten einen Schritt zurück, bilden einen Kreis um Miyos Bett und fassen sich an den Händen. Wie ein Hexenzirkel wirken sie. Die Nachthemden gespenstisch weiß im Mondlicht, ängstlich geweitete Pupillen allesamt, keine wagt es zu reden, nicht einmal tief zu atmen. Instinktiv lassen sie einen Sicherheitsabstand zwischen sich und Miyo … zwischen der eigenen Angst und der dieses fremdartigen Mädchens.

Und so wird es von nun an immer sein. Miyo allein und isoliert inmitten der anderen Mädchen, die niemals näher als auf Armeslänge an sie herantreten. *Die Tote* wird sie flüsternd genannt, *das kalte Mädchen* oder einfach *sie*. Niemand nennt sie bei ihrem Namen, als wäre der ein böser Zauberspruch, vor dem man sich in Acht nehmen muss. Niemand verspottet sie offen, aber wenn sie anwesend ist, bildet sich ganz automatisch dieser Kreis um sie herum, mit einer Sicherheitszone zwischen ihr und den anderen. Und keine berührt sie jemals wieder, aus Angst, die Kälte könnte ansteckend sein.

Miyo schreckt auf und schnappt nach Luft, als wäre sie gerade aus eiskaltem Wasser aufgetaucht. Verwirrt schaut sie sich um. Der Raum ist groß, die Zimmerdecke hoch. An den Wänden stehen Betten, auf jedem liegt eine ordentlich gefaltete Wolldecke, vermutlich genauso kratzig wie die, die sie jetzt bis zum Kinn hochzieht. Sie erinnert sich vage an die letzte Nacht. Eine schwer atmende Frau, die Mädchen. Papa! Ein dürres Schluchzen schüttelt sie, als die Erinnerung an ihren Vater sie mit voller Wucht ins Herz trifft. Sie dreht sich auf die Seite, zieht die Beine an und starrt einen kleinen dunklen Fleck an der sonst makellos weißen Wand an, bis ein helles Glockenklingeln sie aus ihrer Lethargie reißt.

Die Tür zum Schlafsaal öffnet sich und ein mechanischer Mensch steckt den Kopf herein. Das muss ein sehr altes Modell sein, der Kopf ist zylinderförmig, oben flach und etwas breiter als unten. Auf dem Kopf dreht sich etwas, das aussieht wie eine klitzekleine Salatschüssel. Fast muss Miyo lachen, aber dann tut er ihr leid, der grobschlächtige, leicht rostige Kerl. Er betritt den Raum und sieht sich suchend um. Sein Körper ist ebenso grob gehalten wie der Kopf. Ein zylinderförmiger Torso, schlaksige Arme mit kräftigen Händen und lange Beine mit großen klobigen Füßen, perfekt zum Marschieren. An einem Haken an der Hüfte ist ein Knüppel befestigt. »Das ist ein Wächter«, sagt sie. Erschrocken schlägt sie die Hand vor den Mund, aber der Wächter hat sie natürlich gehört.

Er kommt herüber und bleibt vor ihrem Bett stehen, sieht ihr interessiert ins Gesicht und streckt zögerlich die Hand aus, als wolle er es berühren.

Wieder klingelt es, der Wächter nimmt Haltung an. »Nur noch fünf Minuten«, sagt er. »Du bist neu, deswegen erkläre ich dir die Regeln.« Er zieht ihre Bettdecke weg. »Du hast fünf Minuten, um dich zu waschen und anzuziehen.« Er deutet auf eine Waschschüssel und auf ein schlichtes dunkelblaues Kleid, das neben ihrem Bett auf dem Stuhl liegt. Miyo will widersprechen, sie will einfach nur zurück unter die Decke kriechen und nichts hören oder sehen, aber etwas am Blick des Wächters lässt sie schweigen. Ist das etwa Mitleid gewesen? Das ist natürlich Blödsinn. Sie schüttelt den Kopf, steht auf und wäscht sich mit kaltem Wasser. Dann zieht sie sich zitternd an.

»Wie heißt du?«, fragt sie den Wächter, als sie die weiße Schürze über das Kleid zieht und versucht, sie hinter dem Rücken zu binden.

»Wie ich ...« Der Wächter sieht sie verblüfft an. Dann scheint er sich zu besinnen und blickt wieder starr geradeaus. »Mechanische Menschen haben keine Namen«, sagt er. »Und Wächter schon gar nicht. Meine Produktionsnummer ist Q-XII.«

»Mein Name ist Miyo.« Sie streckt Q-XII die Hand entgegen.

Langsam ergreift er die zarten Finger und schüttelt sie so vorsichtig, als hielte er einen Schmetterling. Noch nie hat ihn jemand nach seinem Namen gefragt. Noch nie war jemand so nett zu ihm.

»Wir müssen uns beeilen«, sagt er. »Der Unterricht beginnt gleich. Miss Twiford duldet keine Unpünktlichkeit. Fürs Frühstück bleibt keine Zeit mehr.«

Miyo hätte sowieso nichts heruntergebracht. Viel zu nervös und unsicher ist sie. »Wo bin ich hier überhaupt?«, fragt sie. »Was ist das für ein Haus?«

Q-XII schiebt sie Richtung Tür und dann nach links den Gang entlang. »Das ist Miss Twifords Heim für höhere Töchter.«

Miyo erinnert sich verschwommen. Miss Whittles, letzte Nacht, die hohe Eingangstür. Sie berührt die kühle Steinwand des Ganges. Noch zweimal rechts und einmal links, dann sind sie am Ziel. Etwa zwei Dutzend Mädchen in Miyos Alter kommen in Zweierreihen aus der anderen Richtung und betreten das Klassenzimmer. Alle Hände brav vor dem Bauch gefaltet, die Köpfe gesenkt.

Miyo schluckt schwer. Sie erkennt einige der Mädchen wieder, die sie letzte Nacht ängstlich begutachtet haben. Miyo greift nach Q-XIIs Hand, aber er zieht sie zurück. »Geh jetzt«, sagt er. »Reih dich ein und tu, was man dir sagt, dann wird alles gut. Mach es einfach genauso wie die anderen Mädchen.«

»Ich würde dich gern wiedersehen«, sagt sie. »Kannst du mir sagen, wo Miss Whittles ist? Ich muss nach Hause!«

»Sei still.« Q-XII legt die Arme an die Seiten und schlägt die Hacken zusammen. »Psst«, zischt er. »Nach dem Abendessen im Garten.«

Wieder will Miyo nach seiner Hand greifen, aber ein schauerliches Keuchen lässt sie innehalten. Instinktiv faltet sie die Hände und senkt den Blick.

Miss Twifords Lippen sind bläulich verfärbt, ihr Blick ist kalt und leblos.

»Das neue Mädchen«, sagt Q-XII.

Miss Twiford mustert sie mit unnachgiebigem Blick. »Mager ist sie und bleich. Es wird einen Batzen Geld verschlingen, das dürre Ding aufzupäppeln. Als hätte ich nicht schon genug Probleme.«

Q-XII legt Miyo die Hand auf die Schulter und drückt zu. Miyo versteht und macht einen unbeholfenen Knicks.

»Himmel.« Miss Twiford schnauft verächtlich. »Du strapazierst meine Nerven, Kind, und verschwendest meine Zeit. Nun geh schon hinein und setz dich hin.«

Jetzt erst bemerkt Miyo den Rohrstock in Miss Twifords Hand. Sie hört ein Zischen und erst viel später, als sie bereits in ihrer Bank sitzt, die Hände brav auf der Tischplatte gefaltet, registriert sie den brennenden Schmerz an ihrem Oberarm.

Miyo lehnt im Gang vor dem Schlafsaal an der Wand. Die anderen Mädchen sind bereits hineingegangen und flüstern miteinander, während sie ihre Haare bürsten oder Kleider ausbessern. Immer wieder werfen sie verstohlene Blicke zur Tür, halten inne und lauschen. Miss Twiford mag keine tratschenden Gören. Gackernden Hühnern dreht man die Hälse um, tratschende Gören bestraft man mit Hieben.

Man hört metallene Schritte, die Wächter drehen ihre abendliche Runde. Wer sich jetzt noch in den Gängen herumtreibt, muss einen sehr guten Grund dafür haben.

»Fünfzehn Minuten bis zum Zapfenstreich!«, verkündet die Stimme eines Wächters.

Miyo fährt erschrocken zusammen, drückt sich in eine dunkle Ecke und schließt die Lider. Woran soll sie erkennen, welcher der Wächter Q-XII ist? Sie gleichen einander wie Zinnsoldaten.

»Du solltest wissen«, flüstert er dicht neben ihrem Ohr, »dass wir auch im Dunklen sehr gut sehen können. Und hören. Ich habe dich schon atmen gehört, bevor ich um die Ecke bog.«

»Q-XII!« Miyo fällt ein Stein vom Herzen.

Er legt den Finger über den Mund, dann nimmt er ihre Hand und zieht sie hinter sich her. Sie muss sich sputen, um mit ihm Schritt zu halten. Wächterbeine sind lang, ihre Schritte ausladend. Geschaffen zum Marschieren. Natürlich. Sie dürfen niemals müde werden, etwas zu erstürmen, zu hetzen, zu attackieren. Vorwärts Marsch, niemals zurück. Gehorsam bis zum Tod.

Erst als sie draußen sind und die Tür des Lieferanteneinganges hinter ihnen ins Schloss fällt, bleibt Q-XII stehen. »Wir werden großen Ärger bekommen, wenn uns jemand sieht«, sagt er. »Wir haben nur ein paar Minuten, dann musst du zurück.«

Miyo nickt. »Ich weiß, dass ich dich in Gefahr bringe, aber ich habe so viele Fragen.«

»Mich?« Q-XII macht ein blechernes Geräusch, das wohl sein Lachen ist. »Dass du mich in Gefahr bringst? Du bist wirklich ein seltsames Mädchen.« Er streckt die Hand aus, zieht sie jedoch wieder zurück, bevor er ihr Gesicht berührt. »Du bist doch ein Mädchen, oder?«

»Ja«, sagt sie. »Und du bist ein Wächter.« Sie legt ihre Hand auf seine Brust und sieht ihm in die Augen.

Jetzt wagt er es, berührt ihre Wange ganz vorsichtig mit den Fingerspitzen. »Kalt«, sagt er. »Aber kein Metall.« In der Ferne läutet eine Glocke.

»Kannst du mir helfen?«, fragt Miyo. »Wo bin ich hier? Wo sind denn meine Sachen? Und was ist mit meinem Vater passiert?« So viele Fragen, so wenig Zeit.

»Ich weiß nichts von deinem Vater«, antwortet Q-XII. »Aber wen es in dieses Haus verschlägt, der hat niemanden mehr. Jedenfalls niemanden, der sich sorgt.«

Miyo sieht in den wolkenverhangenen Himmel. »Dann bin ich allein«, flüstert sie. Schon lange hat sie geahnt, dass dieser Tag kommen würde. Wie ihr Vater da lag, inmitten seines Blutes und wie er sie angesehen hat … Sie zittert.

Über ihr bricht knackend ein Zweig und ein Eichhörnchen plumpst direkt vor ihre Füße. Q-XII will es verscheuchen, aber sie hält seinen Arm fest. »Nicht«, sagt sie.

»Tilly duldet keine Mäuse in der Küche«, sagt er. »Ich bin dafür verantwortlich, dass sie draußen bleiben!« Er hebt mahnend den Zeigefinger.

»Aber Q-XII, das ist doch keine Maus!« Sie beugt sich hinunter und befreit das Eichhörnchen aus einem Zweig, in dem es sich verfangen hat. »Nun lauf, kleiner Kerl, schnell weg von hier!«

Q-XII schüttelt den Kopf. Maus oder Hörnchen, Tilly möchte ganz sicher weder das eine noch das andere in ihrer Speisekammer sehen. Er legt den Arm um Miyos Schultern. »Komm«, sagt er und bringt sie zurück zum Schlafsaal.

Wie eine Marionette fühlt sich Miyo. Als würde ein Puppenspieler ihre Beine bis zum Bett bewegen. Ungeschickt faltet sie die Wolldecke auseinander, breitet sie auf dem Bett aus, kriecht darunter und rollt sich zusammen wie ein Baby.

Die Wolken schieben sich zur Seite und der Mond lugt zum Fenster herein. Miyo presst die Hand auf ihren Mund. Allein. Schwer lastet das Wort auf ihrem Brustkorb, quetscht die Rippen zusammen. Wind kommt auf, ein Ast schlägt ans Fenster, winkt ihr wie zum Abschied zu.

Als sie endlich einschläft, träumt sie von einer ganzen Armee von Wächtern, die über ein Schlachtfeld marschieren. Eins-zwei-eins-zwei. Überall Zahnräder, Metallgelenke, vergossenes Öl. Die Armee eilt im Gleichschritt bis zum Rand einer Klippe und darüber hinaus. Ohne Zögern stürzen sie sich hinab. Einer nach dem anderen. Eins-zwei-eins-zwei, vorwärts Marsch hinab ins Meer.

Q-XII schleicht derweil zur Küche, wie fast jeden Abend, um noch einen Blick auf Tilly Fudge zu erhaschen. Um diese Uhrzeit kontrolliert sie, ob die Mädchen die Töpfe und Pfannen ordentlich gesäubert haben und manchmal, an besonders guten Tagen, summt sie eine schlichte Melodie dabei. Dann ist das Leben wunderbar.

Auf einer Klippe steht eine reglose Gestalt. Der volle Mond lässt sie zu einer schwarzen Silhouette werden, die sich deutlich vom Rest der Umgebung absetzt. Sie hebt den Kopf, hält das Gesicht in den Wind. Details kann man nicht erkennen, aber aus irgendeinem Grund weiß man, dass ihre Lider geschlossen sind. Alles an ihr ist angespannt, in höchstem Maße aufmerksam.

Ihre Umgebung nimmt sie ganz bewusst wahr. Den kalten Nachtwind, die Feuchtigkeit darin, selbst den Nebel, der sich wattesanft an ihre Beine schmiegt.

Es ist so weit, viel zu lange schon hat sie gezögert. Sie sieht nach unten in die schwarze Tiefe, lauscht dem Klang des Meeres, das sich wütend an die Klippen wirft. »Du wirst es nicht schaffen, den Stein mit Wut zu brechen«, flüstert sie. »Aber der Stein wird mich brechen. Und dann nimmst du mich mit hinaus. Weit fort von hier. Weit fort und tief hinab.«

Sie macht einen Schritt nach vorne, sieht sich nochmals um. »Ach, Miyo. Kleine Miyo. Ich wünschte, ich könnte dir auf andere Weise helfen, aber mehr liegt nicht in meiner Macht. Finde dein Glück.«

Der Sturm reißt ihr das Glück von den Lippen, trägt es hoch hinauf bis zu den Wolken, wo er das Wort wie einen Regentropfen platzen lässt. Miss Whittles springt. Schepperndes Bersten aus der Tiefe. Dann nur noch das Meer, das brüllend gegen den Fels ankämpft.

Francis Fairweather stellt die neuen Exponate ins Regal. Er wischt imaginären Staub von einem tadellos sauberen Glas, in dem zwei blaue Augäpfel in Formaldehydlösung schwimmen. »Wunderbar«, bemerkt er, wirft sich zwei blutrote Kirschen in den Mund und lässt sie zwischen seinen Zähnen zerplatzen. Die Kerne spuckt er in den kalten Kamin.

Lady Strix flattert auf das neue Sofa und pickt Schmutz und ein oder zwei Käfer aus den Federn zwischen ihren Krallen. Sie beobachtet Fairweather aus den Augenwinkeln. »Wenn Sie mit Ihrem Spielzeug fertig sind, könnten wir dann zur Tagesordnung übergehen?«, fragt sie. »Wir haben zu tun, das sollte Ihnen bewusst sein.«

Fairweather winkt ab und nimmt sich noch ein paar Kirschen. Die Suche nach dem Mädchen beginnt ihn zu langweilen. *Finden* will er sie, das steht außer Frage, aber diese ermüdende *Sucherei* ist nicht sein Fall. Und genug Beschäftigung hat er auch ohne sie. Seine Sammlung von Kinderherzen ist mittlerweile recht stattlich, und seit Kurzem faszinieren ihn Augen aus aller Welt. »Sehen Sie nur dieses Blau, Verehrteste«, sagt er kauend und spuckend. »So etwas bekommt man nicht überall.«

»Ach«, bemerkt Lady Strix. Sie springt von der Lehne der Chaiselongue, die unbeschreiblich bequem ist, schlägt kräftig mit den Flügeln und lässt sich auf der Fensterbank nieder. Sie weiß Bequemlichkeit zu schätzen, aber sie braucht etwas Abstand zwischen sich und Fairweather, bevor sie beiläufig bemerkt: »Ich hätte nicht gedacht, dass Sie so einfach aufgeben. Ich habe Sie bislang für einen Gewinnertypen gehalten. Nun ja, so kann man sich täu…« Im letzten Moment duckt sie sich und der schwere Messingaschenbecher fliegt an ihrem Kopf vorbei zum Fenster hinaus. Es scheppert. Jemand schreit »Au!« und »Verflucht!« und Fairweather wirft gleich noch die Kristallschale mit den Kirschen hinterher, bevor er das Fenster schließt.

Lady Strix öffnet die Schwingen, gleitet von der Fensterbank und zieht sich unauffällig hinter den Ohrensessel zurück.

»Sie können sich verstecken«, sagt er, »aber Sie können mir nicht entkommen.«

Diese Aussage entspricht in mancherlei Hinsicht der Wahrheit. Lady Strix ist sich dessen bewusst, auch wenn der Grund ihr nicht ganz klar ist. In ihren überschwänglichsten Stunden hält sie sich für Fairweathers geistige Mentorin, in den niedergeschlagensten Momenten des Tages, meist kurz nach drei Uhr nachmittags, möchte sie einfach in Ruhe sterben. Zu Anfang ihrer mittlerweile mehr als drei Jahrhunderte andauernden Beziehung hielt sie sich für seine Muse, aber das war nur eine sehr kurze Verirrung ihrer Sinne, die sie nicht einmal unter Folter mehr zugeben würde.

Wie ihre Verbindung zustande kam, wie sie sich trafen und wo, wie sie zueinanderfanden, daran kann sie sich beim besten Willen nicht erinnern. Sigmund Freud hätte an der Analyse ihres Geisteszustands sicher seine wahre Freude.

Tatsächlich ist sie eine im Körper einer Eule gefangene Seele. Fairweather kann sich selbst nicht genau erklären, wie er das geschafft hat. Als Lady Strix starb – damals trug sie noch einen anderen Namen, aber auch den hat sie vergessen –, als das Leben den brennenden, zuckenden Körper verließ, ist es Fairweather irgendwie gelungen, ihre Seele im Körper einer Eule zu materialisieren und an sich zu binden. Und dabei, Asmodis weiß wie, hat sich ein kleiner Teil seiner selbst auch mit ihr verbunden und diese unlösbare Fessel zwischen ihnen geschaffen. Zufall, Schicksal, unbewusstes Verlangen oder eine Laune höherer Mächte? Das spielt keine Rolle. Die Verbindung ist real. Keiner von beiden kann ohne den anderen sein.

»Nun kommen Sie bitte zur Vernunft«, sagt sie. »Sie müssen zu Ende bringen, was Sie angefangen haben. Und dann können wir uns anderen Aufgaben zuwenden.« Ein erfolgreicher Abschluss dieser unliebsamen Geschichte ist wichtig. Fairweather braucht dieses Erfolgserlebnis, um über sich hinauszuwachsen. Und das muss er, damit sie ihn endlich zu seiner wahren Bestimmung führen kann. Die Weltherrschaft erlangt sich schließlich nicht von alleine.

Fairweather lässt sich in den Ohrensessel fallen und seufzt. Dann fasst er blitzschnell nach hinten und erwischt Lady Strix' Diamantcollier, das er ihr im letzten Frühjahr geschenkt hat. Er zieht sie unsanft auf seinen Schoss und verringert den Druck auf ihren Hals erst, als sie wenig damenhaft würgt und die Augen schon leicht aus den Höhlen treten. Ein herziger Anblick, wie er findet.

»Nun erzählen Sie schon«, sagt er.

Sie hustet und sabbert Schleim auf seine Anzughose. »Sehr witzig«, sagt sie. »Haha.«

Fairweather grinst nur, zieht die Augenbrauen hoch und wartet.

»Ich bin der Spur des Mädchens gefolgt, während Sie sich hier mit Ihren Spleens beschäftigt haben. Und …« Sie macht eine dramatische Pause. »… es gibt nur einen Ort, an dem sie sich aufhalten kann. Muss. Alle Spuren, sowohl die olfaktorischen wie auch die kriminalistischen, nicht zu vergessen natürlich die Ergebnisse logischen Denkens und …«

»Strix!« Fairweather wickelt das Collier um seinen Zeigefinger.

»Schon gut.« Sie würgt wieder, aber dieses Mal ohne feuchtschleimigen Auswurf. »Da ich das Mädchen selbst natürlich nicht verfolgen konnte, bin ich den Spuren der Haushälterin gefolgt, die just in Kobayashis Todesnacht verschwunden ist. Und der einzig logische Aufenthaltsort, der zwischen dem Landhaus und der Küste, wo sich ihre Spur schließlich verloren hat, liegt, ist Miss Twifords Mädchenheim. Eine wunderbar geldgierige Frau. Das ist überaus vorteilhaft für uns, denn deshalb weiß ich auch schon, wie wir das Kind herausholen können. Dazu brauchen wir nur einen der liederlichen Kontakte aus Ihrer Tätigkeit als Wunschverkäufer – mit speziellen Neigungen.«

»Sehen Sie«, Fairweather schuppst Strix Brouillard auf den Boden und steht auf, »wie vorausschauend und nützlich meine Idee war, den Laden zu behalten?«

Lady Strix seufzt. Oh holde Männlichkeit.

Die Tage gleichen einander wie ein Ei dem andern. Aufstehen, waschen, anziehen, schnell das karge Frühstück einnehmen, dann geht es zum Unterricht. Auch der ist karg und kühl wie alles in Miss Twifords Dunstkreis.

Ein Knallen lässt Miyo aufschrecken. Das Stöckchen zittert noch auf Miss Twifords Stehpult. »Disziplin«, sagt sie. »Dis-zi-plin!« Ihr Blick wandert von Mädchen zu Mädchen, prüft den Sitz des straffen Pferdeschwanzes, der Schleife, des Kleides, die Sauberkeit der Fingernägel, den Gesichtsausdruck, die Reinheit der Gedanken. All das dauert nur wenige Sekunden, Miss Twifords Sinne sind darauf trainiert, kleinste Unregelmäßigkeiten aufzuspüren. Und sie spürt immer etwas auf. Das Stöckchen saust heute besonders lustig durch die Luft.

Rosalindes Schürze hat etwas Schmalz abbekommen. Zwei Hiebe. Ebenfalls zwei für ein Staubkorn auf Elisabeths Schuh. Eine gelöste Strähne, ein frecher Blick und dahinter schmutzige Gedanken, wohin man nur schaut.

»Disziplin! Wo ist nur eure Disziplin geblieben?« Langsam wandert der Blick zu Miyos Gestalt, durchforstet das Gesicht nach einer kleinen Regung, die Rückschlüsse auf ihre Gedanken zulässt. Aber da ist nichts zu finden. Gar nichts. So etwas hat Miss Twiford in all ihren Jahren als Erzieherin noch nicht erlebt. Nicht ein einziges Mal.

Sie gesteht es sich nicht ein, aber diese Furchtlosigkeit ängstigt sie. Furcht ist ihr Mittel zum Zweck. Furcht schafft Disziplin und Gehorsam, beides unerlässliche Standpfeiler ihrer Erziehungsmethode. Wenn die anderen Mädchen sich nun ein schlechtes Beispiel daran nähmen? Das darf nicht geschehen.

»Setzt euch«, sagt sie barsch, überspielt ihre Beunruhigung. »Nehmt eure Handarbeiten heraus und macht still weiter.« Sie schreitet zwischen den Pulten der Kinder auf und ab. Registriert jedes Zittern eines Augenlids, jedes Zucken eines Mundwinkels, jedes leichte Lippenkräuseln. Nur *das kalte Mädchen* – sie weiß, wie die anderen Kinder sie nennen – arbeitet still und rasch, wie ihr geheißen. Selbst als Miss Twiford sich über ihre Schulter beugt, um auf eine fehlende Masche zu deuten und ihr Atem dabei die bleiche Wange streift, regt sich im Gesicht des Kindes kein Gefühl. Keine Furcht. Miss Twifords Nackenhärchen sträuben sich.

»Denkst du«, sagt sie und deutet auf einen Fehler in der Handarbeit, »eine Masche mehr oder weniger macht keinen Unterschied?« Das Stöckchen streift ganz sacht Miyos Unterarm. »Denkst du, Betrug ist entschuldbar?«

Miyo schweigt. Jede Antwort wäre verkehrt.

Miss Twiford richtet sich auf. »Und was denkt ihr?«, fragt sie die Klasse. »Ist Betrug ein entschuldbares Vergehen?«

Die Mädchen versuchen nicht zu atmen, blicken stumm auf ihre Handarbeiten.

»Ja, Mathilda?«

Zitternd erhebt sich die angesprochene. »Nein«, flüstert sie.

»Wie bitte?«

»Nein, Miss Twiford«, sagt das Mädchen nun etwas lauter. »Betrug ist unentschuldbar.«

»Und welche Strafe schlägst du vor?«

Mathilda M. ist die uneheliche Tochter eines mittleren Regierungsbeamten. Sie hat seine beachtliche Nase geerbt, aber leider nicht seinen Verstand. Sie schluckt hörbar, atmet ein und aus und wieder ein. »Hiebe«, sagt sie dann laut und deutlich. »Die angemessene Bestrafung für Betrug sind ein halbes Dutzend Schläge mit dem Rohrstock auf die nackten Oberschenkel.«

»Setzen. Macht weiter.«

Mathilda M. setzt sich, bläst vorsichtig den Atem aus. Besser sie als ich, denkt sie. Und *das kalte Mädchen* spürt doch sowieso nichts.

Die Mädchen arbeiten noch konzentrierter als zuvor. Keine blickt auf, als Miyo langsam nach vorne geht, die Strumpfhose bis zu den Knien hinunterzieht, die Hände auf Miss Twifords Pult legt, sich leicht nach vorne beugt, die Augen schließt. Keins der Mädchen hebt den Blick, als das Stöckchen das erste Mal durch die Luft zischt, das zweite Mal, drei, vier … Keines blickt auf, als rote Striemen aufplatzen, als Blut über Beine rinnt, weiße Wolle sich hellrot verfärbt.

Besser sie als ich. Besser sie als wir. Und sie schreit nicht, sie weint ja nicht einmal. Sie spürt doch sowieso nichts.

Die Zeit vergeht … mal schnell, mal quälend langsam. Mal rast sie durch Täler und überquert Berge, mal schlängelt sie sich im Schneckentempo durch düstere Tunnel, in denen ihr Schnaufen von den Wänden widerhallt. Huuphuup, zschzschzsch, rattatattatat.

Miss Twiford schnauft und rattert durch die Gänge des Mädchenpensionats wie eine Dampflock, nur ohne das schrille Pfeifen, dafür fehlt ihr der Atem. Miss Twiford pfeift und rasselt leiser, aber nicht weniger erschreckend.

Die Menschheit beginnt, die Antarktis zu erobern, die Beulenpest erobert Rio de Janeiro, Dr Grünbein erobert Miss Jennys Herz in einer einzigen stürmischen Nacht.

Francis Fairweather freut sich über sein neues Exponat, auch wenn ihm eine feinere Schnittführung lieber gewesen wäre als diese grobe ungezügelte Wut des neuen Lieferanten. Manchmal vermisst er Jack immer noch, obwohl er das niemals zugeben würde. Das Böse hat viele Gesichter.

»Du musst etwas essen.« Q-XII deutet auf Miyos Abendessen, das unberührt vor ihr auf dem Tisch steht. Die anderen Mädchen sind bereits zu Bett gegangen, nur Miyo sitzt noch an dem langen Esstisch und starrt Löcher in die weiße Wand.

Q-XII weiß nicht, was er tun soll. Er spürt, dass das, was andere Menschen als Gefühlskälte deuten, wenn sie Miyo ansehen, bald ihr Herz befallen wird. Miss Twifords Behandlung lässt die Namen, die die Mädchen Miyo gegeben haben, real werden. Das kalte Mädchen. Die Tote. Immer dünner wird sie, immer stiller, immer durchscheinender.

Jede Hoffnung zerschlägt sich an lieblosen Orten. Und worauf sollte Miyo auch hoffen? Allein und ohne ein Zuhause.

»Ich bin für dich da«, sagt Q-XII. Er streichelt unbeholfen den dünnen Arm. Miyo legt den Kopf an seine Schulter und versucht zu lächeln. »Ich weiß«, sagt sie.

»Vielleicht ist es gar nicht so schlecht zu heiraten?« Q-XII weiß nicht genau, was das bedeutet, aber er weiß, dass die Mädchen dann das Waisenhaus verlassen dürfen. Und zumindest das ist eine gute Sache.

Miyo atmet schwer ein und aus. »Heiraten«, flüstert sie. »Einen fremden Mann. Das kann ich auf keinen Fall. Niemals.« Das letzte Wort klingt kämpferisch und Q-XII freut sich darüber. Alles ist besser als diese dumpfe Lethargie.

»Du könntest fliehen«, sagt er. »Ich könnte dir dabei helfen.«

»Guter Q-XII, wohin sollte ich denn gehen?«

Q-XII zuckt mit den Schultern. Woher soll er das wissen? Ein Wächter kennt nur seinen Einsatzort. Von einer Welt außerhalb kann er nicht einmal träumen.

Mechanisch beginnt Miyo, ihr Brot zu essen und den kleinen Kanten Käse. Das ist ihr Leben, trockenes Brot und ranziger Käse, umgeben von weiß getünchten Wänden. Und überall ist es so schrecklich kalt. Selbst der Kolibri in ihrem Herzen zittert vor Kälte, die Flügel fest an den kleinen Körper gepresst.

Noch vor dem Morgengrauen zupft etwas an Miyos Ärmel, sie murmelt unwillig im Halbschlaf und versucht sich umzudrehen, aber der Störenfried ist hartnäckig. Sie reibt sich verschlafen die Augen. »Q-XII, was …«

Miyo sieht in zwei große schwarze Knopfaugen und ein Eichhörnchen starrt erschrocken zurück. Dann kommt Leben in den kleinen roten Kerl. Er springt von Miyos Arm aufs Bett und schon rennt er über den Steinboden aus dem Schlafsaal.

Schnell schlüpft Miyo in ihre Pantoffeln und folgt den trippelnden Pfoten bis zum Lieferanteneingang. Die Tür steht einen Spalt breit offen. »Hey, kleiner Kerl«, flüstert sie. »Wo bist du?«

Ein schrilles Quieken führt sie zu den beiden alten Eichen neben dem Brunnen. Das Eichhörnchen springt aufgeregt auf dem Brunnenrand herum und quiekt dabei wie eine junge Katze. Im Brunnen plätschert das Wasser. In der Dunkelheit des Brunnenschachts ist nichts zu erkennen, aber irgendetwas kämpft dort unten um sein Leben. »Oh nein«, sagt sie. »Halte durch, kleiner Kerl, ich helfe dir.«

Schnell lässt Miyo den Eimer in die Tiefe und wartet einen Moment, bis das Plätschern aufgehört hat, dann dreht sie an der großen Kurbel und holt den Wassereimer wieder nach oben. Beim Heranholen des Eimers schwappt ein Schwall Wasser über sie und ihr Nachthemd ist patschnass. Aber das spielt keine Rolle. Vorsichtig nimmt sie den schlaffen Körper aus dem Eimer und hält ihn im Arm. Er zittert wie Espenlaub und ist eiskalt.

»Keine Angst«, sagt sie. »Ich hab dich.«

»Was treibst du denn hier?«

Miyo zuckt zusammen. »Q-XII, Gott sei Dank, hilf mir!«

Q-XII beugt sich über das Tier und streichelt den weißen Bauch. »Er ist nur unterkühlt«, sagt er. »Das bekommt man mit einer warmen Decke wieder hin. Aber er braucht Ruhe. Wie hast du ihn denn entdeckt mitten in der Nacht?«

»Sein Freund hat mich hergeführt.« Sie deutet auf den Brunnenrand, doch dort liegt nur ein abgebrochener Zweig. »Er war eben noch …«

»Psst.« Q-XII hebt einen Finger und lauscht in die Dunkelheit. »Hier können wir nicht bleiben«, flüstert er. Er zieht sie hinter sich her bis zu einem Nebengebäude, dort nimmt er seinen Schlüsselring vom Gürtel und öffnet die Tür. Sie steigen mehrere Treppen hinauf, zuletzt eine altersschwach knarzende Leiter bis auf den Dachboden. »Hier bist du erst einmal in Sicherheit. Es dauert noch etwa eine Stunde bis zum Sonnenaufgang. Warte hier auf mich, ich bin bald zurück.« Und schon springt er mit riesigen Sätzen die Treppen hinunter.

Miyo zittert mit dem Eichhörnchen um die Wette. Hätte sie doch nur eine Jacke mitgenommen. Sie tastet sich vorwärts. Der Dachboden ist klein, an den Wänden fühlt sie hohe Regale, ihre Füße stoßen immer wieder an Kisten oder Truhen. In einer der Kisten findet sie ein paar Kerzen und Zündhölzer. Es dauert eine Weile, bis sie es schafft, eine Flamme zu entfachen. Aber dann flackern die Dochte auf und ein warmes Licht erhellt den staubigen Raum. Er ist größer als vermutet. Hinter den Regalen entdeckt sie noch mindestens einen weiteren Raum, der ebenso vollgestellt ist wie dieser.

In einem Korb findet sie einen Stapel ausrangierte Schulkleider und Stoffe. Daraus baut sie dem Eichhörnchen ein bequemes Lager und legt es ganz sachte hinein, bevor sie sich selbst in eine muffige Decke hüllt. Bald hören beide auf zu zittern. Mädchen und Hörnchen sehen sich an. »Hab keine Angst«, sagt sie. »Ich werde mich um dich kümmern. Du bist nicht allein.« Sie schluckt hörbar. »Ich weiß, wie es ist, mit seinem Kummer allein zu sein.«

Ganz langsam legt sie sich neben den kleinen Kerl auf den Fußboden. Nach einer Weile schmiegt er seinen Kopf an ihre Wange. Die haarigen Öhrchen mit den langen Pinseln kitzeln ihre Nase und sie muss ein Niesen unterdrücken. Das Eichhörnchen beginnt leise zu schnarchen. »Ich glaube, ich werde dich Mr Snory nennen«, sagt sie und bald sind beide eingeschlafen.

Am folgenden Tag scheinen die Zeiger der Uhren festgeklebt zu sein, jede Minute dauert eine halbe Ewigkeit. Miyo kann es kaum erwarten, den Unterricht hinter sich zu bringen, das Abendessen und die Stunde vor dem Schlafengehen, die den Mädchen zur freien Verfügung steht. Als endlich alle zu Bett gegangen sind, wartet sie die abendliche Kontrollrunde der Wächter ab und lauscht so lange in die Dunkelheit, bis auch das letzte Mädchen aufgehört hat zu flüstern und jede tief und gleichmäßig im Takt ihrer Träume atmet.

Dann schleicht sie sich in Nachthemd und Hausschuhen hinaus.

Sie stößt die Luke zum Dachboden auf und hält den Atem an. In der Nähe von Mr Snorys Lager flackert ein Gaslicht. »Ich dachte, das ist praktischer als die Kerzen.«

»Q-XII, Himmel. Ich dachte schon, wir wurden entdeckt.« Miyo schließt die Luke sorgfältig hinter sich und geht zu ihren Freunden. Mr Snory liegt zusammengerollt in Q-XIIs Hand und brummt wie ein winzig kleiner Bär. »Er hat Schmerzen.«

»Nein, ich glaube nicht.« Q-XII kitzelt ihn am weißen Bauch und Mr Snory dreht sich genüsslich auf den Rücken. »Ich denke, er fühlt sich wohl, er ist nur erschöpft. Nimm ihn mal.«

Miyo nimmt Mr Snory entgegen und drückt ihn schützend an ihre Brust.

Q-XII lacht sein blechernes Lachen, als Mr Snory an Miyos Finger zu saugen versucht. »Aber Hunger und Durst hat er.«

»Natürlich!« Miyo setzt Mr Snory auf dem Boden ab und faltet ihr Taschentuch auseinander. Sie hat Brot und Käse vom Abendessen aufgespart und sogar ein paar Walnüsse, und Mr Snory greift sofort zu. Sie beobachtet ihn eine Weile, dann sagt sie: »Wenn es ihm besser geht, werden wir ihn freilassen.« Ihre Stimme klingt rau.

»Bist du traurig deswegen?« Q-XII sucht nicht nach Regungen in ihrem Gesicht, er nimmt jede Veränderung in ihrer Stimme wahr. Wächter haben einen ausgezeichneten Hörsinn.

Miyo schüttelt den Kopf. »Er hat Freunde, eine Familie. Die werden ihn vermissen.« Mr Snory hat sein Abendessen verputzt, gähnt ausgiebig und macht es sich in Miyos Taschentuch bequem. Sie trägt ihn vorsichtig zu seinem Lager und schon schnarcht er wieder.

Miyo nimmt die Laterne und erkundet den anderen Raum. »Hast du gesehen, was es hier alles zu entdecken gibt?«, fragt sie. Sie lässt ihre Finger über staubige Buchrücken gleiten, öffnet eine Truhe und zieht ein langes weißes Kleid heraus. Elfenbeinfarbener Satin, ein feiner Spitzenkragen, weite, kunstvoll geraffte Ärmel und alles mit Schwanenfedern verziert. »Ein Hochzeitskleid«, sagt sie. »Sieh doch nur.«

Unter dem Kleid findet sie ein goldverziertes Fotoalbum. Sie setzt sich auf den Boden und fängt an zu blättern. »Wunderschön.«

Q-XII zuckt mit den Schultern. Er hat viele Vorzüge, aber keinen Sinn für Mode. Plötzlich deutet er mit dem Finger auf eins der Fotos. »Miyo, das ist sie!«

»Wer?« Miyo hält das vergilbte Foto dichter an die Lampe. Dann bläst sie geräuschvoll den Atem aus. »Donnerwetter. Du hast recht.«

Das Foto zeigt Miss Twiford am Arm eines stattlichen Gentleman in Frack und Zylinder. Großgewachsen ist er, mit aristokratischen Gesichtszügen und einem wahrhaft prächtig gezwirbelten Schnauzbart. Neben Miss Twiford steht eine ältere Frau mit verkniffenen, strichdünnen Lippen. »Was ist denn aus Miss Twifords Mann geworden?«, fragt Miyo.

Wieder zuckt Q-XII mit den Schultern. »Das weiß ich nicht, aber ich weiß, was passiert, wenn sie merkt, dass jemand ihre Sachen durchsucht hat.«

Miyo blättert weiter. Auf den letzten Seiten des Albums sind keine Fotos, aber sie findet einen zusammengefalteten Zeitungsausschnitt.

»Was ist ein Heiratsschwindler?«, fragt Q-XII.

»Ist da jemand?« Die Stimme lässt Miyo erstarren.

Q-XII hebt die Hand und schüttelt den Kopf. Keinen Mucks! »Es ist alles in Ordnung, Miss Twiford«, ruft er und macht sich sofort auf den Weg nach unten. »Ich habe nur meinen Kontrollgang gemacht und vermelde keine besonderen Vorkommnisse.« Bevor er die Luke öffnet, flüstert er: »Fünf Minuten, dann geh schlafen, wir reden morgen.«

Miyo sieht sich noch einmal die Bilder an. Das ist ganz klar Miss Twiford, aber viel jünger. Ihre Gesichtszüge waren voller und weicher und ihr Blick gutmütig, fast liebevoll. Noch einmal liest sie den Zeitungsbericht über Miss Twifords falschen Ehemann. Fünf Frauen hat er um ihr Geld gebracht und sitzen gelassen. Ein wenig tut ihr Miss Twiford leid. Es muss schrecklich sein, auf diese Weise betrogen zu werden – von jemandem, den man liebt.

Sie gibt Mr Snory noch einen Gutenachtkuss, dann schleicht sie sich nach unten und zurück in den Schlafsaal.

In dieser Nacht liegt sie noch lange wach und lauscht dem Atmen der anderen Mädchen. Sie denkt an Miss Twifords Fotoalbum und daran, dass wohl jeder sein Bündel zu tragen hat.

Mr Snory sitzt auf dem Brunnenrand und sieht Miyo mit großen Augen an. Seine Ohren sind gespitzt, sein buschiger Schwanz hoch aufgerichtet. Er keckert und fiept und knabbert an einer Walnuss.

»Ich wüsste zu gerne, was du zu erzählen hast.« Miyo reicht ihm noch eine Nuss.

»Wahrscheinlich geht es nur ums Essen«, sagt Q-XII.

In der Baumkrone über ihnen rascheln die Blätter und etwas kleines Rotes springt von Ast zu Ast. Wartet und lauscht. Und dann folgen drei weitere noch kleinere rote Gestalten. Etwas unsicher, aber geschickt folgen sie ihrer Mutter den Stamm hinunter bis zu einem dicken Ast in sicherer Entfernung zu Miyo und Q-XII.

Miyo schlägt die Hand vor den Mund. »Q-XII, sieh doch nur. Das ist Mr Snorys Freund, der mich in der Nacht um Hilfe gebeten hat.« Dann lacht sie leise auf. »Mr Snorys Freund ist wohl eher seine Frau. Und Kinder hat er auch!«

Mr Snory rennt aufgeregt um den Brunnenrand herum, an Miyos Ärmel hoch bis auf ihre Schulter und plappert aufgeregt in ihr Ohr.

»Ich weiß«, sagt sie. »Geh nach Hause und pass gut auf deine Familie auf. Und sei in Zukunft vorsichtiger!«, ruft sie ihm nach, aber da ist er schon oben im Baum und folgt seiner Familie von Ast zu Ast und immer weiter.

Q-XII legt den Arm um Miyos Schulter. »Sei nicht traurig«, sagt er, aber sie schüttelt den Kopf. »Ich bin froh, dass er nach Hause gehen kann«, sagt sie. Ihre Stimme klingt heiser und sie räuspert sich. »Weißt du was, Q-XII? Das Leben ist gar nicht so hoffnungslos, wie ich dachte.« Sie nimmt Q-XIIs Hand. »Selbst wenn man in einen Brunnen fällt oder in einem schrecklichen Mädchenheim landet. Solange einem irgendjemand die Hand reicht, wird alles gut. Vielleicht nicht heute oder morgen. Aber irgendwann.«

Miyo stellt sich auf die Zehenspitzen und gibt ihm einen Kuss auf die Wange. In Q-XIIs Brust geraten zwei Zahnräder aus dem Takt, hüpfen aneinander vorbei und finden wieder zusammen.

Mit gesenktem Kopf wartet Miyo im Roten Salon. Sie hat nur eine ungefähre Vorstellung von dem, was sie erwartet. Die Mädchen reden nicht mit ihr, aber aus den geflüsterten Gesprächen konnte sie heraushören, was im Roten Salon vor sich geht.

Heute wird sie zum ersten Mal einem Freier vorgestellt. Einem Heiratskandidaten, einem Mann, dem sie gefallen soll, damit er sie zur Ehefrau nimmt. Allein der Gedanke lässt sie zittern. Einige der Mädchen freuen sich darauf, endlich *unter die Haube* zu kommen. Sie stecken die Köpfe zusammen und kichern, sind ganz aufgeregt, wenn es wieder einmal so weit ist und für eine von ihnen ein Treffen mit einem potenziellen Ehemann ansteht. Für sie ist die Heirat das einzig erstrebenswerte Ziel im Leben.

Traurig erinnert sich Miyo an die Zeit mit Miss Jenny, den Unterricht, die spannenden Geschichten und daran, wie sehr sie sich gewünscht hat, um die Welt zu reisen, fremde Menschen und Kulturen zu entdecken, neue Sprachen zu lernen, Kunstwerke zu sehen, mit der Eisenbahn oder vielleicht sogar einmal in einem Luftschiff zu fahren …

Miss Twifords Keuchen kündigt die Schulleiterin an und Miyo faltet schnell die Hände, als sich die Tür öffnet.

»Hör mir gut zu«, sagt Miss Twiford. »Du wirst dich von deiner besten Seite zeigen. Denke daran, was du gelernt hast. Rede nur, wenn du angesprochen wirst, beantworte alle Fragen, aber möglichst knapp, Männer mögen keine Tratschtanten.« Sie bleibt neben dem schweren Sessel stehen und legt eine Hand auf die hohe Rückenlehne. Offensichtlich fällt ihr das Atmen heute besonders schwer. Jedes Ausatmen wird von einem Rasseln begleitet, jedes Einatmen führt zu einem Pfeifen. Miss Twifords Lippen haben einen weiß-bläulichen Ton angenommen, als sie weiterspricht: »Mr Opperman ist eine gute Partie.« Sie mustert Miyo von oben bis unten und schüttelt leicht den Kopf. »Dürr ist sie und bleich, wie ein krankes Hühnchen sieht sie aus. Aber er mag Hühnchen … Weiß der Teufel, was in Männerköpfen vor sich geht.«

Ob ihr bewusst ist, dass Miyo anwesend ist und alles hört? Niemand weiß, was sich in Miss Twifords Kopf abspielt, manchmal nicht einmal sie selbst. Das Einzige, was ihr Freude bereitet – falls man wirklich von Freude reden kann – ist der Anblick von Geldscheinen. Die hortet sie in einer Truhe unter ihrem Bett. Die Truhe ist gut gefüllt, Miss Twiford betreibt das Mädchenheim schon viele Jahre. Sparsam ist sie und geschäftstüchtig. Sie bringt die meisten Mädchen an den Mann, bevor sie sechzehn Jahre alt sind, so kann sie das Schulgeld für die letzten beiden Jahre komplett einbehalten. Für sich selbst braucht sie nicht viel und die Mädchen müssen lernen, mit dem Nötigsten auszukommen. Disziplin, Gehorsam und Genügsamkeit sind die Grundfesten, auf denen Miss Twifords Erziehungsstil basiert. Und auf der Wirksamkeit des Stöckchens, das hatte bislang noch jedes Kind überzeugt.

Dieses Mädchen möchte sie am liebsten sofort loswerden. Widerspenstig ist sie, respektlos und naseweis. Sie hält sich für etwas Besseres und zeigt keinerlei Furcht. So etwas darf nicht um sich greifen, das Kind muss weg, da spielt das Alter keine Rolle.

Es klopft an der Tür und Gwyneth V. tritt ein. »Mr Opperman«, sagt sie, knickst perfekt und zieht sich sofort wieder zurück, ohne den Blick zu heben. Das ist löblicher Gehorsam. Gwyneth V. ist dumm wie Bohnenstroh, aber sie entwickelt eine frauliche Figur und sollte zu ihrer Zeit leicht zu vermitteln sein. Nun gilt es aber erst einmal, Miyo loszuwerden.

Mr Opperman tritt ein und Miss Twiford setzt ein strahlendes Lächeln auf. Nun, genau genommen ist es das einzige Lächeln, das Miss Twiford je aufsetzt. »Mr Opperman«, sagt sie, »wie schön.«

Schön ist ein Adjektiv, das sicher niemand außer Miss Twiford mit Josef Opperman in Verbindung bringen würde. Schmale Schultern, ein leichter Bauchansatz, recht krumme Beine, ein schwankender Gang, der von einem Nervenleiden herrührt, ihn aber wie einen Betrunkenen wirken lässt. Die Ärzte beißen sich seit Jahren an seiner Akne die Zähne aus, die spitze Nase wirkt wie ein steiler Vulkan inmitten roter Lava-Klümpchen.

Miyo wagt einen kurzen Blick auf ihren Verehrer und wünscht sich, Mr Fairweather hätte sie gefunden, als ihr Vater starb, und sie noch in derselben Nacht mit sich genommen. Niemals, nie im Leben wird sie diesen Mann heiraten, eher lässt sie sich zu Tode prügeln. Sie zittert so sehr, dass ihre Zähne klappern.

»Na, mein Kind«, sagt der schreckliche Mann und hebt ihr Kinn mit den Fingern an, sodass sie ihm ins Gesicht sehen muss. Sie richtet den Blick fest auf ihre Nasenspitze und versucht so flach wie möglich zu atmen. »Hübsch bist du.« Er scheint ihre Angst nicht zu bemerken, oder ihr Befinden ist ihm egal. »Ein bisschen blass, aber das kriegen wir schon hin.« Er berührt ihre Wange und zuckt zurück. »Warum ist sie so kühl?« Er wendet sich an Miss Twiford. »Ist sie etwa krank?« Schnell hält er sich ein Spitzentaschentuch vor den Mund. »Ich habe eine empfindliche Gesundheit.«

»Oh nein«, keucht Miss Twiford. »Miyo ist gesund wie ein Fisch im Wasser. Sie ist lediglich aufgeregt. Nicht wahr, Kind?« Miss Twifords Blick ist kälter, als es Miyos Wangen je sein könnten.

»Ja, Miss Twiford«, flüstert sie.

Mr Opperman faltet sein Taschentuch zusammen, behält es aber vorsorglich in der Hand. »Nun denn«, sagt er. Er umrundet Miyo, begutachtet sie wie ein Stück Vieh. Als er wieder vor ihr steht, greift er erneut nach ihrem Kinn und versucht, in ihren Mund zu sehen, um den Zustand der Zähne zu kontrollieren. Zuerst sträubt sie sich, dann öffnet sie unvermittelt den Mund und beißt zu. Mr Opperman heult auf, Blut tropft aus seinem Daumen, das weiße Taschentuch verfärbt sich rot.

Er stolpert aus dem Roten Salon, man hört ihn laut jaulen und nach seinem Diener und einem Arzt rufen. Die Heiratsabsichten dürften sich damit vorerst erledigt haben.

Miyo bleibt keine Zeit für Erleichterung. Kaum ist die schwere Eingangstür laut krachend ins Schloss gefallen, zischt Miss Twifords Stöckchen durch die Luft und findet sein Ziel. Wieder und wieder, bis Miss Twifords Lippen dunkelblau vor Anstrengung sind und die Lungen ihr fast den Dienst verweigern. Mit letzter Kraft versetzt sie dem Kind einen Stoß. Miyo stolpert über den schweren Teppich, stürzt und schlägt mit dem Hinterkopf auf den Tisch. Ein schwerer Aschenbecher fällt zu Boden. »Du dummes Gör«, keucht Hildegard Twiford tonlos. »Du dummes, dummes Gör.« Aber da liegt Miyo bereits ohnmächtig vor dem großen Sessel.

Oh je, oh je, ojemine.« Tilly Fudge hat sich nur schnell eine Strickjacke übergeworfen, darunter trägt sie ein langes weißes Nachthemd. Krauses Haar lugt störrisch unter der Schlafhaube hervor, die Füßen stecken in warmen Hausschuhen aus Filz.

Sie rührt die grüne Paste kräftig durch, bevor sie sie ganz vorsichtig auf Miyos Armen verteilt. Miyo zuckt zusammen, gibt aber keinen Laut von sich.

Q-XII hat die Köchin aus dem Schlaf gerissen, nachdem Miss Twiford ihm auftrug, Miyo in den Weinkeller zu bringen. In den Weinkeller! Mit diesen Wunden? Das brachte er nicht übers Herz. Also hat er all seinen Mut zusammengenommen und das Mädchen auf die Ofenbank in der Küche gelegt. Er weiß, dass Tilly Fudge in dem kleinen Räumchen neben der Speisekammer schläft. Unter normalen Umständen hätte er es niemals gewagt, dort zu klopfen und sie in ihren wenigen Ruhestunden zu stören, aber das ist ein Notfall.

»Herrje, du armes Kind.« Tillys sonst so dröhnender Alt klingt ganz sanft und liebevoll. Sie bedeckt die Paste mit frischen Tüchern und wickelt eine Mullbinde um die Kopfwunde. Dann sieht sie Q-XII an und sagt: »Miss Twiford wird das Kind noch umbringen.« Natürlich sieht sie Q-XII nicht an, einen Wächter würde sie nicht direkt ansprechen. Aber sie sieht in seine Richtung.

»Wir müssen sie von hier wegbringen«, sagt er.

Tilly Fudge nickt langsam. »Aber wie sollten wir das anstellen, Miss Twiford …« Sie stutzt und hält inne, kneift die Augen zusammen und sieht Q-XII jetzt wirklich an. »Du bist ein Wächter«, sagt sie. »Du kannst nicht …«

Seine Zahnräder rasseln, es klingt wie ein Seufzen. »Ich weiß«, antwortet er. »Ich sollte das nicht können und ich weiß nicht, warum ich es kann.« Entschuldigend zuckt er mit den Schultern.

»Er ist etwas Besonderes.« Langsam öffnet Miyo die Augen und stöhnt mit zusammengebissenen Zähnen, als sie versucht, sich aufzusetzen. Q-XII hilft ihr dabei und steckt ein Kissen in ihren Rücken. »Wir sind Freunde«, sagt Miyo und sie streichelt so liebevoll über seine grobschlächtige Eisenhand, dass Tilly Fudge keinen Zweifel daran hat, dass die beiden tatsächlich Freunde sind. So merkwürdig das auch sein mag.

»Du weißt, was passiert, wenn Miss Twiford herausbekommt, dass du einem ihrer Mädchen zur Flucht verhelfen willst.«

Q-XII betrachtet Tillys Arme, ihre großen fleischigen Hände, und er stellt sich vor, sie würde ihn damit halten oder liebkosen. Egal, wie sehr er sich das auch wünschen mag, das wird niemals passieren. Doch was für einen Sinn hätte sein Leben, wenn er nicht wenigstens einmal etwas täte, das gut und richtig ist? Mag ihm die Liebe auch verwehrt bleiben.

»Ich weiß«, sagt er nur. Miss Twiford wird ihn verschrotten lassen. Aber vorher wird sie es sich kaum nehmen lassen, ihn zu blenden, seine Ölschläuche zu leeren und ihn marschieren zu lassen, bis die trockenen Zahnräder so schmerzhaft aneinander reiben, dass es kaum auszuhalten ist. Das wird die Batterie überlasten und die Schraubverbindungen zum Bersten bringen. Er wird buchstäblich implodieren.

»Wir haben alle unseren Platz im Leben. Ob der uns nun gefällt oder nicht.« Tilly Fudge tätschelt Miyos Hand, sieht auf die große Wanduhr und seufzt. »Nun kann ich auch gleich den Porridge fürs Frühstück vorbereiten. Geh und tu deine Pflicht, Wächter. Das müssen wir alle.« Sie sieht den Eisenmann mit einem traurigen Lächeln an und schüttelt den Kopf. Kurz darauf klappern die Töpfe auf dem Herd und es riecht nach Haferbrei und warmer Milch.

Ach, dieses Lächeln. In Q-XIIs metallenem Brustkorb wird es warm, das Öl rauscht heiß durch seine Mechanik. Für ein solches Lächeln lohnt es sich zu sterben.

Rasselnd atmet Miss Twiford aus und umfasst das eiserne Bettgestänge fester. »Zwei Umdrehungen noch!«, keucht sie tonlos.

Mathilda M. hasst die Tage, an denen sie ihren Dienst bei Miss Twiford verrichten muss, aber diese Aufgabe liebt sie. Sie umfasst die kalte Eisenstange, die am Rücken des Stahlkorsetts befestigt ist, und dreht sie langsam, beinahe genüsslich im Uhrzeigersinn. Die Stäbe des Korsetts geben ein müdes Stöhnen von sich, Miss Twiford ein verbissenes Wimmern. Mathilda M. stellt sich vor, wie eine Rippe in Miss Twifords massigem Brustkorb bricht, doch das passiert heute so wenig wie gestern und die Tage zuvor.

Miss Twifords Rippen beugen sich der unbarmherzigen Stahlgewalt, die sie eng um die Organe presst, die Lungen sind kaum noch in der Lage, ihren Dienst zu tun, Miss Twifords Lippen nehmen den gewohnten bläulich weißen Ton an, der dem Sauerstoffmangel geschuldet ist. Sie atmet pfeifend ein und klopft sich auf den Bauch. »Siehst du, Kind, wie wichtig Disziplin im Leben ist? Dis-zi-plin!«

Mathilda M. entfernt die Eisenstange aus der Öse und legt sie an ihren Platz zurück, dabei nickt sie mit gesenktem Blick. Miss Hildegard Twiford sieht man nicht ungefragt ins Gesicht, nicht einmal auf die blankgeputzten Schuhspitzen. Mathilda blickt auf ihre eigenen, sittsam vor dem Bauch gefalteten Hände und schweigt.

»Geh und hol das Stöckchen, Kind.« Miss Twifords Stimme klingt fast beschwingt, unterlegt vom rasselnden Atmen der Lungenflügel.

Mathilda M. beeilt sich, in Miss Twifords Büro zu gehen und das Gewünschte zu bringen. Beim *Stöckchen* handelt es sich um Miss Twifords Lieblingsrohrstock. Dünn und biegsam, geschmeidig und ausdauernd passt er sich ungehorsamem Fleisch an, ohne je zu brechen.

Kalter Schweiß bildet sich auf Mathildas Stirn, als sie Miss Twiford das Stöckchen reicht. Angst lässt die Kinderhand zittern. Vielleicht kann Miss Twiford doch Gedanken lesen, wie einige Kinder seit jeher behaupten, vielleicht hat sie in ihrem Kopf gelesen, dass Mathilda an brechende Rippen gedacht hat, und dabei bemerkt, wie viel Vergnügen ihr der Gedanke bereitet hat.

»Was guckst du wie ein Shropshire-Lamm vor Ostern, Kind?«

Das Stöckchen zischt fröhlich durch die schwere, kalte Luft in Miss Twifords Schlafkammer, doch der erwartete Schmerz bleibt aus. Nur ein Luftschlag, eine fleischlose Probe.

»Beeil dich, lauf in die Küche und richte Mrs Fudge aus, sie soll Miyo aus dem Keller holen lassen.« Wieder saust das Stöckchen durch die Luft, Miss Twifords Atem rasselt im Gleichklang.

Mathilda beeilt sich, froh, endlich der Reichweite des Stöckchens zu entkommen. Und wie sie sich beeilt. Solange Miss Twiford mit *dem kalten Mädchen* beschäftigt ist, ist sie selbst in Sicherheit.

Miss Twiford legt die Hände auf ihren prallen Bauch und schließt die Augen. Disziplin, denkt sie. Disziplin ist das Einzige, was zählt im Leben. Der Kern, die Quintessenz, der Samen, aus dem alles erwächst.

Ihre Gedanken, die stahlgrau durch die kalten Synapsen schießen wie Pistolenkugeln, könnten beinahe poetisch genannt werden. Aber Miss Twiford ist weit davon entfernt, eine Poetin zu sein. Kalt ist sie, durch und durch eisig, das Herz zu einem festen Klumpen gefroren, der gerade noch in der Lage ist, so viel Blut durch die Adern zu pumpen, wie es braucht, um den massiven Körper am Leben zu erhalten. Für zartere Empfindungen reicht ihre Kraft nicht aus, in ihrer Welt ist kein Platz für solch unnötige Gefühlsduselei.

Natürlich gibt es einen Grund für Miss Twifords Kälte, eine Geschichte dahinter. Aber was nutzt die den Mädchen, die bereits erzittern, wenn sie ihr fürchterliches Keuchen durch die steinernen Flure von *Miss Twifords Heim für höhere Töchter* hallen hören? Was hätte Miyo das Wissen um Miss Twifords kalte Mutter genutzt, die eine ebenso harte Hand gegen ihr eigenes Kind führte? Oder das Wissen um die Demütigung, die sie einst erleiden musste? Am Ende entscheidet jeder selbst, welchen Weg er einschlägt.

Miyo kauert im alten Weinkeller unter der Küche. Dunkel ist es dort und feucht. Es riecht durchdringend nach Mäusekot und Furcht. Wein wird schon lange nicht mehr dort unten gelagert, für ungezogene Mädchen taugt der Keller jedoch ausgezeichnet. Die Wände sind massiv und so dick, dass kein Schrei nach außen dringt, kein Weinen oder Wimmern, nicht einmal in der Küche direkt darüber ist auch nur das leiseste Geräusch zu vernehmen.

Q-XII steht neben der Luke zum Weinkeller und tut seinen Dienst. Das Eisengesicht ausdruckslos, Haltung angenommen, die Augen geradeaus. Zu Befehl! Nur ein sehr aufmerksamer Beobachter würde bemerken, dass die Pupillen nicht arretiert sind, wie es den Vorschriften entspricht. Stattdessen folgen sie konzentriert den Bewegungen von Tilly Fudges Armen. Die kräftigen Hände der Köchin walken den Brotteig, kneten ihn durch, lassen ihn mit Schwung auf die bemehlte Arbeitsfläche krachen, dass es nur so staubt.

Q-XIIs Antriebsmechanismus setzt einen Moment aus und ruckelt, als die Zahnräder wieder ineinandergreifen. Wie der Eisenmann wünscht auch er sich ein Herz, das all seine Liebe fassen könnte; wie der Löwe wünscht er sich Mut, dieser Liebe Ausdruck zu verleihen. Die fleischige Hand nur einmal in seiner halten zu dürfen, wäre das größte Glück, doch er ist mit mehr Verstand gesegnet, als der Strohmann es war, und so behält er seine Gefühle für sich, tief in einem Inneren verborgen, das ein mechanischer Mensch überhaupt nicht haben dürfte. Wenn bekannt würde, dass ein Wächter einen solch schwerwiegenden Defekt hat, er würde auf der Stelle in der Schrottpresse landen.

Unbedingter Gehorsam und absolute Disziplin sind die Wesenszüge, die einen Wächter ausmachen. Falls man bei einem Wächter von Wesenszügen sprechen möchte. Für jemanden wie Hildegard Twiford, deren eigene Gefühlswelt viel eher dem Bild eines mechanischen Menschen entspricht, wäre der Gedanke an einen fühlenden Wächter befremdlich, so bizarr, dass sie ihn gar nicht zu Ende denken könnte.

Tilly Fudge walkt Teig, Q-XII beobachtet sie heimlich dabei und ist glücklich. Wie wunderbar die Liebe erst sein mag, wenn sie erwidert würde. Er seufzt blechern. Wenn doch nur alle Lebewesen glücklich sein könnten. Er denkt an das arme Mädchen, das dort unten im Weinkeller auf seine Bestrafung wartet. Sie versucht, tapfer zu sein, allein im dunklen, feuchten Keller zwischen alten Kisten und Fässern, die in der Dunkelheit wie muffige Monster wirken müssen.

Matilda M. stürzt in die Küche, sieht sich kurz um und berührt Tilly Fudges runde Schulter. »Sie will *das kalte Mädchen* sehen«, sagt sie, als die Köchin sich umdreht. »Sofort!« Matildas Augen sind angstvoll geweitet.

Tilly Fudge nickt wissend. »Wächter«, sagt sie.

Oh, ihre Stimme ist ein belebender Ölschauer auf Q-XIIs ausgetrockneten Schraubverbindungen. Tief und kraftvoll hüllt sie seine Mechanik ein, als würde sie ihn in ihre gewaltigen Arme schließen und festhalten.

»Wächter, hast du nicht verstanden?«, fragt sie dröhnend und

Q-XII strafft sich noch etwas mehr. »Jawohl«, sagt er, öffnet die Luke und lässt die Leiter ins Dunkel hinab.

Zögerlich ergreift Miyo eine Sprosse. Natürlich möchte sie nichts lieber, als der drückenden Dunkelheit entfliehen, doch sie weiß auch, dass oben im Licht nichts Gutes auf sie wartet. Etwas Gutes ist ihr schon lange nicht mehr widerfahren. Miss Twifords Heim für höhere Töchter ist kein Ort, an dem Gutes geschieht und wer in diesem Haus landet, hat niemanden mehr, der sich darum schert. Am wenigsten Miss Twiford selbst.

Miyo blinzelt zögerlich, als Licht durch die Luke fällt und Q-XII ihr die Hand entgegenstreckt.

Mathilda M. schließt die Tür hinter Miyo und entfernt sich leise. Erst als sie um die Ecke gebogen ist, atmet sie aus. Geschafft. Sie streicht ihre Schürze glatt und faltet die Hände, lauscht. Ganz tief in ihrem Inneren regen sich die quälenden Fragen, was richtig und was falsch ist. Wörter wie Mitleid und Hilfsbereitschaft, Menschlichkeit und Güte formen sich aus heimatlosen Buchstaben. Doch dann zischt Miss Twifords Stöckchen durch die Luft und durchkreuzt derartige Gedankengänge sofort. Was bleibt, ist die einzige Freude, die die Mädchen in Miss Twifords Heim für höhere Töchter kennen: Glück gehabt. Nicht ich.

Sie oder ich, denkt Mathilda, während sie stumm weitergeht. Besser sie als ich.

Miyo schreckt zusammen, als das Stöckchen auf Miss Twifords Stehpult kracht. Trotzdem sieht sie nicht auf, richtet den Blick starr auf ihre Schuhspitzen.

In Hildegard Twifords Kopf rattern die Rädchen so sehr, dass beinahe Qualm aus den Ohren pfeift. Was soll sie nur mit diesem Kind anfangen? Fortschicken kommt nicht infrage, zu viel Geld steht auf dem Spiel. Selbst für Miss Twifords Verhältnisse sehr viel Geld. Wenn sie das Mädchen hinauswirft, könnte jemand Fragen stellen, Nachforschungen anstellen, Rückforderungen äußern. Das ist keine Option.

Sie umkreist Miyo wie ein Wolf das Lamm, schnaufend und schnüffelnd, findet einfach kein Anzeichen für Furcht. Was, wenn die anderen Mädchen sich dieses Verhalten abschauten? Was, wenn der Ungehorsam sich von einer zur anderen ausbreitete wie ein Schnupfen? Hatschi … und wieder eine, die furchtlos dem nächsten Schlag entgegenblickt?

Miss Twiford umfasst das Stöckchen fester, bis ihre Knöchel weiß hervortreten. Jetzt ist sie es, die spürt, wie die Angst nach ihrem Herzen greift und die Organe noch ein wenig mehr zusammenpresst.

Das darf nicht passieren. Das kann sie nicht zulassen. Wie ein Befreiungsschlag fühlt es sich an, als das Stöckchen erneut durch die Luft zischt. Miss Twifords Handfläche reißt auf, als es beim Aufprall auf ihr Pult entzweibricht. Sie spürt keinen Schmerz.

»Du bist vom Unterricht suspendiert«, sagt sie tonlos. »Du wirst für Kost und Logis arbeiten, bis ich jemanden finde, der dich nimmt.« Und das wird bald sein, denkt sie. Sehr bald.

Beiläufig wirft sie das zerbrochene Stöckchen in den Papierkorb und nimmt ein neues aus dem Regal an der Wand. Ungehorsam, Widerspenstigkeit, Renitenz, Rebellion. Das neue Stöckchen zischt durch die Luft. Es gibt keine Form von Ungehorsam, mit der Disziplin und ein gutes Stöckchen nicht fertigwürden. Und in besonders schwierigen Fällen hilft Essensentzug und harte Arbeit, um zur Vernunft zu kommen. Bis jetzt hat sie noch jede Göre kleinbekommen. Und diese hier wird keine Ausnahme sein.

»Geh in die Küche, melde dich bei Mrs Fudge.« Sie packt Miyos Kinn mit spitzen Fingern und zwingt sie, ihr ins Gesicht zu sehen. Keine Furcht, nichts. »Du wirst Fußböden schrubben, Feuer schüren, den Abort reinigen. Und in aller Frühe kümmerst du dich um die Nachttöpfe. Hast du verstanden?«

Miyo nickt.

In Miss Twiford reift ein Plan. Wenn sich kein passender Freier meldet, wird sie eben selbst aktiv werden und einen für *das kalte Mädchen* finden. Einen, der nicht zimperlich ist und die Göre zu bändigen weiß. Und bis dahin ersetzt sie eine, ach was, zwei Küchenmägde. Sie lächelt in sich hinein. Die Kosten für die Zugfahrt nach London sind nichts gegen den immensen Gewinn, den sie mit der Vermittlung des Kindes erwirtschaften wird.

»Nun geh schon, was stehst du hier noch herum und glotzt Löcher in die Luft?« Sie versetzt Miyo einen Stoß mit dem neuen Stöckchen und schiebt sie zur Tür hinaus.

Miyo wischt sich eine verschwitzte Haarsträhne aus der Stirn und hinterlässt einen dicken schwarzen Streifen. Dann beeilt sie sich, den Ascheeimer nach draußen zu bringen und auszuleeren.

Arbeiten und schlafen, das ist alles, was sie seit geraumer Zeit tut. Sie hilft im Haus und in der Küche und abends fällt sie hundemüde in ihr Bett in der kleinen Kammer für die Mägde. Dann schläft sie traumlos und fest wie ein Stein. Ihre Hände sind ganz rau von der harten Arbeit, doch das ist allemal besser als der Unterricht bei Miss Twiford, die Schläge und das abweisende Verhalten der anderen Mädchen. Und sie ist nicht allein, sie hat Q-XII und Tilly, die ihr beide gute Freunde geworden sind, und manchmal bekommt sie Besuch von Mr Snory oder einem Mitglied seiner Familie, die sich ein paar Nüsse abholen. Das sind glückliche Momente, die den ganzen Rest erträglich machen.

Ein Windstoß bläst ein wenig Asche über Tillys Kräuterbeet. Miyo registriert das frische Grün von Schnittlauch und Petersilie, Pfefferminze, Melisse und Thymian und deren intensiven Duft. Sie schließt einen Moment die Augen, öffnet sie langsam wieder, sieht sich um. Wo ist nur der Winter geblieben? Hat sie ihn womöglich gerade eben weggeblinzelt? Oder existieren alle Jahreszeiten gleichzeitig?

Es wird noch einige Jahre – oder ein paar Wimpernschläge – dauern, bis Albert Einstein seinen Artikel zur speziellen Relativitätstheorie veröffentlicht. Dann wird Miyo diesen Moment längst vergessen haben. Woran sie sich aber erinnern wird, auch noch viel später, ist das Gefühl von Zeitlosigkeit. Loslassen und schwerelos sein. Wie frischer Kräuterduft im Frühling, satte Sommerfarben, von einem schattigen Plätzchen aus betrachtet, schwebendes Herbstlaub, aufgeregt tanzend, klare, unberührte Winterluft.

Ein Geräusch holt sie auf den Boden der Tatsachen und des Hinterhofes zurück. Sie sieht einen Wächter, der sich ungelenk über ein kleines Blumenbeet beugt und eine Lupinenrispe pflückt. Zwei davon hält er schon vorsichtig in der Hand, offenbar sehr bemüht, sie nicht mit den kräftigen Fingern zu zerdrücken.

Miyo schleicht über den Rasen zwischen den Beeten und pustet Q-XII mit aller Kraft in den Nacken. Er gibt ein Geräusch von sich, das klingt, als hätten seine Zahnräder eine Vollbremsung gemacht. Dann hüpft er erschrocken zur Seite. Miyo bricht in schallendes Lachen aus, schlägt sich aber sofort die Hand vor den Mund. Kaum auszudenken, wenn Miss Twiford sie dabei ertappen würde. Fröhlichkeit untergräbt die Disziplin!

»Q-XII, was machst du denn hier?«

Er versucht, die Blumen hinter seinem Rücken zu verstecken. »Nichts. Ich? Meinen … Rundgang. Also, ich mache meinen Rundgang. Natürlich, was sonst?«

Miyo faltet ihre Hände sittsam vor dem Bauch, sagt: »Hmhm« und sieht Q-XII nur abwartend an.

Der gibt auf. »Ach, Miyo. Was würde ich darum geben, wenn sie mich nur noch ein einziges Mal so ansehen würde. So …«, er seufzt. »So, als sähe sie mich, wirklich mich, verstehst du?«

Miyo versteht genau, was er meint. Sie legt die Hand auf seinen Arm und einen Moment lang stehen sie einfach nur da. »Die Blumen sind aber wirklich schön«, sagt sie dann. »Darüber wird sie sich bestimmt freuen.«

»Vielleicht«, flüstert er. Dann strafft er sich, die Hände samt Blumen auf dem Rücken verschränkt, und sieht starr geradeaus.

Miyo bückt sich schnell hinter ihn und nimmt die Blumen an sich. Jetzt hört auch sie, was Q-XII schon zuvor vernommen haben muss. Miss Twifords kompromissloses Keuchen, das asthmatische Pfeifen, den kriegerischen Schritt. »Wächter!«, sagt sie. »Hol meine Tasche aus der Kutsche und bring sie hinein.«

Q-XII schlägt die Hacken zusammen und tut, was ihm befohlen wurde.

Miyo zittert ein wenig, als Miss Twiford direkt vor ihr stehen bleibt, und erwartet einen Schlag mit dem Stöckchen, zumindest ein paar bissige Worte. Nichts von alledem. Miss Twiford sieht sie nur an. Lächelt sie sogar ein wenig? Dann geht sie einfach weiter, als wäre Miyo gar nicht anwesend.

Miyo sieht ihr nach, dankbar, so glimpflich davon gekommen zu sein, aber auch beunruhigt. Selbst wenn Miss Twiford in Eile ist, für einen Hieb mit dem Stöckchen bleibt doch immer Zeit. Sie betrachtet die Blumen und nimmt sie mit in die Küche, um sie in eine Vase zu stellen. Am besten auf den großen Tisch, wo Tilly sie gut sehen kann. Das ungute Gefühl nimmt sie ebenfalls mit.

Lady Strix Brouillard lässt ihren Blick über das frische Blau schweifen, das sich von der Wiese bis zum Waldrand erstreckt, und bis in die Düsternis des Waldes hinein. Sie klappert abfällig mit dem Schnabel und niest. Weder das aufdringlich positive Blau noch der – wieder Schnabelklappern – lieblich süße Geruch der Hasenglöckchen sind ihr besonders sympathisch.

Als Fairweather endlich die Decke ausgebreitet hat, lässt sie sich umständlich darauf nieder und beginnt, ihre Federn zu säubern. Selbst die schmecken lieblich süß und überaus positiv blau. Sie schluckt und hält einen Moment den Atem an, um sich nicht auf die Picknickdecke zu übergeben.

»Macarons?« Fairweather stellt ein Porzellantellerchen mit Gebäck vor Lady Strix' Füße. Rosa, lindgrün und – wie könnte es anders sein – hellblau. Sie ignoriert den kurzen Impuls, ihr Frühstück wieder hochzuwürgen, und nimmt eine aristokratische Haltung ein. Lady Strix hasst den Frühling. Den Duft, die Farben, das Wetter, einfach alles. Lediglich den Jungvögeln, die in ihren Nestern wie in den Auslagen klitzekleiner Feinkostgeschäfte hocken, kann sie einen positiven Aspekt abgewinnen.

»Also, Mr Fairweather«, sagt sie. »Warum setzen Sie mich dieser widerlichen Frühlingsfröhlichkeit aus? Wir beide könnten unseren Tag ganz sicher sinnvoller verbringen.«

Francis Fairweather beißt in ein Eclair und schließt die Augen. Er kaut und brummt dabei verzückt, in seinen Mundwinkeln vermischt sich Vanillecreme mit Zartbitterschokolade. »Ach, liebste

Strix, entspannen Sie sich«, sagt er und kaut inbrünstig weiter. »Wir sind nicht zum Vergnügen hier!«

Nachdem er sich die Fingerspitzen abgeleckt hat, kramt er ein Fernrohr aus dem Picknickkorb und befestigt es an einem niedrigen Stativ, das ursprünglich sicher für den Gebrauch auf einer Fensterbank gefertigt wurde. Dann deutet er darauf. »Bitte, Verehrteste, sehen Sie selbst.«

Lady Strix streckt sich, sieht erst Fairweather, dann das Fernrohr skeptisch an und sieht schließlich hindurch. Himmel – himmelblau –, zwei Vögel, ein Mückenschwarm. »Ganz wunderbar, können wir jetzt gehen?«

»Meine Güte, Strix, weiter unten.« Sie bewegt das Fernrohr, indem sie den Schnabel hineinschlägt und mit den Flügeln Schwung holt, dabei sabbert sie ein bisschen auf das blank polierte Metall. »Und jetzt etwas nach links.« Dieselbe Prozedur.

Jetzt sieht sie es. »Das Mädchenheim«, bemerkt sie, nimmt wieder hoheitsvoll Platz und plustert das Federkleid auf. »Wie Sie sich bestimmt erinnern, habe ich das Mädchen bis dahin verfolgt und das Gebäude und seinen Zweck entdeckt.« Sie atmet ein. »Also, was zum …«

»Jajaja, schon gut.« Fairweather fällt ihr ins Wort, fischt sich eine Hühnerkeule aus dem Korb und beißt herzhaft hinein, bevor er schmatzend fortfährt. »Sie haben das Gebäude entdeckt, verehrte Strix, Sie sind unübertrefflich grandios und unersetzlich.« Das Lob klingt nicht gerade aufrichtig, besonders da sein Kinn dabei fetttriefend glänzt. »Aber!«, sagt er schnell, bevor sie etwas erwidern kann. »Ich habe einen Weg gefunden, das Kind dort herauszubekommen, sodass der vermaledeite Vertrag endlich – endlich! – erfüllt und zu den Akten gelegt werden kann!«

Während des letzten Satzes verändert sich Fairweathers Stimme, wird tief und voll und scheint die gesamte Materie um ihn herum zu durchdringen, ihr die Farbe zu entziehen, sie in dunklen Nebel zu hüllen. Seine Pupillen leuchten tiefschwarz mit violetten Sprenkeln. Das kurze Aufflackern dauert nur wenige Sekunden, doch das sind die Momente, in denen Lady Strix sich vage an den Tag erinnert, als ihre menschliche Hülle starb und sie endgültig zu Strix Brouillard wurde. Solche Momente sind meist schnell vorüber und zurück bleibt nicht mehr als der Geschmack von verbranntem Fleisch auf der Zunge, aber danach weiß sie wieder ganz genau, warum sie sich mit diesem Kretin abgibt. In Fairweather verbirgt sich ein Potenzial, das ungeahnte Möglichkeiten eröffnet. Wahrscheinlich ist er sich nicht einmal selbst darüber im Klaren, was in ihm schlummert.

»Ich habe einen Heiratskandidaten für das Kind gefunden«, sagt er mit seiner normalen Stimme, wischt sich den Mund mit einer Serviette ab, überlegt kurz und schnappt sich ein Macaron von Lady Strix' Teller. Das rosafarbene. Nichts um ihn herum erinnert mehr an Nebel und Düsternis. »Und das Lustige daran ist, dass Miss Twiford noch dafür bezahlt hat. Ich liebe es, ein Wunschverkäufer zu sein.«

Fairweather deutet hinab ins Tal. »Schon bald gehört sie mir. Endlich und endgültig.« Zumindest Teile von ihr, denkt er und überlegt, wo er das Glas mit ihren Augen platzieren wird. Sicher sind sie tiefschwarz, wie die ihres Vaters. Dazu noch das unschuldige Herz – ach, Vorfreude ist doch etwas Wunderbares.

»Was soll ich sagen.« Lady Strix krallt sich den Rest der Hähnchenkeule. »Ich bin tatsächlich beeindruckt und hocherfreut. Wie haben Sie das geschafft?«

Er poliert seine tadellos sauberen Fingernägel am Revers seiner Jacke. »In den Menschen steckt sehr viel Niedertracht und Bosheit. Und manche Exemplare sind von Grund auf so verkommen, dass es eine Freude ist. Man braucht sie nur noch leicht in die richtige Richtung zu drehen und die Sache ist geritzt.« Er hebt den

Zeigefinger. »Geritzt ist in diesem Fall doppeldeutig zu verstehen. Der Freier hat – nun, wie soll ich es ausdrücken – wenig Interesse an einer Hochzeitsnacht im eigentlichen Sinne.«

Lady Strix schlingt die Hähnchenkeule im Ganzen hinunter und nickt nur. Wenn er doch einfach mal zum Punkt kommen würde …

Fairweather lässt den Zeigefinger sinken und seufzt. »Manchmal macht es wirklich keinen Spaß mit Ihnen, My Lady«, sagt er trotzig. »Er hat kein Interesse am Beischlaf mit seiner Braut. Und doch könnte er das Bettlaken nach der Hochzeitsnacht blutrot zur Schau stellen.«

Er klatscht in die Hände, springt auf die Füße, schnappt sich einen Zipfel der Picknickdecke und schüttelt alles, was sich darauf befindet, im hohen Bogen ins Gras. Lady Strix gibt einen krächzenden Schrei von sich und erhebt sich schwankend in die Luft. Sie sollte ihm das Gesicht zerkratzen, das sollte sie wirklich endlich einmal tun, stattdessen schlägt sie kraftvoll mit den Flügeln und folgt Fairweather lautlos gleitend den Berg hinab. In wenigen Tagen ist diese Posse vorüber, dann können sie endlich die wichtigen und großen Projekte verwirklichen.

Miyo steht ganz still, als Tilly ihr die Haare bürstet, die Fingernägel geschrubbt, nach Lavendelwasser duftend. Sie trägt nicht mehr die schäbigen Sachen einer Küchenhilfe, sondern eine blitzsaubere Schuluniform.

»Miyo?« Tilly hat aufgehört, Miyos Haar zu bürsten, und sieht sie fragend an.

»Entschuldigung, Tilly, was hattest du gesagt?«

»Wo bist du nur immer mit deinen Gedanken, Kind?«

Miyo zuckt mit den Schultern. »Ich dachte gerade daran, dass das Geschirr noch gespült werden muss.«

»Das Geschirr?« Die Köchin kneift die Augen zusammen, dann stemmt sie die Hände in die ausladenden Hüften. »Nimmst du mich auf den Arm, Kind?«

Q-XII räuspert sich. »Das wäre nicht möglich«, sagt er. »Jemand von Miyos Statur könnte kaum …«

»Q-XII!« Schnell schlägt Miyo ihre Hand vor seinen Mund.

»Waf ift denn?« Er schiebt Miyos Hand zur Seite. »Wächter sind programmiert, Gewichte nach Augenmaß zu ermessen, wir müssen oft sehr schwere Lasten bewegen, deswegen sind unsere Gelenke auch verstärkt und die Muskeln entsprechend ausgeprägt. Ich zum Beispiel könnte Tilly ganz problemlos auf meinen Armen tragen. Und das kilometerweit!« Er schaut die Angebetete fast ein bisschen hoffnungsvoll an.

In der Küche ist es mucksmäuschenstill, nur das Teewasser beginnt leise zu simmern. Dann lacht Tilly Fudge dröhnend auf. »Das möchte ich sehen«, sagt sie, »wie du mich auf Händen trägst.« Sie wischt sich die Tränen mit einem großen Geschirrtuch aus den Augen und schmunzelt immer noch, als sie den Tee aufgießt.

Betreten lässt Q-XII die Arme sinken, die er eben anschaulich von sich gestreckt hatte.

»Also«, sagt Tilly. »Bist du denn gar nicht aufgeregt? Vielleicht kannst du das Heim bald verlassen, dann musst du sicher nie mehr Geschirr spülen. Oder Fußböden wischen. Oder Karotten putzen oder Nachttöpfe leeren.« Sie kneift die Nase zwischen zwei Fingern zusammen.

Miyo schluckt schwer. »Ich mag meine Arbeit hier recht gerne«, sagt sie. »Und vor allem mag ich dich …«

Tilly zieht Miyo an die Brust und umarmt sie fest. »Ich weiß, meine Kleine«, sagt sie. »Aber das kann doch nicht ewig so weitergehen, das ist dir doch klar?«

Miyo schluchzt leise in den rauen Stoff von Tillys Küchenkleid. Es riecht nach Eintopf und Miyo fühlt sich in den Armen der Köchin so geborgen wie lange schon nicht mehr. Aber natürlich wusste sie immer, dass sie irgendwann fort muss.

Miss Twiford betreibt das Mädchenheim nicht zum Vergnügen. Sie verdient zwar gut am Schulgeld, aber noch besser an der – wie sie es nennt – Unkostenbeteiligung, die sie von den Freiern bekommt. Deswegen hat Miss Twiford sie vor einigen Tagen im Hof so angesehen, geradezu froh und zufrieden. Sie hat einen neuen Heiratskandidaten gefunden. Deswegen war sie sogar extra in London.

Tilly nimmt Miyo an den Schultern, schiebt sie auf Armeslänge von sich weg und sieht ihr prüfend ins Gesicht. Natürlich sieht man ihr die Angst nicht an, natürlich sind Furcht und Kummer wie immer hinter der Maske verborgen. »Na, siehst du«, sagt sie. »Alles wird gut. Vielleicht magst du den Mann ja richtig gerne? Und ganz sicher mag er dich!« Sie tätschelt aufmunternd Miyos Arme. »Schluss jetzt mit den schwermütigen Gedanken!« Ohne weitere Worte wendet sie sich dem Berg Geschirr zu und beginnt, die Teller zu schrubben.

Tilly Fudge mag unsensibel wirken, aber das ist sie nicht. Sie ist eine Frau ihrer Zeit. Eine Frau der Tat. Was hätte sie dafür gegeben, wenn ein Freier sich nach ihr umgedreht hätte? Wenn er sie aus dem harten Einerlei zwischen Putzen, Kochen, Waschen herausgeholt hätte? Miss Twifords Mädchen werden vielleicht nicht an die hübschesten Männer vermittelt, einige sind auch nicht mehr jung. Aber was macht das schon? Sie müssen sich nie mehr die Hände in heißem Wasser verbrühen, die Haut schält sich ihnen nicht mehr von den Fingerkuppen, die Knie und der Rücken schmerzen nicht mehr vom Schrubben der Böden. Das ist doch ein gutes Leben, das sie erwartet. Was kann man sich als Mädchen sonst erhoffen?

Miyo betritt den Roten Salon mit gesenktem Kopf. Sie hat kein Interesse daran, den Mann anzusehen. Sein Aussehen ist ihr egal, genau wie sein Name und alles andere, was Miss Twiford sagt, als sie die Braut dem zukünftigen Ehemann vorstellt. Miyo hört die Stimmen, aber die Worte tosen wie ein wilder Fluss aus Lauten an ihren Ohren vorbei. Das Einzige, was sie bewusst wahrnimmt, ist ein überaus aufdringliches Parfum. Ein schwerer, klebriger Geruch, dem man nicht entrinnen kann.

Unwillkürlich stellt sie sich vor, wie dieser unangenehm riechende Mensch ihr nahe kommt, sie womöglich anfasst, und nun hebt sie den Kopf und sieht direkt in sein Gesicht. Die Wangen sind eingefallen, die Haut ist grau und rissig wie ausgetrockneter Boden, dunkle Ringe umrahmen gerötete Augen. Eine Pupille bewegt sich unablässig, als fände sie keinen Halt, die andere blickt starr geradeaus und ist offenbar aus Glas. Über das Glasauge zieht sich eine lange Narbe von der Stirn bis zum Ohrläppchen. Schnell sieht Miyo wieder nach unten.

Klein ist der Mann und dünn, mit kleinen dünnen Händen auf deren Rücken Narbengeflechte in verschiedenen Heilungsstadien zu sehen sind, wie sich überlagernde weiße und rote Spinnennetze.

Miyos Magen zieht sich zusammen. Das Atmen fällt ihr schwer. Alles in ihr wird eiskalt und starr. Der kleine Kolibri kauert in einem Winkel ihres Herzens, die Flügel schützend an den Körper gepresst. Das Zimmer wird erst farblos, dann grau wie das Narbengesicht und verschwimmt zu nebligen Schlieren.

Sie wird aufgefangen, bevor ihr Hinterkopf auf den Boden schlägt. Jemand hebt sie hoch und legt sie vorsichtig auf der Chaiselongue ab, die vor dem Ofen steht. Sie spürt die Wärme des Feuers, hört Miss Twifords angespanntes Schnaufen und ihre Entschuldigungen. »Miyo ist von überaus robustem und gesundem Wesen, ich weiß gar nicht …«, ein besonders angestrengtes Schnaufen, unterlegt von asthmatischem Pfeifen, »… das muss die freudige Erregung sein.«

»Lassen Sie nur, das Mädchen ist von zartem Wesen.«

Miyo liegt ganz still, die Augen geschlossen. Raue Fingerspitzen fahren die Konturen ihres Gesichts nach. Ein erstauntes Zittern, als er die Kälte der Maske bemerkt. Aber er zuckt nicht zurück, ganz im Gegenteil, nun berührt er sie mit beiden Händen, wie ein Blinder, der sich jeden einzelnen Zentimeter mit seinen Fingern erschließt und dann zu einem Gesamten zusammensetzt. Und als sie es wagt, die Lider einen Millimeter weit zu öffnen, sieht sie, dass seine Augen tatsächlich geschlossen sind.

»Vollkommen«, flüstert er heiser. »Nicht ein einziger Makel.«

»Ich muss mich nochmals entschuldigen.« Miss Twiford versucht erneut, zu einer Erklärung anzusetzen, aber er schneidet ihr barsch das Wort ab. »Seien Sie still«, sagt er. Er spricht leise, hebt nicht einmal die Stimme, aber der Tonfall ist unmissverständlich. Selbst Miss Twiford spürt die Drohung hinter seinen Worten, die über ein normales Maß an Unhöflichkeit weit hinaus geht.

Er erhebt sich. »Wie viel?«, fragt er.

Miss Twiford räuspert sich, nun ist sie wieder ganz bei sich. Dieser Mann will das kalte Mädchen so unzweifelhaft und unbedingt. Das erhöht den Preis um das Doppelte. Sie kneift listig die Augen zusammen. Nicht einmal bei der Frage konnte er die Blicke vom Gesicht des Kindes abwenden. Das Dreifache.

»Mr Smith, bitte«, sagt sie. »Lassen Sie uns in mein Büro gehen und das Geschäftliche abwickeln. Für Miyo wird derweil gut gesorgt.« Sie deutet auf die Tür, mit den Fingern der anderen Hand schnippst sie zweimal. »Wächter! Leiste dem Mädchen Gesellschaft. Und dass sie nicht einen Kratzer abbekommt, ist das klar?«

Der Freier sieht sich den Wächter an, scheint beruhigt und nickt. »Also gut«, sagt er. »Beeilen wir uns, ich möchte keine Zeit verlieren.«

Wieder wird Miyo auf die Arme genommen, dieses Mal sind es die massiven Metallarme eines Wächters. Q-XII schreitet weit aus und als er sicher ist, dass Miss Twiford ihn nicht mehr hören kann, beginnt er zu laufen. »Du musst hier weg«, sagt er. »Ich weiß nur nicht … ich bin nicht sicher. Ach, hätten wir doch nur etwas mehr Zeit.«

Erst als sie in der Küche angekommen sind, setzt er Miyo vorsichtig auf der Holzbank hinter dem großen Esstisch ab. Sie öffnet die Augen. Immer noch lähmt sie die Eiseskälte in ihrem Inneren. »Wo sollte ich denn hingehen?« Sie streichelt die Wange ihres Freundes. »Lieber Q-XII.«

Dann durchläuft ein Schaudern ihren ganzen Körper, sie zittert so sehr, dass sogar die Zähne klappern. Das Beben scheint das Eis zu brechen und erst jetzt erkennt sie wieder klar und deutlich, was die Alternative ist. »Du hast recht«, sagt sie. »Ich muss hier weg und zwar gleich. Einerlei, was mich draußen erwarten mag, mit diesem Mann kann ich auf keinen Fall gehen.« Sie denkt an die graue Haut und die Narben, an den flackernden Blick, und wieder zittert sie. Trotzdem springt sie auf und macht sich auf die Suche nach etwas zu Essen und einem Beutel, in dem sie Brot und einen

Kanten Käse verstaut. Nach kurzem Überlegen eilt sie in die Vorratskammer und nimmt noch eine Flasche Bier aus Tillys privaten Beständen. Als sie gerade nach einem Apfel und einem kleinen Schälmesser greift, hört sie jemanden auf dem Gang vor der Küchentür. Es ist nicht Miss Twiford und keins der Mädchen, es sind schwere langsame Schritte.

»Q-XII, das ist Tilly«, flüstert sie. »Was machen wir denn jetzt?«

»Geh«, sagt er. »Schnell! Zur Hintertür hinaus. Ich werde sie aufhalten und du rennst.«

»Q-XII, guter Q-XII. Eines Tages werde ich zurückkommen und dich mitnehmen.«

Der Wächter schüttelt den Kopf und legt vorsichtig seine grobe Hand auf Miyos Schulter. »Ich bin da, wo ich hingehöre«, sagt er. »Aber auf dich wartet die große weite Welt. Nun lauf los und finde deinen Platz in ihr.«

»Danke, mein Freund.« Sie küsst ihn auf die Wange, dreht sich um und rennt zur Hintertür hinaus.

Er legt die Hand auf seine Wange und schließt die Augen. Leb wohl, meine Freundin.

Als Tilly die Küche betritt, nimmt er Haltung an und sieht der Angebeteten tief in die Augen. Er weiß, dass seine letzte Stunde angebrochen ist, aber die wird er nutzen und sich alle Gefühle von der Seele reden, die dort schon so lange im Verborgenen wachsen und ranken und sich an das kleine bisschen Hoffnung in seinem Herzen klammern wie der Efeu im Hinterhof an die uralten Mauersteine.

Francis Fairweather sitzt im Fond seines brandneuen Automobils und genießt den Sonnenuntergang. Den Motor lässt er laufen und erfreut sich am Qualm und am Geruch der Maschine. »Das ist die Zukunft«, sagt er zu sich selbst. »Die Welt wird am Gestank der Motoren ersticken.« Genüsslich streckt er die Beine aus und verschränkt die Hände hinter dem Kopf. »Ist das nicht wunderbar?«

Lady Strix landet neben ihm auf dem Rücksitz und leckt sich Mäuseblut vom Schnabel. »Was ist wunderbar?«, fragt sie.

»Das Leben, Strix, das Leben.« Er sieht auf seine Taschenuhr, nimmt eine andere Sitzposition ein und trommelt mit den Fingern einen schnellen Rhythmus auf das feine Leder des Vordersitzes. Eine ganz besondere Sonderanfertigung. »Müsste Mr Smith das Geschäftliche nicht langsam abgeschlossen haben?«, fragt er nach einer Weile. »Warum dauert das so lange?«

»Geduld, mein Lieber. Ihr *Mr Smith*«, sie betont den Namen, als spräche sie von menschlichen Fäkalien, »wird sicher schon bald alles erledigt haben. Es ist mir sowieso ein Rätsel, warum wir heute extra noch einmal hierherfahren mussten. Er hätte uns das Kind gut und gerne in London übergeben können.«

»Ach, Verehrteste, Sie sind einfach kein Genussmensch.« Er grinst sie von oben herab an. »Nun ja, selbstredend nicht. Aber in der Tat, so langsam«, wieder ein Blick auf die Uhr, »beginne ich mich zu langweilen.« Fairweathers Stimmung kippt und zu allem Überfluss beginnt es just in diesem Moment zu regnen. »In zwei Minuten gehen wir hinein.«

Lady Strix Brouillard dreht den Kopf und bringt ihn mit einem Zischen zum Schweigen. »Hören Sie doch!«

Die schwere Eingangstür öffnet sich und Miss Twiford tritt hinaus in den Regen, gefolgt von Mr Smith, der das Handgelenk eines Mädchens umklammert hält. Fairweather kann nicht verstehen, was die Menschen sagen und es ist ihm auch vollkommen egal.

»Endlich«, sagt er leise, dann kneift er die Augen zusammen und wird krebsrot im Gesicht. »Nein«, flüstert er. Und lauter: »Nein!«

Der Knall einer Fehlzündung übertönt das nächste Nein. Der Motor stottert. Miss Twiford schüttelt die freie Hand von Mr Smith und flüchtet zurück ins Haus. Sofort schiebt sie den Riegel vor und schließt zweimal ab. Dann presst sie beide Hände auf ihre Brust, bis sie genug Atem geschöpft hat, um in ihre Kammer zu eilen. Das war kein guter Tag, oh nein, und es wird kein guter Abend werden. Sie wird nicht ruhen, bis sie die Schuldigen gefunden und aufs Schärfste bestraft hat.

Direkt vor *Miss Twifords Heim für höhere Töchter* legt Francis Fairweather die Hände um Mr Smiths Hals. »Wo ist sie?«, schreit er immer wieder. »Wo ist sie?«

Mr Smith röchelt.

Mathilda M. presst die Hände auf ihre Ohren und schreit wie am Spieß.

Lady Strix hat eine kleine Sinnkrise und kaut lethargisch an Mäusegedärm, das noch in ihren Federn geklebt hat. Weltherrschaft hin oder her, sie weiß nicht, ob sie die unsinnige Jagd nach diesem verwünschten Kind noch länger ertragen kann. Und Fairweather, diesen unsäglichen Kretin.

Mr Smith hat längst das Zeitliche gesegnet, aber Fairweather würgt ihn noch immer und schreit wie ein Verrückter.

Mathilda M. schreit ebenfalls, mittlerweile etwas heiser, aber voller Inbrunst.

Im Inneren des Gebäudes gibt Q-XII unterdessen keinen Laut von sich, als Miss Twiford ihm den glühenden Schürhaken ins Kniegelenk stößt und ihn so zu Fall bringt. Er hat den Blick ganz fest auf Tillys wunderbares Gesicht gerichtet. Seinen Anker, seine Liebste.

Tilly Fudge presst ein Geschirrtuch auf ihren Mund, um nicht zu schreien. Vor wenigen Minuten erst hat dieser Wächter ihr ganzes Weltbild ins Wanken gebracht. Ihre Vorstellung von Liebe und davon, was das Leben zu bieten hat. Noch nie zuvor hat ihr jemand so wunderbare Dinge gesagt. Sie lässt ihren Tränen freien Lauf. Und auch wenn sie seinen Schmerz fast körperlich spüren kann, wendet sie den Blick nicht ab. Wenigstens das kann sie ihm zurückgeben. Wenigstens diese letzten Augenblicke.

4

Kühler Wind zerrt und zaust an seinen Haaren und schlägt ihm Strähnen ins Gesicht. Schneller und schneller bewegt er den Hebel hinunter und wieder herauf und lacht dabei wie ein kleiner Junge, der seine allererste Zuckerstange kostet. Kaum sechs Meter weit reicht das Scheinwerferlicht nach vorne und nur zwei nach hinten, die Dunkelheit frisst die Gleise, kaum dass die Draisine darüber hinweggerattert ist. Links und rechts von dem rasenden Gefährt sieht man nur gelegentlich die schemenhaften Umrisse einer Baumgruppe. Doktor Nikolaus Grünbein liebt es, durch die Nacht zu rasen. Frei und ungebunden von einem Ort zum anderen.

Die Geschäfte liefen ausgesprochen gut in letzter Zeit. Überdies hat er nur positive Rückmeldungen zur Wirksamkeit seiner Tinkturen bekommen. Ein üppiges Weib in einem Dorf nahe Brighton – oder war es Southampton? – berichtete ihm unlängst von den Auswirkungen eines Potenzmittels, das er ihr für ihren trägen Gatten gegeben hatte. Ihre detaillierten Schilderungen überstiegen sogar Grünbeins Fantasie, und sie schenkte ihm aus Dankbarkeit eine fette braune Henne.

Es hätte also keinen Grund dafür gegeben, Hals über Kopf die Zelte abzubrechen. Er hätte wenigstens ein paar Tage am selben Ort bleiben können. Er wirft einen Blick nach hinten in den kleinen Waggon, in dem seine Geliebte selig schlummert. Manchmal kann er selbst kaum fassen, was für ein unglaublicher Glückspilz er doch ist.

Ein fernes Pfeifen reißt ihn aus den Gedanken. »Verdammt!« Er lässt den Handhebel los und sieht auf seine Taschenuhr. »Verdamm mich noch eins!«

Vor lauter Gedankengefasel und geistiger Abschweifungen hat er die Zeit aus den Augen verloren. Er muss schnellstens ein Nebengleis erreichen, wenn ihn das energisch dampfende Ross nicht auf die Hörner nehmen soll.

Er packt den Hebel und pumpt so schnell er kann. Als er die Gabelung entdeckt, verringert er die Geschwindigkeit, springt vom Wagen, stellt die Weiche mit vollem Körpereinsatz, lässt die Draisine auf das Nebengleis rollen und stellt die Weiche wieder in die ursprüngliche Position zurück. Und schon reißt der Fahrtwind der Eisenbahn an seiner Jacke und ihn selbst von den Füßen. Er landet auf dem Allerwertesten im Schotter und sieht dem Zug hinterher, bis ihn die Dunkelheit vollkommen verschluckt hat. Dann lacht er aus vollem Halse los und schlägt sich dabei auf die Oberschenkel.

Deswegen reist er in der Nacht ab, auch wenn es nicht vonnöten ist, deswegen rast er durch die Dunkelheit, deswegen wird er niemals sesshaft werden. Er liebt es, wenn sein Herz mit voller Kraft schlägt und pumpt, er liebt die Gefahr und was sie in seinem Körper auslöst. Er liebt auch seine Jenka, aufrichtig und von ganzem Herzen, aber müsste er sich zwischen ihr und dem freien Leben eines fahrenden Medikus entscheiden …

Nun, diese Entscheidung steht nicht an. Er klopft sich den Staub von den Hosenbeinen und macht sich daran, die Draisine wieder auf das Hauptgleis zurückzuschieben. Ein paar Meilen will er noch hinter sich bringen, bevor er das Lager aufschlägt. Die Nacht ist einfach zu schön, um still zu stehen. Diese Nacht braucht Geschwindigkeit, Fahrtwind, Freiheit, und die nächste

Eisenbahn kommt erst kurz vor dem Morgengrauen. Bis dahin gehören die Gleise nur ihm allein.

Miyo lehnt sich an einen dicken Baumstamm und schließt die Augen, obwohl es stockfinster ist. Sie atmet tief durch. Mehrere Tage ist sie schon unterwegs. Allein und verängstigt. Sie marschiert meist nachts, im Schutz der Dunkelheit, und hält sich im Schatten der Bäume. Um die Orientierung nicht zu verlieren, folgt sie den Bahngleisen nach Norden. Ihre Vorräte gehen zur Neige, der Käse ist verzehrt und das Bier getrunken, und der Kanten Brot wird auch nicht ewig reichen. Irgendwann wird sie sich Arbeit suchen müssen. Vielleicht auf dem Land? Oder besser in Bristol, Fremde fallen in einer großen Hafenstadt nicht auf. Sie könnte als Hausmädchen arbeiten oder sogar als Köchin, sie hat viel von Tilly gelernt.

Der Hals wird ihr eng, sie setzt sich ins Gras, legt die Stirn auf die Knie und schluchzt leise. Der kleine Kolibri in ihrem Herzen hockt still in einer Ecke, ausgelaugt und müde vom vielen Flattern.

»Ach, Papa«, flüstert sie. Schon lange hat sie nicht mehr an ihren Vater gedacht, aber plötzlich sieht sie sein Gesicht klar und deutlich vor sich. Sein Gesicht, wie es vor dem Unfall ausgesehen hat. Das strenge, aber liebevolle Lächeln, wenn sie wieder einmal zu ungestüm war, die gütigen Augen.

Sie berührt ihre Wangen und schluchzt erneut. Wie wäre ihr Leben wohl verlaufen, wenn sie diese Maske nicht hätte tragen müssen? Vielleicht wäre ihre Mutter weniger traurig, ihr Vater weniger besorgt gewesen. Vielleicht wären beide noch am Leben. Das ist alles nur ihre Schuld. Miss Jenny, Max, Q-XII. Und Miss

Whittles, die gute Miss Whittles. Was mag nur aus ihnen geworden sein? Alle Menschen, auch die mechanischen, haben gelitten wegen ihr – weil sie sie beschützen wollten. Weil sie sie liebten. Sie darf nicht zulassen, dass sie noch einmal von jemandem geliebt wird.

Sie kramt den Kanten Brot aus ihrem Bündel und reißt ein kleines Stück davon ab, steckt es in den Mund, kaut langsam und gewissenhaft. Zwei Tage noch, vielleicht drei, dann hat sie nichts mehr zu essen. Sie muss Bristol erreichen und sich eine Stellung suchen. Sie muss ihr Leben in die Hand nehmen. Das ist sie ihrem Vater schuldig.

Der Mond blinzelt hinter einer Wolke hervor. Miyo steht auf und wirft den Beutel über die Schulter. »Fairweather wird mich niemals finden«, sagt sie. »Das verspreche ich dir!«

Die Gleise weisen ihr den Weg. Sie hüpft von Holzschwelle zu Holzschwelle. Fast heiter sieht sie aus, wie ein Kind, das keinen Kummer kennt.

Schon vor Stunden ist Miyos fröhliches Hüpfen einem kraftlosen Marschieren gewichen. Bald geht die Sonne auf, dann kann sie endlich rasten, ausruhen, ein wenig schlafen. Sie muss weit ausschreiten, die Bahnschwellen geben die Schrittlänge vor, dabei summt sie eine Marschmelodie. Gedanken an die Vergangenheit lässt sie nicht zu, die Erinnerungen sind zu schmerzhaft. Alles was zählt, ist der Weg nach vorne. Immer weiter, Fuß vor Fuß, Schwelle für Schwelle. Wenn ihr die Augen vor Müdigkeit zufallen, schüttelt sie den Kopf wie ein nasser Hund und summt noch etwas lauter.

Dass sie stürzt, bemerkt sie erst, als der Knöchel wie Feuer brennt und sie sich den Ellbogen an den Eisenschienen aufschlägt. Sie schreit auf und greift nach dem Knöchel, der sich heiß anfühlt und augenblicklich anschwillt. Sie will den Fuß heranziehen, aber der steckt fest. Ihr Absatz klemmt zwischen den Schienen und lässt sich nicht lösen.

Aus der Ferne hört man ein lang gezogenes Tuuut.

Hektisch und mit steifen Fingern versucht sie, die Schnürung des Schuhs zu öffnen, wie ein Gespenst fühlt sie sich, beobachtet sich selbst dabei, wie sie sich in den Schnürsenkeln verheddert und immer panischer wird. Ihr Körper fühlt sich an, als schliefe er, während der Geist hellwach ist und auf Hochtouren arbeitet.

Wieder das Tuuut, etwas näher dieses Mal, dann ein ohrenbetäubendes metallisches Kreischen.

Jemand flucht lautstark, stößt Miyos Hand zur Seite und schneidet die Schnürsenkel mit einem riesigen Messer auf. Er packt Miyo unter den Achseln, schleift sie rücklings ins hohe Gras, dort lässt er sie einfach fallen wie einen Sack voll Kohlen.

Erstaunlich schnell für seine untersetzte Figur, rennt er zurück zu den Gleisen und packt einen Hebel, den Miyo vorher gar nicht bemerkt hat. Der Mann keucht, als er den Hebel mit aller Kraft nach vorne drückt. Fasziniert beobachtet sie, wie er auf einen Bahnwaggon springt und den mit einem großen Wipphebel in Bewegung versetzt, ihn auf einem Nebengleis abstellt, zurückkommt und den Hebel neben den Gleisen wieder in die ursprüngliche Stellung bringt. Noch ein leichtfüßiger Satz über die Schienen, dort klopft er sich klatschend Staub von den Handflächen und blinzelt Miyo verschwörerisch zu. Erst dann zieht er ein Taschentuch aus seiner Brusttasche und wischt sich den Schweiß von der Stirn, während die tutende Lokomotive samt Personen- und Güterwagen an ihnen vorbeirumpelt.

»Sankt Vitus noch eins!« Der Mann hockt sich neben Miyo ins

Gras und betastet vorsichtig den Knöchel, der mittlerweile nicht mehr zu erkennen ist. Das Gelenk ist angeschwollen wie ein Ballon.

Miyo starrt immer noch dem Zug nach. »Mein Schuh.« Etwas Gescheiteres kommt ihr nicht in den Sinn.

»Ich fürchte, den kannst du vergessen. Aber besser der Schuh als der Fuß, nicht wahr? Oder: Bei jeder Reise musst du auch rasten, um letztendlich gut anzukommen, wie meine Babuschka zu sagen pflegte.«

Miyo versteht kein Wort, nickt aber. Jetzt kehrt auch der Schmerz zurück. Sie beißt die Zähne zusammen und stöhnt.

»Das tut weh, ich weiß. Du musst jetzt tapfer sein, ich bringe dich in den Wagen, dort kann ich dich besser behandeln.«

Miyo zuckt zurück und macht sich ganz steif, als der Mann seinen Arm um ihren Hals legt und sie an sich zieht.

»Ach, Töchterchen, nicht doch.« Er sieht sie kopfschüttelnd an und Miyo atmet schnaufend aus. Er hat so gütige Augen und sie ist so müde. »Gut so«, sagt er leise, dann hebt er sie hoch und trägt sie zu seinem Wagen. »Jenka«, ruft er, als er Miyo umständlich auf die Plattform bugsiert hat. »Setz Wasser auf, wir haben einen Gast!«

Nur langsam kämpft sich Miyo zurück in die Realität. So tief und fest hat sie schon lange nicht mehr geschlafen. Sie hat von ihrem Vater geträumt, der glücklichen Zeit auf dem Land, von Miss Jennys Abenteuergeschichten. Die Sonne steht hoch am Himmel und scheint durch ein kleines Buntglasfenster direkt in Miyos Gesicht. Staubkörner tanzen in den bunten Strahlen. Miyo streckt sich und gähnt ausgiebig. Noch immer hört sie Miss Jennys vertraute Stimme. Sie erzählt eine Geschichte über Breitwegerich und Johanniskraut. Dann sagt eine Männerstimme: »Wir müssen neuen Beinwell besorgen.«

Miyo dreht sich um und stützt sich auf einem Ellenbogen ab. Diese Seite des Waggons ist geöffnet. Draußen arbeiten zwei Leute mit dem Rücken zu Miyo an einem Klapptisch, der mit Kräuterbündeln, Einmachgläsern und braunen Apothekerflaschen beladen ist. Die Frau zerstößt irgendetwas in einem Mörser, der Mann gibt ein wenig Flüssigkeit hinzu. Feuerrote Locken quillen unter einer Fliegermütze hervor.

»Miss Jenny.« Miyo versucht aufzustehen und stößt einen spitzen Schrei aus, als sie mit dem Fuß auftritt. Sie lässt sich wieder aufs Bett fallen und starrt die beiden ungläubig an. Das kann doch nicht wahr sein. Ihre Augen sind sich ihrer Sache sicher und auch der Verstand bestätigt, was sie sieht. Miss Jenny, eindeutig. Nur das Herz kann es nicht glauben. Unmöglich.

Jetzt dreht sich die Frau um und der kleine Kolibri flattert aufgeregt in Miyos Herz. Miss Jenny grinst von einem Ohr bis zum anderen. Mit wenigen Sätzen ist sie im Wagen und zieht Miyo so fest an sich, dass ihr die Luft wegbleibt. Als sie sie loslässt, wischt sie sich verstohlen über die Augen. Dann deutet sie auf den Waggon. »Na, was habe ich dir damals gesagt? Es ist zwar kein Luftschiff, aber mein Kiki fliegt damit schneller als der Wind über die Gleise, das kannst du mir glauben.«

»Du sollst mich in der Öffentlichkeit nicht immer Kiki nennen. Dr Grünbein! Autorität ist wichtig, verstehst du?«

Miss Jenny verdreht die Augen. Sie nimmt Miyos Hände und setzt sich zu ihr aufs Bett. Ihr Blick schweift in die Ferne und wird traurig. »Es tut mir so leid, was mit deinem Vater passiert ist. Miss Whittles hat mir erzählt, dass sie dich wegbringen musste. Aber sie hat um nichts in der Welt herausgerückt, wohin. Wie ist es dir denn ergangen?«

Es dauert eine Weile, bis Miyo anfängt zu erzählen. Von dem Waisenhaus und Miss Twiford – die Stockschläge spart sie aus, Miss Jenny ist sowieso schon kreidebleich geworden. Als sie bei den Freiern angelangt ist und bei Miss Twifords lukrativem Zusatzverdienst, springt Miss Jenny auf und reckt die geballten Fäuste in die Luft. »Jemand muss ihr das Handwerk legen!«

Dr Grünbein legt ihr den Arm um die Schultern und Miss Jenny bläst geräuschvoll den Atem aus. »Meine kleine Jenka, du bist zu gut für diese Welt«, sagt er. »Verheiratet zu werden, ist sicher nicht das Schlimmste, was diesen Mädchen widerfahren konnte.«

Miss Jenny gibt ihm einen Kuss auf die Stirn, dann setzt sie sich wieder zu Miyo. »Aber du bist diesem Fairweather entkommen«, sagt sie. »Das ist das Wichtigste. Und wir haben uns wiedergefunden.« Sie sieht Grünbein an, dann wieder Miyo, kaut einen Moment auf der Unterlippe. »Du wirst mit uns kommen«, sagt sie. »Keine Widerrede!«

Es ist nicht klar, wen genau sie damit meint, Miyo oder Grünbein, dessen Gesichtszüge gerade zu entgleisen drohen. Wahrscheinlich beide.

Miyo erinnert sich an die Entscheidung, die sie erst vor wenigen Nächten getroffen hat. Niemand soll sie mehr lieben. Und auch sie sollte niemanden mehr lieben. Aber dafür ist es in diesem Fall zu spät, Miss Jenny gehört schon seit vielen Jahren ein fester Platz in ihrem Herzen. Also nickt sie nur.

Und auch Grünbein ergibt sich seinem Schicksal. Sein Schicksal heißt meist Jenka, Jennifer May in ernsten Minuten, Frau Doktor in zärtlichen Morgenstunden … Und darüber wird man noch ein ernstes Wörtchen sprechen müssen. Der Waggon ist klein. Zu klein für drei!

Wie immer weiß Jennifer May Dunnaby, was er ihr sagen will, bevor der Gedanke in seinem Kopf zu Ende gedacht ist. »Darüber reden wir später«, sagt sie. »Miyo braucht einen frischen Verband und wir müssen unsere Unterhaltung noch fortsetzen.«

Grünbein nickt und beginnt damit, Miyos Verband zu erneuern. Der Knöchel ist ein farbenfrohes Gebilde aus satten Blau- und Grüntönen, aber schon etwas abgeschwollen und die Schmerzen sind auch erträglich.

»Was ist aus Miss Whittles geworden? Und Vaters Beerdigung …« Ein dicker Kloß im Hals hindert Miyo am Weitersprechen.

»Dein Vater hatte alles geregelt, bevor er starb.« Sie nimmt Miyo in den Arm. »Er wurde neben deiner Mutter bestattet. Und Miss Whittles …« Sie zuckt mit den Schultern. »Die hat bestimmt eine neue Anstellung gefunden. Aber reden wir doch von etwas Vergnüglichem. Möchtest du nicht die Geschichte hören, wie Miss Jennifer Dunnaby, einst Hauslehrerin mit fast tadellosem Ruf, diesen verrückten Medikus kennengelernt hat?«

»Und lieben«, tönt Grünbein aus dem Hintergrund. »Und wie!«

»Sei still, du!« Sie hält Miyo die Ohren zu, aber lacht dabei.

Es wird eine lange Nacht voller Geschichten, wahren und nicht ganz so wahren, und Miyo ist endlich wieder einmal glücklich. Grünbein kocht einen Eintopf nach dem Rezept seiner Babuschka in einem großen Kessel über dem offenen Feuer. Immer wieder wirft er seiner Jenka einen entflammten Blick zu, den diese auffängt und doppelt so feurig zurückgibt. In Gegenwart der beiden Verliebten ist alles wundervoll und echt.

Nun ja, vielleicht ist nicht alles so echt, wie Grünbein gerne glauben machen würde. Angefangen beim Rezept seiner Babuschka, das eigentlich aus einem zweitklassigen Wochenblatt für die deutsche Hausfrau stammt. Aber das spielt in dieser Nacht keine Rolle. Diese Nacht ist so echt, wie sie es nur sein kann.

Das Leben ist Geschwindigkeit. Von Birmingham hinauf nach Edinburgh und im Zickzack wieder hinunter bis nach Manchester. Immer den Wind im Gesicht und das Rattern der Schwellen im Ohr. Kaum sind die Hasenglöckchen verblüht, rauscht auch schon der Sommer vorüber.

Miyo lernt alles über Heilkräuter und darüber, wie man sie am wirkungsvollsten verarbeitet. Bald schon ist sie in der Lage, ihre erste selbst entwickelte Salbe herzustellen. Grünbein nimmt sie in sein Sortiment auf. Natürlich unter seinem eigenen Namen. Er ist schließlich der Medikus.

Die Wohnsituation funktioniert befriedigender als erwartet. Miyo geht im Morgengrauen frische Blumen und Kräuter sammeln, wenn die Sonne noch nicht zu hoch am Himmel steht und ihrer Maske keinen Schaden zufügen kann. Sie liebt es, wenn das taufeuchte Gras ihre Zehen kitzelt, und kehrt oft erst Stunden später vollbepackt zurück. Alle sind zufrieden und glücklich.

Miss Jenny hat Dr Grünbein über die Beschaffenheit von Miyos Gesicht aufgeklärt und nachdem er endlich akzeptiert hat, dass er niemals ein Porzellanmacher sein wird, hat er beschlossen, eine ganz neue Art von Salben zu entwickeln, die der Haut eben diese Makellosigkeit verleihen sollen. Dafür hat er bereits Radium in größeren Mengen geordert.

Indessen treibt Lady Strix Brouillard Francis Fairweather an, das Mädchen zu finden. Zu diesem Zweck haben die beiden ein englandweites Netzwerk aus Informanten geschaffen. Ein Wunschgeschäft in jeder größeren Stadt. Um ihr Ziel schnellstmöglich zu erreichen, gehen sie sogar Kooperationen mit Kaufhäusern ein. Eine eigene Abteilung bei Harrods in London ist erst der Anfang.

Miyo kommt von ihrem morgendlichen Spaziergang zurück und setzt Kaffee auf. Zwar kocht das Wasser bereits über dem offenen Feuer vor dem Wagen, aber weder Grünbein noch Miss Jenny sind zu Hause. Miyo hält einen Moment inne. Dieser vollgepackte kunterbunte Wagen ist tatsächlich zu einem Zuhause geworden. Das Leben auf den Schienen und die Arbeit sind einfach wunderbar.

In der Ferne nähert sich ein Mann. Miyo zieht sich in den Schatten zurück, kneift die Augen zusammen und beschirmt sie mit der Hand. Der Fremde trägt Reithosen, ein weißes Hemd unter einer engen Weste und winkt offenbar ganz aufgeregt. Der Mann in Reithosen entpuppt sich als Miss Jenny! Und hinter ihr erspäht Miyo jetzt auch Dr Grünbein, der Mühe hat, Schritt zu halten.

Sie winkt zurück und gießt Kaffee in drei Becher.

»Stell dir nur vor«, sagt Miss Jenny und lässt sich ins Gras plumpsen. »Ein Zirkus gastiert ganz in der Nähe.« Sie nimmt einen großen Schluck Kaffee. »Ist das nicht aufregend?«

Endlich kommt auch Grünbein keuchend beim Wagen an. Er fuchtelt ein *Lasst-mich-bloß-in-Ruhe* in die Runde und stemmt die Hand in die Seite, bis er wieder Luft bekommt.

Miyo nimmt Miss Jenny die Ankündigung aus der Hand. »Varieté Obscur«, liest sie. »Artisten, Freaks & wilde Tiere«. Auf dem Plakat ein Bild von einer überaus haarigen Frau inmitten zweier gefährlich aussehender Löwen. Die Frau trägt ein knappes Kostüm, weswegen man sieht, dass sie am restlichen Körper ebenfalls behaart ist wie ein Löwe. Dazu passend die Bildunterschrift: *Bestaunen Sie Liona, die Löwin und weitere atemberaubende Attraktionen.*

Miyo berührt das Gesicht der Löwenfrau. Das Bild macht sie traurig. Sie kann sich vorstellen, wie Liona sich fühlt, wenn sie angestarrt und bestaunt wird wie eine Abart der Natur. Ein Freak.

»Findest du das nicht auch famos?« Miss Jenny ist wieder auf den Beinen und massiert Grünbeins Nacken. »Wir gehen alle zusammen hin, nicht wahr? Das ist doch mal etwas anderes. Echte Löwen! Wie in Afrika!« Sie pirscht durchs hohe Gras und zieht ihren Säbel, springt und rollt sich ab. »Womöglich gibt es auch Elefanten und Nashörner! Stellt euch das doch nur vor!«

Grünbein lacht und auch Miyo kann nicht anders, als die traurigen Gedanken abzuschütteln. Miss Jennys Enthusiasmus ist einfach ansteckend.

»Wir gehen doch hin, Kiki?« Erneut widmet sich Miss Jenny der Nackenmuskulatur ihres Geliebten. Grünbein sieht schon weit weniger verspannt aus. »Nur wenn du mich dort Dr Grünbein nennst«, sagt er. »Das ist sicher eine gute Gelegenheit, Kontakte zu knüpfen. Vielleicht können wir auch einige Tinkturen verkaufen. Gelenksalben für die Akrobaten und die Tiere.« Er trinkt seinen Kaffee aus und macht sich daran, die Bestände zu überprüfen.

Miss Jenny wirft ihm eine Kusshand hinterher, dann sieht sie Miyo an. »Was ist denn los, Miyo? Findest du das denn gar nicht aufregend?«

Miyo zuckt mit den Schultern. »Nein. Doch. Ich weiß nicht.« Schüttelt den Kopf. »Natürlich finde ich das aufregend und wir gehen zusammen dort hin. Das wird sicher ganz famos.«

»Famos. Und ob! Lass uns Kiki helfen, vielleicht müssen wir noch neue Medizin anrühren. Ich glaube, Gelenksalben haben wir nicht mehr allzu viele da.«

Miyo betrachtet noch einmal Lionas Gesicht. Dann faltet sie die Ankündigung sorgfältig zusammen und klemmt sie unter die Kaffeekanne, um sie vor dem nächsten Windstoß zu bewahren.

Lady Strix Brouillard thront auf dem ausladenden Mahagonischreibtisch wie Queen Victoria persönlich und putzt sich ganz königinnenhaft das Gefieder auf Fairweathers Unterlagen. Genauer gesagt auf seinen Katalogen. Neuerdings katalogisiert er nämlich seine Sammlung. Verzeichnet sind die Exponate ebenso wie deren Fundorte; zudem ist vermerkt, wie die Schaustücke entnommen wurden. Lady Strix würgt gekonnt ein Gewölle herauf und spuckt es auf die etwas kindliche Zeichnung eines menschlichen Herzens. Schließlich verschmiert sie das Ganze mit den Füßen. »Schon besser«, sagt sie. »So hat es wenigstens einen minimalen künstlerischen Anspruch.«

Lady Strix Brouillard ist genervt. Und zwar gehörig. Manchmal hat sie den Verdacht, in einer Zeitschleife festzustecken und denselben Tag wieder und wieder zu erleben. Es geht einfach nicht voran.

Sie haben Filialen in allen größeren Städten Englands eröffnet, um das Kind, das vermaledeite Kind, endlich zu finden, und Fairweather scheint Feuer und Flamme zu sein. Er arbeitet Tag und Nacht, durchquert pausenlos das Land, akquiriert neue Informanten, verkauft Wünsche, als wären es Karamellbonbons. Müssten da nicht langsam mal Ergebnisse zu sehen sein? Eine lauwarme Spur wenigstens? Halbwegs glaubhafte Hinweise? Ein oder zwei flüchtige Indizien nur, dass dieses Kind überhaupt noch existiert?

Nichts. Rein gar nichts.

Stattdessen bringt er von seinen Reisen vermehrt Souvenirs mit. Wie viele Kinderherzen benötigt ein einzelner Mann? Wie viele Augen? Und seit Neuestem: Zehen. Fußzehen. Am liebsten die kleinen, ja, die ganz winzigen … Lady Strix beschleicht der leise Verdacht, dass Fairweather das Netzwerk aus Geschäften und degenerierten Informanten inzwischen ausschließlich für die Ausweitung seiner Sammlung benutzt, anstatt das eigentliche Ziel zu verfolgen. Er verliert nicht nur das Kind aus den Augen, er verliert die ganze Welt. Wenn er es nicht einmal schafft, sich auf dieses eine kleine Vorhaben zu fokussieren, diesen einen kleinen Pfad bis zum Ende zu beschreiten, wie soll er jemals das

Durchhaltevermögen aufbringen, sich die ganze Welt untertan zu machen?

Es ist zum Mäusemelken.

Lady Strix spaziert auf der Tischplatte auf und ab und hinterlässt schleimig blutige Krallenabdrücke auf dem blank polierten Holz, den Papieren, den Büchern. Wenn Fairweather nach Hause kommt, wird er wütend werden, aber das ist ihr egal. Sie hätte nicht übel Lust, all seine Gläser samt ihres widerlichen Inhalts von den Regalen zu schubsen, nur um zuzusehen, wie sie auf dem Parkettboden zerspringen.

Sie ist so wütend, sie könnte platzen, stattdessen macht sie es sich auf der Armlehne von Fairweathers Schreibtischstuhl bequem, kuschelt sich in ihr Federkleid, ergibt sich der Verzweiflung und schläft ein.

Sie träumt von einem Mäusestaat, in dem alle Eulen, bis auf sie selbst, ausgerottet wurden. Sie, Queen Strix I, sitzt auf einem Thron aus Eulengebein. Auf dem Kopf trägt sie eine Krone aus Eulenschnäbeln, die ihr zu groß ist und über die Augen rutscht. Die Mäuse lachen sie aus, zeigen mit den Pfoten auf ihre lächerliche Königin und tanzen ekstatisch zu Flötenmusik.

Mit offenem Mund bestaunt Miyo den weitläufigen Platz, die Buden, die vielen Menschen. Noch nie zuvor hat sie so ausgelassene Menschen gesehen. Aber am meisten interessieren sie die besonderen Menschen.

Miss Jenny hat sich Hals über Kopf in eine Elefantendame namens Indira verliebt und bestaunt jede ihrer Bewegungen. »Sieh doch nur, Miyo, ist das nicht herzallerliebst?«, ruft sie entzückt.

Oder: »Oh mein Gott, hast du schon jemals so etwas Umwerfendes gesehen?«

Miyo nickt begeistert und freut sich, dass Miss Jenny glücklich ist. Aber ihre Blicke schweifen durch die Menschenmenge auf der Suche nach Liona oder einer ihrer Kolleginnen. Als Miss Jenny wieder einmal vor lauter Entzücken aufschreit und schon auf und davon ist, lässt Miyo sich einfach vom Strom der Menschen mitreißen. Zuerst ist es ein wenig beängstigend, die Kontrolle aufzugeben und sich treiben zu lassen, aber dann hat es etwas Befreiendes.

Der Strom fließt vorbei an provisorisch zusammengezimmerten Buden, aus denen es nach Zuckerwerk und Schokolade duftet, oder nach Bier und fettigen Würsten. Weiter zu einer Plattform, auf der ein massiger Mann in einem Turnanzug posiert. Er reckt seine gewaltigen Fäuste zum Himmel und sieht zum Fürchten aus. Neben ihm steht ein Kleinwüchsiger, der genauso gekleidet ist und ebenfalls grimmig die Fäuste ballt. Die Menschen lachen ihn aus, einer wirft sogar eine Flasche nach dem armen Mann. Doch der duckt sich geschickt zur Seite weg und zeigt dem Flaschenwerfer eine lange Nase.

Das nächste Mal verlangsamt sich der Strom vor einem kunterbunten Wohnwagen. Vor den Fenstern hängen Kunstblumen. Auf einem wackelig aussehenden Stuhl sitzt die dickste Frau, die Miyo sich vorstellen kann. Unbeeindruckt von den gaffenden Leuten trinkt sie ihren Kaffee. Sie ignoriert die Menschen, sieht durch sie hindurch und wirkt dabei geradezu gelangweilt.

An Miyos Gesicht bleibt ihr Blick hängen, sie nickt Miyo zu, als würde sie eine Bekannte grüßen. Miyo grüßt zurück und schon wird sie weitergeschoben. Vorbei an Akrobaten, die eine Pyramide bilden, einem riesigen Feuerspucker, noch mehr kleinen Menschen, die offenbar Fangen spielen …

Vor einer weißen Gestalt macht Miyo abrupt halt. Sie kann

nicht sagen, ob es ein Mann oder eine Frau ist, nicht einmal, ob es sich um einen Erwachsenen handelt. Vollkommen haarlos mit wässrig blauen Augen und schlanken, langen Gliedern. Die Gestalt erscheint ihr wie ein Wesen aus einer anderen Welt. Das Wesen bewegt sich langsam, formt in der Luft unsichtbare Gegenstände und benutzt sie, als wären sie tatsächlich vorhanden. Als das sonderbare Wesen Miyo bemerkt, fährt es seine Gesichtszüge mit den Fingern nach und malt sich ein Lächeln ins Gesicht.

»Ach, Gott sei Dank, da bist du ja!« Miss Jenny kämpft sich gegen den Strom bis zu Miyo vor. »Kiki braucht unsere Hilfe und dann wollen wir ja auch die Vorstellung nicht verpassen!«

»Finden Sie es nicht erstaunlich …«, sagt Miyo.

»Was denn?« Miss Jenny lächelt.

Miyo weiß nicht genau, wie sie es ausdrücken soll. Vielleicht die Art, wie diese einzigartigen Menschen mit ihrer jeweiligen Besonderheit umgehen. Wie normal sie inmitten all der gaffenden Leute wirken. Aber das würde Miss Jenny nicht verstehen. Sie hatte sich ja immer auf der Seite der Schaulustigen befunden, und nicht auf der anderen Seite, bei denen, die angestarrt werden. »Alles«, sagt sie deshalb nur. »Alles hier ist so erstaunlich, nicht wahr?«

»Na und ob!« Miss Jenny nimmt Miyos Arm und bugsiert sie gekonnt durch die Massen. »Du musst dir nachher unbedingt Indiras Kunststücke ansehen. Und in der Vorstellung treten echte Löwen auf!«

Dr Grünbein kommt zusammen mit einem imposanten Mann aus einem der Wohnwagen, einem großen schlichten. Sie schütteln sich die Hände. Grünbein winkt ihnen zu und Miyo und Miss Jenny beeilen sich.

Der Mann stellt sich vor, verbeugt sich, überreicht Miyo eine Karte und küsst ihren Handrücken. »Leider muss ich mich sputen, die Pflicht ruft, aber ich hoffe, Sie beehren uns morgen wieder. Dann führe ich Sie persönlich herum.« Er setzt seinen Zylinder auf und eilt zum großen Zelt.

Miyo starrt ihm nach. Es war offensichtlich gewesen, wie sehr er sich für ihr Gesicht interessierte, eben weil er es kaum beachtet hatte. Und dann dieser Handkuss. Sie wischt ihre Hand an der Jacke ab und liest die Visitenkarte. »Ouriel Obscur, was ist das denn für ein Name?«, sagt sie und reibt noch einmal über ihren Handrücken.

Miss Jenny und Grünbein kichern und werfen sich bedeutungsschwere Blicke zu. »Bitte, meine Damen«, sagt Grünbein und die beiden haken sich bei ihm ein. »Monsieur Obscur«, sagt er und Miss Jenny kichert wieder los, »hat uns besonders gute Plätze reserviert. Die Vorstellung beginnt in Kürze.«

Sie schlendern gemeinsam in Richtung Zelt. An einer der Bretterbuden kauft er Zuckerstangen für die Damen und an einer anderen ein großes Bier für sich selbst.

»Obscur«, wiederholt Miyo vor dem Eingang und verdreht die Augen, dann stimmt sie in das Lachen der beiden ein.

Der Morgennebel hängt noch schwer und klebrig am feuchten Boden und spannt seine Netze zwischen den Baumstämmen, als Miyo, Miss Jenny und Dr Grünbein sich am nächsten Morgen zum Zirkus aufmachen. Schwer bepackt mit allerlei Mittelchen, Salben und Kräutern. Begleitet von Vorfreude ebenso wie von ganz unterschiedlichen Hoffnungen und Erwartungen.

Miss Jenny hofft auf ein Wiedersehen mit Indira und all den anderen wunderbaren Tieren, die sie bislang nur aus Erzählungen kannte. Grünbein erwartet gute Geschäfte und freut sich auf die Zusatzeinnahmen. Miyo muss immerzu an das weiße Wesen denken, das ihr auf seine besondere Weise zugelächelt hat. Und sie würde sich gerne mit der dicken Frau unterhalten oder dem Feuerspucker.

Die Vorstellung im großen Zelt ist ihr nur bruchstückhaft in Erinnerung geblieben. Zu viele neue Eindrücke. Musik, Licht und Kanonenschüsse. Und dann der Clown, der die Leute zum Lachen brachte und dabei so traurig aussah, so tieftraurig, dass es Miyos Herz berührt hat.

Wie im Traum ist sie nach Hause gegangen, Miss Jennys aufgeregtes Plappern als Hintergrundrauschen im Ohr. Sie fand lange keinen Schlaf in dieser Nacht, die Gedanken wie ein Strudel herumwirbelnd. Auch am Morgen herrscht in ihrem Kopf noch Chaos. Doch am Grunde dieses Strudels mit all seinen Farbwirbeln findet sie eine Gewissheit, die sie gleichermaßen erschreckt und tröstet. Diese besonderen Menschen und sie selbst verbindet etwas. Sie sind einander ähnlich. Das hat auch die dicke Frau bemerkt und das weiße Wesen.

Ouriel Obscur erwartet sie bereits vor seinem Wagen. Er raucht eine lange Holzpfeife, die er beim Pokern mit Buffalo Bill und Sitting Bull gewonnen hat, wie er wortreich erklärt. »Bitte«, sagt er und macht eine ausschweifende Handbewegung. »Sehen Sie sich um und fühlen Sie sich wie zu Hause.« Dann nimmt er Miyos Arm. »Mademoiselle Miyo, was würden Sie gerne als erstes sehen? Die wilden Löwen?«

Grünbein räuspert sich. »Vielleicht sollten wir zuerst das Geschäftliche …«

»Ach was, Geschäfte. Die sind so schrecklich langweilig, nicht wahr?« Monsieur Obscur hat nur Augen für Miyo. »Zuerst das Vergnügen!«

Grünbein sieht Miss Jenny an und zieht die Augenbrauen hoch.

Zirkusleute. »Nun gut«, sagt er. »Miss Dunnaby würde sich gerne die Elefanten …«

»Natürlich, gehen Sie nur, alle Türen stehen Ihnen offen.« Ohne die beiden weiter zu beachten, nimmt er Miyos Arm und hakt ihn bei sich ein.

Sie widersteht dem Impuls, sich loszureißen, und deutet auf die Wohnwagen. »Vielleicht wäre es möglich«, sagt sie, »einige ihrer Mitarbeiter … also die Künstler, die besonderen Menschen, kennenzulernen?«

Obscur sieht sie einen Augenblick lang fragend an, dann erhellt sich sein Blick. »Die Freaks? Sie möchten die Freaks kennenlernen?« Er lacht laut und man sieht seine Goldzähne funkeln. »Sie haben einen aparten Geschmack, Mademoiselle Miyo, das muss man Ihnen lassen.« Er verbeugt sich leicht und flaniert mit Miyo über den schmutzigen Platz, als wäre es die Avenue des Champs-Élysées. Miss Jenny und Grünbein lässt er einfach stehen.

Monsieur Obscur oder Ouriel, wie er Miyo vertraulich bittet, ihn zu nennen, stellt sie einigen seiner Leute vor. Die dicke Frau heißt Berta. Und das weiße Wesen ist in Wahrheit nicht ganz so weiß, da war wohl sehr viel Theaterschminke im Spiel. Das Wesen ist ein sehr dünner Mann, ein Pantomime, wie Ouriel ihr erklärt. Liona, die Löwenfrau, trainiert gerade ihre Tiere.

Madame Malou sitzt hinter ihrer gläsernen Kugel an einem kleinen runden Tisch in ihrem Wohnwagen. Überall Schleier, funkelnde Kristalle, düstere Ecken. Von irgendwoher ertönen sphärische Klänge. Ohne zu fragen nimmt sie Miyos Hand und betrachtet die Handfläche. »Armes Kind«, sagt sie und viel später: »Kein Ende.« Dann schließt sie ihre beiden Hände fest um Miyos Hand. Miyo schreckt zurück, aber dann tut es ihr leid. Die alte Frau hat ja nichts Böses im Sinn. Entschuldigend ergreift sie deren Hand und hält sie fest.

Monsieur Obscur trommelt ungeduldig mit den Fingern auf

die Tischplatte und sieht auf seine Taschenuhr. »Wir müssen weiter«, sagt er. »Die gute Malou ist nicht mehr die jüngste und dementsprechend langsam.«

Madame Malou nickt Miyo zu und sagt: »Bis bald.«

Bevor Miyo fragen kann, wie sie darauf kommt, dass sie sich wiedersehen werden, hat Obscur sie am Arm genommen und führt sie zum nächsten Wagen.

Ayaz Al-Abadi, der Feuerschlucker, sitzt neben dem traurigen Clown auf der Eingangstreppe und sieht sie nur schweigend an. Die Schminke des Clowns ist verwischt, das Rot des großen Clown-Mundes sieht jetzt aus wie getrockneter Fleischsaft. Zu seinen Füßen hocken die Kleinwüchsigen, die gestern mit ihm aufgetreten sind. Er streichelt ihre Köpfe, als wären es junge Hunde. Die Szene könnte einem surrealen Gemälde entsprungen sein.

Auch der Clown sagt kein Wort, sein Blick ist genauso grenzenlos traurig wie am Vortag. Eine Traurigkeit, die alles andere überlagert, die Miyo beinahe in einen Abgrund reißt, an einen Ort, wo alles dunkel und still ist. Diese Augen. Diese traurigen Augen. Düstere Seen, wie die ihrer Mutter. Miyos Kehle wird ganz eng und sie will nur noch weg. Zurück zu Miss Jenny und dem normalen Leben. Sie läuft in die Richtung, in der sie die Elefanten vermutet. Feuchter Schmutz spritzt an ihren Schenkeln hoch.

»Aber Miyo, ich bitte Sie …« Obscur folgt ihr mit dynamischen Schritten. Zu rennen wäre unter seiner Würde als Zirkusdirektor.

Miss Jenny hat noch wochenlang über den Zirkusbesuch geredet. Jedes Detail wurde viele Male auf unterschiedliche

Weise wiedergegeben und immer bunter und origineller ausgeschmückt. »Gib ihr noch zwei Wochen Zeit«, sagt Grünbein, »dann lässt sie Indira Flügel wachsen.« Dabei sieht er seine Jenka liebevoll und stolz an.

Miyo hört sich jede Geschichte hundert Mal an, macht große Augen, lacht an den richtigen Stellen, aber alles, was ihr in den Sinn kommt, wenn sie an die Tage im Zirkus denkt, sind die traurigen Augen des Clowns. Sie weiß, was passiert, wenn man der Schwermut zu viel Raum gibt. Dann wird sie am Ende gewinnen.

Sie stürzt sich in die Arbeit. Lernt noch eifriger alles über Heilkräuter und Arzneien und hilft Grünbein sogar beim Verkauf. Und sie ist gut darin.

Die Menschen reagieren auf ihr Gesicht, wie gewohnt. Sie sind misstrauisch, verunsichert, ängstlich. Aber je größer die Städte werden, desto aufgeschlossener verhalten sich die Leute. Einige der mondänen Damen sehen in ihren unbeweglichen Zügen sogar ein neues Schönheitsideal. Dr Grünbeins Antifaltenmittel sind der Verkaufsschlager schlechthin. Er entwickelt immer neue aberwitzige Rezepturen. Salben, die Radium enthalten, Tinkturen auf Absinth-Basis, die nicht nur schön, sondern auch begehrenswert machen. »Sie wissen, was ich meine, gnädige Frau.« Ein verstecktes Zwinkern, ein Handkuss, und das Geschäft ist im Kasten.

Genau genommen füllt er reinen Absinth in kleine braune Apothekerflaschen und verkauft diese zum vierfachen Preis. Angebot und Nachfrage nennt er das. Und solange die gewünschte Wirkung eintritt, wer möchte sich zum Richter aufspielen?

Aber es gibt auch Menschen, die mit echten Problemen zu Dr Grünbein kommen. Menschen mit Schmerzen, manche körperlicher, manche seelischer Natur. Mit diesen Patienten fühlt er sich nicht wohl. Ihm sind die unbefriedigten Hausfrauen lieber. Und so geht er mehr und mehr dazu über, die unangenehmen Fälle Miyo zu überlassen. Unbewusst anfangs, später, als er sieht, wie gut diese Arbeitsteilung funktioniert, vorsätzlich.

Miyo hat ein Gespür für die Probleme der Menschen und die Menschen vertrauen sich ihr an. Vielleicht ist es die Maske, die das bewirkt. Miyo zeigt keine Regung, wie ungewöhnlich oder bizarr die Wehwehchen auch sein mögen, sie nimmt Hände in ihre, streichelt einen Unterarm, klopft auf Schultern, und allein das reicht aus, damit es den Menschen ein bisschen besser geht. Dazu eine Kräutermischung für einen Wadenwickel, ein paar ätherische Öle für die Atemwege, eine Salbe für die müden Füße oder Branntwein für die Schläfen, und am nächsten Tag sieht die Welt ganz anders aus.

»Glaube versetzt Berge«, sagt Grünbein. Oder: »Ein Eichhörnchen ist auch nur eine aufgeplusterte Maus.«

Dr Grünbeins fahrende Apotheker-Draisine gelangt zu ungeahnter Bekanntheit. Dorfkinder winken mit ihren Mützen, wenn sie an Feldern und Wiesen vorbeirattern. In den Städten erwartet man sie bereits gespannt.

Miyo geht in ihrer Tätigkeit auf, endlich ist ihre Maske nützlich. Sie vergisst sogar manchmal, dass sie da ist. Bis ein kleines Mädchen an der Hand seiner Mutter zieht, auf sie deutet und anfängt zu weinen. Oder ein Straßenjunge Unrat nach ihr wirft.

Miss Jenny hingegen langweilt sich. Sie rührt und mörsert und mixt. So hat sie sich ihr Leben nicht vorgestellt. Sie will die Welt bereisen, will mit Kiki bis nach Indien brausen und Elefanten in freier Wildbahn sehen oder Löwen in Afrika. Oder wenigstens Einhörner in Schottland. Ganz egal. Aber Kiki ist nur noch mit Verkaufen beschäftigt. Er arbeitet und zählt sein Geld. Manchmal ist sie sogar ein bisschen eifersüchtig auf Miyo. Sie denkt über drastische Maßnahmen nach. Wenn gar nichts anderes hilft, wird sie zum Äußersten greifen und sich ein Kleid kaufen. Wir wollen doch mal sehen, was das Wichtigste in deinem Leben ist, mein lieber Doktor.

»Wir brauchen Brot und Schinken und Kiki hat bei einem Hafenarbeiter Absinth geordert.« Miss Jenny geht die Liste noch einmal durch. »Sonst noch etwas?«

Miyo hat keine Zeit für Einkaufslisten. Sie hüpft über eine Pfütze und bestaunt die riesigen Schiffe. Seit zwei Tagen sind sie schon in Liverpool, die Geschäfte laufen bestens, aber am Hafen waren sie bis jetzt noch nicht. Es ist schmutzig und laut und wunderschön.

Dampfschiffe mit riesigen Schloten befördern mehr Menschen, als Miyo je auf einem Haufen gesehen hat. Bärtige Hafenarbeiter löschen die Ladung eines Tee-Klippers. Irgendjemand spielt auf einem Schifferklavier, leichte Mädchen zeigen ihre Beine und Strumpfbänder. Es riecht nach Gewürzen, Rauch und billigem Parfum.

Miss Jenny nimmt Miyos Hand. »Damit du mir nicht verloren gehst«, sagt sie. »Dahinten ist das Schiff, die Mary-Sue.«

Die Mary-Sue ist ein kleines, offenbar altes Segelschiff, das zwischen den modernen Riesen ein wenig verloren aussieht. Der Rumpf braucht dringend einen Anstrich und die Segel sind ausgeblichen und schmutzig.

»Na, ihr beiden Hübschen, habt ihr euch verlaufen?« Ein riesiger Matrose lehnt mit verschränkten Armen an einem Whisky-Fass, im Mund eine kurze Pfeife, die inmitten des mächtigen Bartes kaum zu sehen ist. Er beäugt Miyos Gesicht, dann streckt er den Arm aus und zieht an Miss Jennys Locken.

Die springt zur Seite, zieht ein Messer und piekst dem Mann in den beachtlichen Bauch. »Finger weg!«

Der Mann hebt beide Hände, sagt: »Ich ergebe mich.« Dann lacht er dröhnend und zündet seine Pfeife an. »Also.« Er pafft ein paar Kringel in die Luft. »Warum interessiert ihr euch für die gute alte Mary-Sue?«

Miss Jenny steckt das Messer zurück in die Scheide und schiebt ihre widerspenstigen Locken akribisch unter die Tweed-Mütze, die sie seit ihrem letzten Aufenthalt in London trägt. Dann stemmt sie beide Hände in die Hüften und sieht den Hünen aufmüpfig an. »Was geht Sie das an?«

»Die Frage ist durchaus berechtigt. Und ich könnte sie dir beantworten.« Er nimmt einen Schluck aus einem Flachmann, den er aus seiner Jackentasche gezogen hat. »Oder aber«, jetzt pafft er wieder große Rauchkringel, »ich stecke euch in eins der leeren Fässer, werfe euch auf offener See über Bord und niemand wird euch jemals wiedersehen.« Ein Schluck aus der Flasche, Rauchkringel. Dann wieder das dröhnende Lachen. »Du musst das Mädchen des Quacksalbers sein, er hat mich vor dir gewarnt. Ich bin Finley.« Er streckt Miss Jenny eine tellergroße Hand entgegen.

Miss Jenny schüttelt die Pranke und läuft puterrot an. »Erinnere mich später daran, dass ich Kiki umbringe«, sagt sie leise zu Miyo.

Miyo hat die ganze Szene gar nicht richtig mitbekommen, sie starrt einen mechanischen Menschen an, der mit dem Rücken zum Hafen an Deck der Mary-Sue in Habacht-Stellung wartet. Der zylinderförmige Kopf, der grobschlächtige Körper, die langen Arme … »Ein Wächter«, sagt sie. Ihr Herz beginnt zu rasen. Kann das sein?

Finley folgt ihrem Blick. »Das war er wohl in einem früheren Leben einmal. Jetzt ist er mein Schiffsjunge.« Er zwinkert Miyo zu. »Hab ihn unten in Plymouth gegen ein kleines Fass Rum eingetauscht. Zum Glück nur Fusel.«

Miyo schluckt einen dicken Kloß hinunter. »Wie heißt er denn?«

»Der? Blechbüchse. Hey, Blechbüchse, bring die Kiste Absinth her. Und lass sie bloß nicht fallen, hörst du?« Finley spuckt aus. »Er ist unheimlich stark, aber ich kriege den zweiten Arm einfach nicht wieder in Gang. Die Mechanik ist wohl hinüber, da hat jemand ganze Arbeit geleistet. Ich sollte ihn wieder verkaufen, aber wer würde so einen Schrotthaufen schon nehmen?«

Miyo beobachtet wie der Wächter sich eine große Holzkiste über die Schulter wirft und damit über den Steg an Land humpelt. Sein linker Arm hängt steif und nutzlos an der Seite, die Beine tragen ihn noch, aber der rechte Fuß steht in einem merkwürdigen Winkel ab und scheint ebenfalls steif zu sein. Der Torso ist von Dellen übersät.

In Miyo ist alles ganz still geworden, selbst die Hafengeräusche dringen nur noch gedämpft zu ihr durch. Miss Jenny redet mit Finley und wickelt das Geschäft ab. Ein Dampfschiff läuft aus, verabschiedet sich mit einem langgezogenen tiefdröhnenden Ton. Menschen winken, Automobile hupen, alles ist in Bewegung, in Aufruhr. Miyo wartet auf ein Zeichen des Erkennens, aber der Wächter sieht zu Boden, stellt die Kiste ab, salutiert und steht stramm. Erst als Finley ihm aufträgt, den Damen die Kiste nach Hause zu tragen, sieht er auf und direkt in Miyos Augen … und er blinzelt ihr zu.

Finley sieht dem sonderbaren Trio nach, wie es sich seinen Weg durch die Menschen bahnt. Die Blechbüchse folgt eilig Miss Jenny, während Miyo Mühe hat, Schritt zu halten. Finley schüttelt den Kopf und klopft seine Pfeife aus. »Also«, sagt er zu einem Schatten, der bisher reglos und unbemerkt zwischen gestapelten Kisten gewartet hat. »Habe ich zu viel versprochen?«

Der Wächter stellt die Kiste vorsichtig neben der Draisine ab. Grünbein öffnet den Deckel mit einem Brecheisen, nimmt eine Flasche heraus und befreit sie von Stroh und Staub. »Wunderbar«, sagt er. »Auf Finley ist Verlass. Danke, Jenka.« Er will ihr einen Kuss geben, aber sie dreht den Kopf zur Seite und boxt ihn in die Rippen. »Himmel, Jenka!« Er presst die Hand in die Seite und keucht. »Was ist denn in dich gefahren?«

Miyo tritt dicht neben den Wächter und betrachtet seine Blessuren. Die Dellen und Kratzer. Wie Narben sehen sie aus. »Ach Q-XII«, sagt sie. »Was haben sie dir nur angetan?« Sie legt die Hand auf seinen Bauch und den Kopf an seine Schulter.

»Das war es wert«, sagt er und berührt nun ebenfalls die alten Wunden. »Jede Delle, jeder Kratzer erinnern mich an die schönste Zeit meines Lebens.« Jetzt lächelt er. »Ich weiß es nun«, sagt er. »Ich weiß, was Liebe ist, und das kann mir keiner mehr wegnehmen.«

Miss Jenny und Grünbein haben aufgehört zu streiten und starren Q-XII und Miyo an.

»Das ist er.« Miyo deutet auf Q-XII. »Miss Jenny, das ist Q-XII aus dem Mädchenheim.«

Grünbein holt einen Kanister Schmieröl und behandelt Q-XIIs Gelenke, während der von seiner Zeit als Landstreicher und Tagelöhner erzählt und davon, wie er schließlich als Schiffsjunge bei Finley gelandet ist. »Schiffe sind wunderbar«, sagt er. »Auf dem Meer folgt das Leben ganz eigenen Bedingungen.«

»Q-XII, ich bin so froh, dass du lebst.« Miyo hält seine Hand. »Aber wie konntest du Miss Twiford entkommen? Und was ist mit Tilly?«

Q-XIIs Miene verdüstert sich einen Moment lang, doch dann bekommt das harte Metallgesicht einen ganz weichen Ausdruck. »Ach, Tilly.« Er seufzt. »In meiner letzten Stunde habe ich ihr alles gesagt, was mir so lange schon auf dem Herzen brannte. Alles, verstehst du?« Er drückt Miyos Hand etwas zu fest und entschuldigt sich dafür. »Ich habe ihr meine Liebe gestanden. Und weißt du was? Sie hat mich nicht ausgelacht. Nein, Miyo!« Er springt auf und breitet den funktionierenden Arm aus, als wolle er die ganze Welt umarmen. Oder den massigen Körper seiner Angebeteten. »Sie hat es verstanden und sie hat mir gesagt, dass sie mich ebenfalls gernhat. Mich, Miyo, hörst du!«

Q-XII setzt sich wieder neben Miyo. »Wir haben uns im Arm gehalten, ganz fest. Gehalten und geküsst hat sie mich. In einem anderen Leben, an einem anderen Ort, hat sie gesagt, wäre sie die meine. Aber in diesem Leben geht das nicht.« Er sieht in den Himmel und betrachtet die Wolken. »Aber sie wird immer an mich denken und diese Nacht nie vergessen. Und ich auch nicht. Niemals.«

»Beweg mal den Fuß.« Dr Grünbein schraubt und dreht an den Knöchelverbindungen.

Miss Jenny knufft ihn wieder in die Seite. »Psst! Sei doch nicht so ein Klotz! Erzähl bitte weiter Q-XII.«

Q-XII zuckt mit den Schultern. »Das war es eigentlich schon. Miss Twiford hat mich natürlich gefunden. Sie war nicht erfreut, dass Miyo weggelaufen war, das könnt ihr euch vorstellen. Als ich wieder aufgewacht bin, lag ich auf der Ladefläche eines Ochsenkarrens und war schon zwanzig Meilen weit weg. Ich glaube, Tilly hat dafür gesorgt, dass ich verkauft wurde. Und jetzt bin ich hier.«

»Und wir werden dich wieder freikaufen«, sagt Miyo. »Dann kommst du mit uns.«

»Wir?« Grünbein zieht die Augenbrauen hoch, nickt aber. »Viel kann der Schrotthaufen ja nicht kosten«, fügt er leise hinzu und erntet dafür wieder einen Knuff von seiner Jenka.

Bunte Elefanten und fliegende Menschen. Eine wunderschöne Ballerina mit schneeweißem Gesicht dreht sich zu leiser Musik. Ein einbeiniger Flötenspieler inmitten haariger Kinder, die wie Mäuse schnuppern, rote Luftballons wirbeln durch die Manege. Das Geräusch von berstendem Holz.

»Das ist eine von ihnen! Schnappt sie!«

Miyo reibt sich die Augen und wird brutal aus dem Bett gezerrt, hinaus in die kalte Nacht. Es geht alles so schnell und sie ist so verwirrt, dass sie nicht einmal schreit. Erst als zwei Männer sie auf einen Handkarren werfen, wird ihr bewusst, dass das kein Traum mehr ist. Sie schreit nach Miss Jenny und Dr Grünbein, aber niemand kommt ihr zur Hilfe.

Jemand drückt sie nach unten, blendendes Laternenlicht, sie beißt in eine behandschuhte Hand. Dann ein Schlag auf den Hinterkopf und sie sackt zusammen. Sie ruft noch nach Q-XII, aber vielleicht denkt sie das auch nur. Dunkelheit.

Miyo erwacht in einem kahlen Raum, dessen eine Wand aus Gitterstäben besteht, auf dem nackten Steinboden. Sie fasst sich an den Kopf und stöhnt.

Vor den Gittern sitzt ein rotgesichtiger Polizist auf einem Stuhl und starrt Miyo unverwandt an. Er faltet die Hände, drückt die Finger durch und die Knöchel knacken wie brechende Zweige. An seiner Hand sieht man blutige Zahnabdrücke. Dann steht er auf und geht hinaus.

»Chief«, ruft er auf dem Gang vor der Zelle, »die Missgeburt ist aufgewacht!«

Als er zurückkommt, folgen ihm ein kleiner, drahtiger Polizist und eine üppige, aufgetakelte Blondine, deren Gesicht mit roten Pusteln übersät ist. Sie trägt einen turmhohen Hut, der aussieht, als handele es sich dabei um ein explodiertes Vogelnest.

Es dauert einen Augenblick, dann erkennt Miyo die Frau wieder. Sie hat ihr vor zwei Tagen eine von Grünbeins Schönheitstinkturen und eine Creme gegen Falten verkauft. Da sah ihr Gesicht allerdings noch anders aus. Etwas blass mit dunklen Augenringen, aber Pusteln hat sie keine gehabt.

Der kleine Mann verschränkt seine Hände hinter dem Rücken und starrt Miyo an. »Ich bin Chief Inspector Brewster«, sagt er nach einer Weile. Er spricht sehr leise, wie ein Mann, der es gewohnt ist, dass man ihm zuhört. »Siehst du das?« Er deutet auf das von Pusteln übersäte Gesicht. Die Frau beginnt zu schluchzen und schnieft in ein Spitzentaschentuch. Ein Blick von Brewster und sie wimmert nur noch leise. »Das ist meine Frau«, fährt er fort. »Mrs Brewster. Wir sind heute zum Dinner beim Bürgermeister geladen.« Er macht eine bedeutungsschwere Pause. Als er weiterspricht, ist seine Stimme nur noch ein heiseres Flüstern. »Ich will den Quacksalber haben. Wo ist er?«

Miyo schüttelt den Kopf. »Ich weiß es nicht.«

»Dann wird dir Constable Jackson wohl beim Erinnern behilflich sein müssen.« Chief Inspector Brewster packt seine Frau unsanft am Oberarm und verlässt mit ihr den Raum.

Constable Jackson zieht seinen Schlagstock aus dem Gürtel und öffnet die Gittertür. »Hallo Missgeburt, möchtest du spielen?«

Vor dem Gebäude winkt Brewster eine Kutsche heran und nennt dem Fahrer seine Adresse. Er drückt ihm Geld in die Hand und schlägt die Kutschentür zu. Seine Frau sieht er nicht an.

Evelyn Brewster schluchzt. Und sie schluchzt immer noch, als der Fahrer sie zu Hause absetzt. So hatte sie sich den Tag nicht vorgestellt. Sie wollte strahlen an diesem besonderen Abend, Champagner trinken, mit der Frau des Bürgermeisters über Mode plaudern. Chief Brewster würde sie gut gelaunt und sicher leicht beschwipst nach Hause bringen, ihre neu erstrahlende Schönheit bemerken, in Leidenschaft entflammen … Entflammt waren bislang allerdings nur die Lavakrater auf ihrem Gesicht.

Auf der Polizeiwache trifft Constable Jacksons Schlagstock

Miyo an der Stirn und sie wird ohnmächtig. Der Constable wischt sich die tropfende Nase am Handrücken ab. »Verdammte Missgeburt«, sagt er. Es verdirbt ihm den Spaß, wenn sie so empfindlich sind. Ein Schlag nur und die Runde ist beendet, dabei wird man ja nicht einmal warm. »Missgeburt«, sagt er noch einmal und stupst Miyos leblosen Körper mit der Fußspitze an.

Miyo liegt besinnungslos auf dem Boden. Der Geist flüchtet sich zurück in den morgendlichen Traum voller Musik und Tanz und schnüffelnder Kinder. Eines deutet auf Miyos Gesicht. Die Maske zerspringt in tausend feine Splitter. Darunter kommt die verschmierte Maske eines Clowns zum Vorschein.

Miyo stöhnt im Schlaf, die Hände wandern zum Gesicht, hinauf zur Stirn. Sie berühren frisches Blut, betasten die Beule, den kaum spürbaren Riss in der Maske, direkt am Haaransatz. Winzig nur, mit bloßem Auge nicht zu erkennen.

Dann sinkt Miyo endgültig in die Bewusstlosigkeit. Tief und traumlos.

Chief Inspektor Brewster öffnet die Akte und betrachtet das Fahndungsfoto. Über dem Bild eines bärtigen Mannes stehen eine Nummer und drei Namen. Roman Zucker/Pjotr Koslow/Peter Green. Neben das unscharfe Foto legt er die Anzeige des Quacksalbers, die seine Frau ihm unter Tränen ausgehändigt hat. Darauf werden Dr Grünbeins Schönheitsmittel beworben und der arrogante Trottel hat sich dafür mit seinen Produkten ablichten lassen. Nimmt man Zucker/Koslow/Green die unterschiedlichen Bärte und setzt ihm eine Nickelbrille auf, so landet man eins zu eins bei Grünbein.

Brewster beißt die Zähne so fest zusammen, dass seine Kieferknochen knirschen.

Im Polizeibericht steht, dass besagter Zucker/Koslow/Green (sein richtiger Name wie seine Herkunft sind unbekannt) in Frankreich, Deutschland und Österreich wegen Betrugs, Hochstapelei und Amtsanmaßung gesucht wird. Es ist ein beachtliches Kopfgeld auf den Mann ausgesetzt.

»Jackson!« Brewster schlägt die Akte zu, nimmt eine Zigarre aus dem Kasten auf seinem Schreibtisch, beißt die Spitze ab und spuckt sie auf den Boden.

Constable Jackson kommt im Laufschritt in Brewsters Büro und steht stramm. »Es tut mir leid, Chief, aber die Missgeburt …«

Brewster winkt ab. »Darüber reden wir später.« Er tippt mit dem Finger auf Grünbeins Anzeige. »Lassen sie Fahndungsfotos drucken. 25 Pfund Sterling Belohnung.« Er lehnt sich zurück und zündet die Zigarre an. Innerlich kocht er. Der Empfang des Bürgermeisters wäre ein großer Schritt für seine Karriere gewesen. Die Schmach, die dieser Scharlatan ihm angetan hat, ist nicht wiedergutzumachen. Sein guter Ruf ist auf immer beschädigt. Die Leute werden über ihn lachen und das ist das Schlimmste. Er sucht in Constable Jacksons Gesicht nach Anzeichen für Spott oder Häme, aber dessen Blick ist genauso leer wie immer. »Verteilen Sie die Fahndungsfotos am Hafen«, sagt er. »Auch im *Red Anchor,* wo sich die Tagelöhner herumtreiben. Und beeilen Sie sich.«

Francis Fairweather füllt das Glas mit Ethanol, schraubt es fest zu und schüttelt es. Winzige Fußzehen tanzen inmitten eines

Schneegestöbers. »Süße Lucie«, sagt er, »was hast du nur für entzückende Zehen? Sind sie nicht reizend?«

»Bemerkenswert.« Lady Strix betrachtet die selbstgebastelte Schneekugel, nickt und behält ihre wirkliche Meinung für sich.

»Und was denken Sie, Mr Black?« Wieder schüttelt er das Glas.

In einer Ecke des Hotelzimmers bewegt sich ein Schatten und tritt hinaus ins Licht. Mr Black macht seinem Namen alle Ehre. Ganz in Schwarz gekleidet, den Bowler tief ins Gesicht geschoben, besteht sein Gesicht nur aus Kinn und schwarzem Backenbart. »Wie ich ihrer … *Eule* schon sagte, ich habe das Mädchen gefunden. Sie sitzt im Gefängnis in Liverpool ein.«

Fairweather packt seine neueste Errungenschaft in den Koffer, in dem sich bereits andere Exponate befinden. »Manche Menschen haben keinen Sinn für Kunst.« Er sieht aus dem Fenster. »Was meinen Sie, Strix, wird es bald regnen?«

»Mit Verlaub, Sir.« Blacks Stimme ist ein volltönender Bariton. »Wenn wir das Geschäft nun abschließen könnten. Dann ziehe ich mich zurück.«

»Schnöder Mammon.« Fairweather geht zum Kamin. Er schleudert einen winzigen gelben Klumpen auf das Holz, es gibt eine kleine Explosion und die Scheite stehen in Flammen.

Mr Black bleibt unbeeindruckt. Im Feuerschein erkennt man nun, dass er eine kleine runde Sonnenbrille trägt, in der sich die Flammen spiegeln. Ansonsten bleibt die Gestalt düster wie zuvor. »Bitte, Mr Fairweather«, sagt er, »so etwas haben Sie doch nicht nötig.«

»Nötig?« Fairweather verschränkt die Arme vor der Brust. »Nein, keineswegs. Aber ein kleines Spiel unter Gentlemen könnte den Reiz erhöhen. Doppelt oder nichts, Mr Black?«

»Ich spiele nicht. Niemals. Ich habe meinen Teil erfüllt, nun erfüllen Sie Ihren.«

In wenigen Tagen schon wird Lady Strix leugnen, etwas Derartiges gesehen, geschweige denn geglaubt zu haben, aber in diesem Moment sieht sie, wie Mr Blacks Schatten wächst. Er breitet sich auf dem frisch polierten Parkettboden aus, die Schattenarme werden länger und greifen nach Fairweather.

»Mein Geld, Sir.« Mr Black verschränkt nun ebenfalls die Arme. »Es warten weitere Geschäfte auf mich.«

Francis Fairweather macht einen Schritt zur Seite, über den Schattenarm hinweg, und holt einen Beutel aus dem Kasten auf dem Kaminsims. Er wirft ihn Black zu. Der fängt ihn auf, wiegt ihn in der Hand und steckt ihn in seine Jackentasche.

»Es war mir eine Freude, mit Ihnen Geschäfte zu machen«, sagt Fairweather und verbeugt sich sogar ein wenig.

Mr Black tippt lediglich an seine Hutkrempe und verschwindet im Schatten der schweren Übergardinen. Die Schattenarme folgen eine Sekunde später.

Lady Strix Brouillard wartet einen Augenblick, dann fliegt sie auf und späht vorsichtig hinter den Vorhang. »Wie macht er das nur?«, fragt sie. Mehrere Male flattert sie an dem schweren Stoff nach oben, schlägt so fest mit den Flügen, dass er sich wie im Sturm aufbauscht und man dahinter sehen kann, aber da ist rein gar nichts. Mr Black ist verschwunden.

»Gute Strix, man nennt ihn nicht ohne Grund den Schattenmann.« Fairweather schenkt sich einen Cognac ein und riecht genießerisch an der goldgelben Flüssigkeit. »Geschmack haben sie, die Franzosen, das muss man ihnen lassen. Hier nennt er sich übrigens Monsieur LeNoir.« Er gießt ein wenig Cognac in ein Schälchen und stellt es für Lady Strix auf den Tisch.

»Wer?«, fragt sie, während sie genüsslich trinkt. »Der Cognac?«

»Ach, Strix, Mr Black natürlich. Aber das spielt keine Rolle.« Er schließt die Schnallen des Koffers, setzt seinen Zylinder auf und klingelt nach dem Hausdiener. »Wir sind hier fertig. Lassen Sie uns ein Luftschiff chartern. Ich möchte standesgemäß zurück nach England reisen.«

Lady Strix ist geradezu entzückt von Fairweathers Tatendrang. Vor ihrem geistigen Auge entstehen Bilder. Zurück nach England, das Mädchen aus dem Gefängnis holen. Somit kann der lästige Vertrag endlich ad acta gelegt werden. Und dann ... die Weltherrschaft.

»Los, los, Verehrteste. In Dover wartet ein Herz auf mich, das wird nicht frischer.«

Fairweather ist bereits an der Tür und Strix Brouillard beeilt sich, ihm zu folgen. »Dover?«, fragt sie und landet auf Fairweathers Koffer.

»Warum nicht das Angenehme mit dem Nützlichen verbinden? Es liegt ja auf dem Weg.« Er schnippt dem Diener eine Münze zu. »Alle Koffer zum Luftschiffhangar. Das Tier ebenfalls. Aber Vorsicht, sie hat Flöhe.«

Fairweather verschwindet im Aufzug. Lady Strix hört sein schallendes Lachen noch, als die Türen bereits geschlossen sind. »Eines Tages«, zischt sie. »Eines Tages wird er all das bereuen.«

Die Tür der Polizeistation springt auf und knallt geräuschvoll an die Wand. King Eduard VII fällt krachend und splitternd zu Boden. Die Glasscherben knirschen unter den Füßen eines mechanischen Menschen, der einen Mann über der rechten Schulter trägt. Er lässt den Bewusstlosen achtlos auf die Bank im Wartebereich fallen, dann faltet er einen zerknüllten Zettel auseinander und hält ihn dem verdutzten Constable vors Gesicht. »Ich will mein Geld«, sagt er, setzt sich neben den ohnmächtigen Mann und hält ihn am Kragen fest.

Constable Hayes sieht sich das zerknitterte Papier an, dann wieder den mechanischen Menschen und den Bewusstlosen neben ihm. Dessen Gesicht und Anzug sind schmutzig, unter der Nase klebt getrocknetes Blut. »Ich will mein Geld«, sagt der mechanische Mensch noch einmal. Im selben Moment erhellt sich Hayes' Gesicht und es kommt Bewegung in den untersetzten Körper.

Keine halbe Minute später stehen fünf Polizisten im Wartebereich. Constable Jackson dreht den ohnmächtigen Mann um und betrachtet sein Gesicht. »Das ist er«, sagt er. Dann wendet er sich an den mechanischen Menschen. »Und was bist du für einer?« Dabei stupst er ihm die Fingerspitze in die Brust und verzieht das Gesicht vor Schmerz. »Schrotthaufen!«

»Ich will mein Geld«, wiederholt der und sieht Jackson durchdringend an.

»Einer wie du kann froh sein, wenn ich ihm die Schrauben nicht aus dem Kopf prügele. Verzieh dich, aber schnell!« Jackson zieht seinen Schlagstock aus dem Holster und auch die anderen greifen nach ihren Gummiknüppeln.

Der mechanische Mensch steht auf, den Blick immer noch starr auf Jackson gerichtet. »Ich will – mein – GELD!« Seine Stimme ist so laut, dass die Polizisten, die in der Nähe stehen, sich die Ohren zuhalten. Der Bewusstlose stöhnt. Jackson holt aus.

»Was ist hier los?« Chief Inspektor Brewster steigt über die Glasscherben. Zwei der Polizisten verschwinden an ihren Schreibtischen, einer im Nebenraum. Der mechanische Mensch setzt sich wieder auf die Bank und legt eine Hand entspannt auf sein Knie, die andere hängt leicht verdreht und offenbar nutzlos an seiner Seite.

Brewster packt den Ohnmächtigen am Schopf und hebt sein Gesicht ins Licht. »Hayes, was ist hier los?«

Constable Hayes hebt unschlüssig die Hände, sieht Jackson an, strafft sich. »Der mechanische Mensch hat den Gesuchten ausgeliefert und fordert das Kopfgeld ein.«

»Jackson?« Brewster hält immer noch Grünbeins Kopf an den Haaren hoch.

»Nichts weiter, Chief. Ich habe dem Schrotthaufen nur gerade erklärt, dass einer wie er kein Recht auf das Kopfgeld hat. Das wäre ja noch schöner, wenn so einer …«

»Genug!« Chief Brewster lässt den Kopf los und er knallt auf die Holzbank. »Bringen sie den Gefangenen in die Zelle, Constable Jackson. Hayes, sie zahlen dem Wächter das Kopfgeld aus.«

»Jawohl, *Sir.*« Jacksons Gesicht ist nicht mehr nur rot, es steht in Flammen. Er packt den Gesuchten am Kragen und zerrt ihn hinter den Tresen. »George, hilf mir mal mit dem Kartoffelsack.« Der Angesprochene springt auf und gemeinsam bringen sie den Mann nach hinten.

»Danke«, sagt Brewster. »Ich habe zusammen mit Wächtern in Malakand gekämpft. Viele sind in Ausübung ihrer Pflicht gefallen.« Er streckt dem Wächter die Hand entgegen. Zögernd nimmt der diese und schüttelt sie. »Nimm dein Geld, du hast es dir verdient.«

Der Wächter nimmt den Beutel mit Münzen entgegen, nickt Brewster zu und humpelt hinaus.

»Hayes, sorgen Sie dafür, dass der Quacksalber aufwacht, ich bin gleich da.«

Miss Jenny zeichnet den Grundriss des Gebäudes auf ein Blatt Papier. »Richtig so?«

»Korrekt.« Q-XII deutet auf eine Stelle im hinteren Bereich.

»Dorthin haben sie den Doktor gebracht, da müssen die Zellen sein.«

Miss Jenny macht ein großes X an der Stelle. »Sehr gut«, sagt sie. »Das ist die Außenwand. Oh Gott, Q-XII …« Sie presst die Hände auf die Augen und atmet mehrmals tief ein und aus, bevor sie seine Hand nimmt. »Ich hoffe, der Plan funktioniert, sonst sind wir alle erledigt.«

»Im Leben kann man Risiken eingehen«, sagt er, »oder immer den sicheren Weg wählen. Aber wenn man das tut, dann ist man schon tot, bevor man überhaupt weiß, was es bedeutet zu leben.«

»Du bist kein Wächter«, sagt sie. »Du bist ein Philosoph. Holst du bitte den Sprengstoff aus der Kiste dahinten?«

Eine Explosion reißt Miyo aus dem Schlaf. Als sie aufwacht, erkennt sie Grünbein, der den Zeigefinger vor die Lippen hält.

Im Nebenraum geht Constable Hayes auf dem Fußboden in Deckung und rollt sich dann unter seinem Schreibtisch zusammen. Es ist drei Uhr nachts, er und ein Frischling namens Brennan sind die Einzigen auf der Wache und Brennen liegt mit blutender Stirnwunde hinter dem Empfangstresen. Die Polizeiwache füllt sich mit beißendem Rauch, schwere Männerstiefel trampeln hektisch durch die Wache, mehrere Stimmen rufen durcheinander. »Los, los«, schreit einer und: »Ich bringe alle um!« ein anderer. Holz splittert.

Hayes liebt seinen Beruf. Recht und Gesetz sind die wesentlichen Stützen einer funktionierenden Gesellschaft, davon ist er überzeugt. Aber er hat zwei Töchter und seine Frau ist schon wieder schwanger. Eine weitere Explosion erschüttert die Polizeiwache. Hayes presst die Hände auf die Ohren und macht sich unter dem Schreibtisch so klein, wie möglich.

»Schnell, da hinten in die Ecke.« Grünbein packt Miyo am Arm und drückt sie auf den Boden, dann kippt er die Holzbank um. »Halt dir die Ohren zu«, sagt er und beschirmt Miyo mit seinem Körper. Dann knallen Steine gegen die Bank und an die Wände. Alles ist voller Rauch und Staub.

»Geht's euch gut?«

Grünbein schiebt die Bank zur Seite. »Miyo, ist alles in Ordnung?« Miyo hustet, nickt aber. »Meine Jenka!« Er eilt zu den Gitterstäben, nimmt Miss Jennys Gesicht in die Hände und küsst sie.

»Vorsicht jetzt, es muss schnell gehen!« Q-XII klemmt ein Brecheisen zwischen die Gitterstäbe. Es kostet ihn einige Mühe und er muss etliche Male nachgreifen, aber dann gelingt es ihm, die Stäbe so weit auseinanderzubiegen, dass auch Grünbein hindurch passt. »Es tut mir leid.« Q-XII deutet schuldbewusst auf seinen nutzlosen Arm. »Mit beiden Armen wäre es viel schneller gegangen.«

Grünbein schlägt ihm lachend auf die Schulter. »Jetzt aber rasch zum Hafen, bevor die Trottel begreifen, was hier wirklich passiert.« Er nimmt seine Jenka an der Hand und schon rennen sie los. Miyo und Q-XII hinterher.

Ihre Schritte hallen laut durch die menschenleeren, dunklen Gassen. Irgendjemand brüllt »Ruhe« und leert seinen Nachttopf aus dem Fenster, aber da sind sie schon um die nächste Ecke gebogen. Miss Jenny lacht auf, verschluckt sich und stolpert über leere Milchflaschen. Das Klirren weckt noch weitere Anwohner, in einigen Fenstern flackern Gaslichter auf. Grünbein packt Miss Jennys Hand noch fester und zieht sie in die nächste Seitengasse, für Ermahnungen fehlt ihm der Atem.

Miyo hat längst die Orientierung verloren, aber es geht stetig bergab und somit sind sie auf dem richtigen Weg. Endlich hört man Möwengeschrei und die Rufe der Hafenarbeiter. Noch rasch an den Wirtshäusern und einem Trupp schwankender Matrosen vorbei, dann sind sie am Ziel.

Vor einem der riesigen Passagierschiffe bleiben sie stehen. Grünbein stützt sich auf den Knien ab. Er keucht und schnauft so laut, dass Miyo an Miss Twiford denken muss. Sie sieht Q-XII an und an seinem Blick erkennt sie, dass er den gleichen Gedanken hatte.

»Kommt schon! Verschnaufen können wir später noch!« Miss Jenny ist schon ein Stück weitergelaufen und deutet aufgeregt auf einen Steg, über den das Küchenpersonal Kisten und Säcke einlädt. »Wir haben alles mit dem Koch abgesprochen und dürfen schon früher einsteigen. Die Passagen sind gebucht und dank des großzügigen Kopfgeldes bezahlt. Ist das nicht aufregend, Miyo?« Sie nimmt Miyos Hände und zieht sie hinter sich her. »Die neue Welt! Büffel, Indianer, der wilde Westen!«

Miyo sieht sie verständnislos an. »Was meinen Sie?«

»Wir wandern aus. Nach Amerika! Als Kiki bei dir im Gefängnis gesessen ist, haben wir hier draußen alles vorbereitet. Unsere Sachen sind schon an Bord. Wir müssen nur noch einsteigen und dann geht es los.« Miss Jenny strahlt wie ein Honigkuchenpferd. »Wir fangen ganz neu an!«

Grünbein legt den Arm um Miss Jennys Schultern. Er atmet noch immer ein wenig schwer. »Meine Jenka«, sagt er. »Gemeinsam werden wir die Neue Welt erobern!« Die beiden lachen und halten sich fest in den Armen.

»Das ist wunderbar«, sagt Miyo. »Ich freue mich so für Sie. Aber ich muss meinen eigenen Platz im Leben finden. Es tut mir leid, aber ich kann England jetzt nicht verlassen.«

»Unmöglich!« Miss Jenny schiebt Grünbein von sich weg. »Die werden dich suchen. Es ist nicht sicher hier. Du müsstest dich immer verstecken.«

Miyo zuckt mit den Schultern. »Aber das tue ich doch schon mein Leben lang.«

Das Dampfschiff stößt ein tieftönendes Hupen aus. Der Hafen hat sich gefüllt. Mittlerweile steigen schon Passagiere über die große Landungsbrücke ein.

»Wir müssen uns beeilen.« Miss Jenny sieht sich suchend um, dann nimmt sie Miyos Hand. »Wo willst du denn hin – so ganz alleine?«

Miyo greift in ihre Rocktasche und holt Ouriel Obscurs zerdrückte Visitenkarte heraus. »Ich werde immer in Bewegung bleiben«, sagt sie. »Und vielleicht werde ich ein Mittel finden, diese Maske endlich loszuwerden.«

»Aber Fairweather …«

»Ach, Miss Jenny. Ich weiß es nicht. Ich weiß nicht, was mir bevorsteht oder wie diese Geschichte ausgehen wird, aber ich muss versuchen, meinen eigenen Weg zu gehen. Verstehen Sie das?«

Miss Jenny nickt. Wenn irgendjemand das versteht, dann sie. »Okay«, sagt sie und umarmt Miyo so fest, dass ihr die Luft wegbleibt. »Finde deinen Weg, aber sei vorsichtig. Und pass gut auf dich auf!«

Wieder ein langgezogenes Hupen.

»Jenka!« Grünbein steht am Steg, neben ihm ein grimmig dreinschauender Mann. »Uns bleibt keine Zeit mehr.«

Miss Jenny umarmt Miyo noch einmal fest, dann rennt sie zu Grünbein und, ohne sich noch einmal umzudrehen, über den Steg in den massigen Schiffsbauch. Grünbein winkt Miyo zu, dann geht auch er an Bord.

»Nun geh schon, Q-XII, sonst legen sie ohne dich ab.«

»Du denkst doch wohl nicht, dass ich dich hier alleine zurücklasse. Ich werde dich begleiten. Zumindest ein Stück des Weges.«

»Q-XII, du bist wirklich …« Eine Polizeipfeife schneidet ihr die Worte ab.

»Zur Draisine!« Q-XII packt Miyos Hand und zieht sie hinter sich her. Sie laufen gebückt an den Schiffen vorbei und auf Umwegen zu den Gleisen.

Francis Fairweather steht mit verschränkten Armen inmitten der Trümmer und beobachtet Lady Strix dabei, wie sie an Steinen, Holz und Gitterstäben riecht und knabbert. »Lassen Sie uns gehen«, sagt er. »Der Schatten hat sie einmal gefunden, er wird sie auch ein zweites Mal aufspüren.«

»Ich weiß nicht, wie Sie dabei so ruhig bleiben können!« Strix Brouillard flattert auf einen Haufen Backsteine. »Haben Sie denn keinen Funken Ehrgeiz in sich? Keine Ehre?« Beim letzten Wort überschlägt sich ihre Stimme und wird zu einem peinlichen Krächzen.

»Ach, Strix.« Er wischt sich mit dem Taschentuch Schmutz vom Revers. »Seit wann denken Sie in kleinkariert menschlichen Begriffen wie Ehrgeiz und Ehre?« Er schüttelt den Kopf. »Womöglich kommen Sie mir auch noch mit Zeit oder Schicksal. Gut und Böse?« Seine Augen funkeln verschmitzt.

Lady Strix presst den Schnabel fest zusammen und gibt sich unbeteiligt, was ihn noch lauter lachen lässt. Verdammt! Sie plustert sich auf und schüttelt ihr Gefieder. Was ist sie nur für eine Idiotin? Fairweather hat recht und das gibt sie nur ungern zu. Zur Hölle noch eins. Zeit spielt keine Rolle. Selbst Raum ist nur bedingt wichtig. »Haben Sie Ihre Apparatur dabei?«, fragt sie.

»Welche Apparatur?«

»Sie wissen genau, welche Apparatur ich meine.«

Natürlich weiß er das, aber er lässt sich gerne bitten und das weiß Lady Strix. Sie schnauft. Na gut. »Die Apparatur, die nicht an Raum und Zeit gebunden ist. Die Apparatur, die Sie normalerweise in Ihrer Aktentasche mit sich tragen.«

Fairweather nimmt die Tasche vom Boden und pustet den Staub von dem feinen Leder. Zärtlich streichelt er über die weiche Oberfläche. Sie fühlt sich an wie Samt oder wie flaumweiche Kinderhaut. »Ach, *diese* Apparatur! Ja, die habe ich natürlich dabei.« Er grinst.

Wie ein seniler Pavian, denkt Lady Strix und sagt: »Ganz wunderbar. Also bitte, seien Sie so gut.«

»Wozu? Damit konnte ich das Kind bislang nicht finden, wieso sollte sich das geändert haben?«

»Kommen Sie und sehen Sie selbst.« Sie deutet mit der Kralle auf die Holzbank und den Boden darunter. »Beziehungsweise *riechen* Sie selbst.«

Mit seinem Stock schiebt er einige Steine zur Seite, legt sein Taschentuch auf den Boden und lässt sich auf ein Knie nieder. Erst sieht er Lady Strix eine Weile lang durchdringend an, dann schnüffelt er. Auf dem Boden sind einige dunkle Stellen zu sehen. Er pustet den Staub weg, beugt sich tiefer hinab und leckt an einem der Flecken, schmatzt wie ein Sommelier und spuckt aus. »Interessant, in der Tat.«

Alles Phlegmatische fällt von ihm ab, er bewegt sich nun schnell und arbeitet konzentriert. Lady Strix Brouillards Ego tanzt Cancan und wirft die Beine in die Luft, als würde es dafür bezahlt. Endlich ist er wieder der Alte, endlich ziehen sie wieder an einem Strang!

Im Nullkommanichts ist die Maschine aufgebaut und ausgerichtet. Unzählige Gesichter unschuldiger Kinder schweben in der schmutzigen Zelle über Staub und Trümmern. Fairweather grunzt ungeduldig und wartet. Justiert hier und dort noch etwas, dreht an winzigen Rädchen, pustet nicht vorhandene Staubkörner fort. Wartet.

Und dann passiert es. Er kneift die Augen zusammen. Was er sieht, ist kein Gesicht. Es ist nicht einmal der Schatten eines Schattens eines Gesichts. Aber da ist etwas. Eine klitzekleine Unregelmäßigkeit. Ein kaum erkennbares Missverhältnis von Licht und Materie. »Was ist das?«, flüstert er.

Auch Lady Strix kneift die Augen zusammen. »Das Mädchen.«

»Zur Hölle, Strix.« Er wirft einen Ziegelstein, aber sie kann noch rechtzeitig wegfliegen, bevor der Stein mit voller Wucht an die Zellenwand knallt. »Wie überaus scharfsinnig.« Noch einmal justiert er nach, dreht, klopft, wartet. »Ich kann sie nicht orten, aber sie ist ganz in der Nähe. Pi-pa-puppenmacher, jetzt bekomme ich, was mir zusteht.«

Blitzschnell packt er seine Sachen zusammen, springt auf und schon ist er draußen und eilt mit großen Schritten in Richtung Hafen. »Was trödeln Sie denn, Verehrteste? Wir müssen uns ein Kind holen. Vertrag ist Vertrag!«

Nimm nur das Nötigste mit!«, ruft Q-XII. »So sind wir schneller.« Er koppelt den Wohnanhänger von der Draisine ab, Miyo wirft ein paar Sachen darauf und schon setzt sich das Gefährt in Bewegung. Q-XII stellt die Weiche so flink, dass sie kaum anhalten müssen, bevor er sich mächtig ins Zeug legt und den Antriebshebel immer schneller auf und ab bewegt.

Bald sausen sie mit einem solchen Tempo über die Schienen, dass Miyo kaum noch Luft bekommt. Der kleine Kolibri flattert aufgeregt in ihrem Herzen umher. Aber es ist eine gute Aufregung, voller Vorfreude, Leidenschaft und Erwartungen. Sie hat einen Entschluss gefasst. Ob richtig oder falsch, sie wird ihren eigenen, ganz besonderen Weg gehen.

Die Morgensonne zeigt sich nun hinter dem Horizont. Und in ihrem Licht sehen die Dellen und Kratzer auf Q-XIIs Metallhaut nicht mehr wie Narben aus, sondern wie Buchstaben, Wörter, Geschichten, die das Leben dort geschrieben hat. Älter sieht er aus, reifer und menschlicher, als man es sich vorstellen kann. »Ist das Leben nicht schön?« Q-XII muss gegen den Fahrtwind anschreien.

Miyo streckt den Daumen in die Höhe und schreit: »Wunderbar!«

5

Seit sie die Draisine auf einem toten Nebengleis abgestellt haben, fällt leichter Nieselregen. Den Rest des Weges gehen sie zu Fuß, einander die meiste Zeit über an den Händen haltend. Gelegentlich weist Q-XII auf einen Stein hin oder rutschigen Untergrund, aber überwiegend hängen beide ihren Gedanken nach. Es ist ein gutes Schweigen. Eine intime Stille, in der Nähe und Unabhängigkeit gleichberechtigt bestehen können.

»Noch ein Anstieg, dann müssten wir da sein.« Q-XII deutet auf einen grasbewachsenen Hügel.

Er sagt wir und meint du. Miyo weiß, dass er nicht bleiben wird. Sie weiß es, seit sie selbst beschlossen hat, ihren eigenen Weg zu finden. Sie prägt sich das Gesicht ihres Freundes ein, das ihr trotz der groben Formen und der tiefen Verletzungen wunderschön erscheint. Die Brust wird ihr eng, wenn sie an den bevorstehenden Abschied denkt. Und hat nicht ihr ganzes bisheriges Leben nur aus Abschieden bestanden?

Sie lässt seine Hand los und beginnt zu laufen. »Komm schon, du Schlafmütze!«, ruft sie. »Wer als letzter oben ist, ist eine Schnecke!«

Q-XII gibt ihr einen ausreichenden Vorsprung, bevor er in leichten Trab fällt und kurz nach Miyo auf der Kuppe ankommt. »Gegen dich habe ich keine Chance«, sagt er. »Gestatten: Schnecke.« Er macht eine leichte Verbeugung.

Miyo versetzt ihm einen Knuff in die Seite. »Schwindler«, sagt sie.

Q-XII sagt: »Wow!«

Da erst bemerkt auch Miyo den Anblick, der sich ihnen bietet. »Wie wunderbar«, flüstert sie atemlos.

Im Tal auf der anderen Seite des Hügels gastiert das fahrende Varieté Obscur. Es wird langsam dunkel und die Akrobaten, Feuerspucker, Dompteure, Pantomimen, Seiltänzer, Kraftmenschen, Spaßmacher, all die außergewöhnlichen Menschen, zünden ihre Lampen an. Der Zirkus wirkt wie ein mythisches Land voller Feen und Glühwürmchen.

Das große Zelt bildet den Mittelpunkt, die Wohnwagen der Zirkusleute den äußeren Ring. Dazwischen befinden sich kleinere Zelte und Buden, ein Boxring und die Wagen der wilden Tiere. Eine ganz eigene Welt mit ihren eigenen Regeln und Gesetzmäßigkeiten.

»Wunderschön.« Miyo ist schon auf dem Weg nach unten. Diese Welt aus warmen Lichtern und besonderen Menschen zieht sie magisch an. Sie hält Ouriel Obscurs Visitenkarte fest in der Hand. Hoffentlich erinnert er sich noch an seine Einladung.

»Miyo?« Q-XII steht immer noch ganz oben auf dem Hügel. »Ich kann nicht hierbleiben.«

»Ich weiß. Ich hatte nur gehofft …« Sie schüttelt den Kopf.

»Es tut mir so leid.« Jetzt läuft er ihr mir großen Schritten hinterher. »Ich wusste nicht, wie ich es dir sagen soll und hatte Angst, du wärst vielleicht böse, wenn ich dich allein lasse. Wo wir uns doch gerade erst wiedergefunden haben.«

»Böse? Ach, mein guter Q-XII, wie könnte ich dir denn böse sein?« Sie nimmt seine Hand und drückt sie fest. »Ich möchte, dass du glücklich wirst. Und manchmal muss man sein Glück erst suchen.«

»Du wirst deines finden«, sagt er.

»Ja«, erwidert sie nachdenklich. »Vielleicht.«

Im großen Zelt beginnt die Kapelle, eine lustige Melodie zu spielen. Es ist wohl Zeit für die Abendvorstellung.

»Geh jetzt«, sagt sie. »Ich möchte nicht, dass du wegen mir dein Glück verpasst. Sei schnell und pass gut auf und pack zu, wenn es dir begegnet.«

Q-XII nimmt Miyo in den Arm und hält sie fest. Erst ein Kanonenschuss lässt die beiden auseinanderfahren.

»Nur der Zirkus«, sagt Miyo aufatmend. »Wahrscheinlich sind gerade die Spaßmacher an der Reihe.«

Sie reichen sich noch einmal die Hände. Dann nimmt Q-XII den Weg zurück über den Hügel und wendet sich nach Norden.

Wohin ihn der Wind wohl treiben wird? Nach Schottland bestimmt und vielleicht noch viel weiter. Quer durch Europa oder letztendlich doch in die Neue Welt? Gewiss auf ein Schiff. Und wenn er das Glück schon nicht in der Liebe finden mag, so liebt er immerhin das Meer so sehr, dass es ihn glücklich machen wird.

Miyo bleibt noch eine Weile mit geschlossenen Augen stehen und inhaliert die fremden Gerüche. Es riecht nach wilden Tieren, Sägespänen und süßen Leckereien. Dann geht sie hinunter und betritt die wunderbare Welt, die ihr Zuhause werden soll. Ein weiterer Kanonenschuss lässt sie erst zusammenzucken, doch dann lacht sie und findet, dass er wie eine freundliche Stimme klingt, die sie hereinbittet. Sie nimmt die Einladung gerne an.

Miyo hat so fest in die Hände geklatscht, dass ihre Handflächen schmerzen. Die meisten Zuschauer sind bereits auf dem Weg zum Ausgang und die Assistenten des Clowns beginnen, die Requisiten aus der Manege zu tragen. Als alle Zuschauer außer Miyo das große Zelt verlassen haben, rollen sie eine mächtige Kanone herein.

»Buster, Bobby und Bo, ihr stellt euch dahinten auf, Bert und Barny an die Kanone. Abraham, du weißt, was du zu tun hast. Auf eure Plätze, meine Kleine-Clowns-Brigade! Ich will, dass die Nummer in drei Tagen sitzt!« Wie beim letzten Mal ist die Schminke des Clowns verwischt. Mit diesem verwaschenen Clownslachen sieht er finster aus. Gar nicht wie ein Mensch, eher wie ein Wesen, das noch nicht seine endgültige Form angenommen hat. Wie Brotteig vor dem Backen. Miyo bekommt eine Gänsehaut.

Einer der kleinen Männer, Abraham hat er ihn genannt, zieht einen Helm auf und schließt den Lederriemen fest unter dem Kinn. Als Bert und Barny ihm helfen, in die Kanone zu klettern, steht Miyo auf, und als der Clown mit einer brennenden Fackel auf die Kanone zugeht, ruft sie erschrocken: »Nein!«

Der Clown beschirmt die Augen mit einer Hand vor dem grellen Scheinwerferlicht und versucht, etwas in der Dunkelheit außerhalb der Manege zu erkennen. »Wer ist da?«

»Ich«, sagt Miyo. Dann geht sie schnell nach unten, klettert über die Abgrenzung und stellt sich direkt vor Abraham, von dem man nur noch den Kopf sehen kann. Der Rest seines Körpers steckt in der Kanone.

»Du.« Der Clown fixiert Miyo und kneift die Augen zusammen, betrachtet eingehend das Porzellangesicht. »Was willst du hier?«

Bobby und Bo drücken sich an die Beine des Clowns und er streichelt ihre Köpfe. Buster steht noch immer außerhalb am Rand der Manege und rührt sich nicht vom Fleck.

»Geh aus dem Weg, Mädchen, und lass mich arbeiten.« Der Clown macht einen Schritt auf Miyo und die Kanone zu. Die Flamme kommt der Zündschnur bedenklich nah, aber Miyo bleibt vor dem Kanonenrohr stehen.

»Boss? Sie ist ganz schön mutig«, sagt Bo. Womöglich heißt er auch Bobby. Die beiden sind Zwillinge und nicht einmal ihre Mutter konnte sie auseinanderhalten. Nicht, dass sie das je gewollt hätte.

»Das ist kein Mut.« Der Clown starrt Miyo weiterhin an. »Das ist Dummheit, mein kleiner Freund.« Wie so oft streichelt er den großen runden Kopf des Gehilfen. »Das Mädchen ist einfältiger als Buster.« Die Assistenten kichern. »Blödsinniger als Bobby und Bo zusammen.« Der Clown gibt seiner Stimme einen mädchenhaften Klang und kreischt: »Nein! Neinneinnein!« Seine Helfer biegen sich vor Lachen.

Jetzt kommt auch Buster zurück in die Manege. Er zupft den Clown an der riesigen Hose. »Aber Boss, sie ist so wunderschön.«

»Schön?« Der Clown beugt sich zu ihm hinunter. »Aber Buster, mein lieber kleiner Buster, wir alle sind schön!« Wie durch Zauberei hält er plötzlich einen roten Lippenstift in der Hand und malt Buster volle rote Lippen. Dann kneift er ihn in die Wangen, bis diese ebenfalls ganz rot sind. »Mein Fräulein, wie schöhööön Sie nur sind!«

Das gibt der Clowns-Brigade den Rest. Sie schlagen sich auf die Schenkel und brechen buchstäblich vor Lachen zusammen.

»Genug jetzt!« Der Clown löscht die Fackel in einem Wasserfass. »Feierabend. Wir proben morgen vor dem Frühstück weiter.«

Immer noch kichernd ziehen die kleinen Männer Abraham aus der Kanone und folgen dem Clown wie ein Rudel aufgedrehter Welpen durch die hintere Tür hinaus. Mit lautem Klicken verlöschen die Scheinwerfer einer nach dem anderen, bis Miyo ganz allein in der Dunkelheit zurückbleibt.

»Er ist nicht böse, mein Kind, er hat nur schon viel erlebt.«

Miyo versucht, die Stimme zu orten, aber das ist unmöglich. »Hier drüben.« Ein Gaslicht flackert auf. »Du bist Miyo, nicht wahr? Ich erinnere mich an dich.«

Miyo geht blinzelnd auf das Licht zu, dann erkennt sie die alte Wahrsagerin. »Madame Malou!«

»Du kannst Martha zu mir sagen. Was machst du denn noch hier?«

Miyo zuckt mit den Schultern. Ja, was macht sie eigentlich noch hier? Im Moment ist sie sich dessen gar nicht mehr so sicher.

»Hm, na ja. Nun bist du hier und es ist spät. Weißt du, wo du heute Nacht schlafen kannst?«

»Nein, Madame ... Martha. Ich wollte zu Monsieur Obscur und nach Arbeit fragen.«

»Das lässt du um diese Zeit besser bleiben. Na, komm schon mit, meine Couch ist älter als ich, aber schön weich und bequem.«

Dankbar folgt Miyo Madame Malou zu ihrem Wohnwagen.

Dort angekommen, schenkt die Alte ihr eine Tasse Tee ein, wirft eine bunte Häkeldecke auf die Couch und sagt: »Gute Nacht.«

Miyo nippt an dem heißen Kräutertee und zieht sich die Decke, die nach Pfeifenrauch und ein bisschen staubig riecht, bis zum Kinn hoch. Sie denkt an den Clown und seine liebenswerten Helfer und fürchtet sich vor einer langen, schlaflosen Nacht. Aber kaum, dass ihr Kopf eins der bunten Kissen berührt, ist sie bereits eingeschlafen.

Jennifer Dunnaby steht an der Reling des riesigen Dampfschiffes und starrt aufs Meer hinaus. Haushohe Wellen schlagen an den Stahlkoloss, aber der lässt sich nicht aus der Ruhe bringen. Es riecht nach Rauch und auf den Lippen der Passagiere liegt ein permanenter Salzgeschmack. Unter den Fußsohlen spürt man das

Vibrieren der Maschinen. Die Schiffsheizer befeuern die Dampfkessel, als gäbe es etwas zu gewinnen. Und in der Tat: Der Kapitän hat jedem ein kleines Fass Rum versprochen, wenn sie die Neue Welt bereits einen Tag früher erreichen.

Grünbein legt den Arm um die Hüften seiner Jenka und gibt ihr einen Kuss auf die Wange. »Sei nicht traurig«, sagt er. »Deine Kleine wird ihren Weg schon gehen, schließlich hat sie eine gute Lehrerin gehabt. Und wir haben doch uns.«

Sie schmiegt ihre Wange an seine Schulter. Sein Mantelkragen kratzt ein wenig. »Ich bin traurig und gleichzeitig unwahrscheinlich glücklich«, sagt sie. »Wir werden Büffel sehen und Indianer. Den wilden Westen kennenlernen. Und ich muss dir noch etwas sagen.« Sie dreht sich zu ihm, doch er kneift die Augen zusammen und deutet hinunter ins Meer. »Hast du das gesehen? Da war doch eben … Da, siehst du? Da treibt jemand im Wasser!« Er rennt los, ohne eine Antwort abzuwarten.

Jennifer Dunnaby starrt gebannt nach unten und dann sieht sie es auch. Einen leblosen Körper im Wasser. Er geht unter, kommt wieder hoch und taumelt auf den Wellen wie eine Boje. Dann sieht Miss Jenny Matrosen auf dem unteren Deck, die mit einer Stake nach der Gestalt fischen. Grünbein ist bei ihnen. Er redet auf die Männer ein und gestikuliert wie ein Verrückter. Jenka legt die Hände auf ihren Bauch. So ist er, ihr Kiki. Immer mit vollem Einsatz bei der Sache.

Endlich schaffen sie es, die Gestalt einzuhaken und an Bord zu ziehen. Himmel, sie hat ihre Beine verloren. An Haie womöglich. Jenny darf gar nicht daran denken, wie viel Angst und Schmerzen … Sie stößt sich vom Geländer ab und rennt ebenfalls nach unten.

Grünbein ist klatschnass. Er kniet auf dem Boden und hält die Gerettete im Arm. Die Matrosen stoßen sich gegenseitig in die Rippen und lachen aus vollem Hals. Bevor sie sich wieder an die

Arbeit machen, schlagen sie Grünbein freundschaftlich auf die Schulter. Nichts für Ungut, Alter.

Miss Jenny kniet sich neben Grünbein und nimmt seine Hand. »Es war richtig, die Matrosen zu holen«, sagt sie. »Du bist mein Held.«

Grünbein winkt ab. »Lass sie nur lachen, das macht mir nichts.« Er klopft dem mechanischen Menschen auf den Rücken, um das Wasser aus allen Ecken und Winkeln zu schütteln, dann dreht er ihn um und Miss Jenny schluckt hörbar. »Du meine Güte«, sagt sie. »Ich kannte mal eine Haushälterin der gleichen Baureihe.«

Grünbein wischt, zupft und pustet. Plötzlich geht ein Schütteln und Rütteln durch den verrosteten Körper. Zahnräder beginnen knirschend ineinander zu greifen und mit einem »Hatschi!« öffnet die mechanische Haushälterin die Augen. Mit ihrer unverwechselbar klappernden Schraubenstimme sagt sie: »Du lieber Himmel, wieso bin ich so schmutzig und nass? Was ist nur passiert? Und wo ist meine Schürze?«

Miss Jenny beugt sich über die Haushälterin. »Miss Whittles? Sind Sie es? Ich bin es, Jennifer Dunnaby. Erinnern Sie sich an mich?«

»Was für eine Frage? Das alte Montagsmodell mag ein wenig verrostet sein, aber senil bin ich noch lange nicht! Aber wo um Himmels Willen ist meine Schürze?«

Miss Jenny schmunzelt hinter vorgehaltener Hand. »Wir kaufen Ihnen eine neue, nicht wahr, Kiki?«

»Meinetwegen.« Grünbein sieht ein wenig verdutzt von Jenka zu Miss Whittles. »Allerdings dürfte das größere Problem etwas weiter unten liegen.« Er deutet auf die fehlenden Unterschenkel.

Miss Whittles folgt seinem Blick. »Huch! Grundgütiger! Das ist mir aber peinlich. Ich weiß gar nicht wie … Und keine Schürze, um die Misere zu bedecken.«

»Keine Sorge!« Grünbein legt ihr seine Hand auf die Schulter. »Auch darum kümmern wir uns.«

»Und im Gegenzug …« Jennifer Dunnaby räuspert sich. »Wir könnten bald ein fähiges Kindermädchen brauchen.«

»Was? Wieso? Was sollten wir denn mit einem …« Grünbein bekommt große Augen. »Jenka! Ist das wahr?«

Jenka nimmt sein Gesicht in ihre Hände und küsst ihn zärtlich. Miss Whittles hält sich diskret die Augen zu. »Ach, was soll's«, sagt sie. »Das kriegen wir auch noch groß.«

Miyo wacht noch vor der Sonne auf, wie fast immer. Sie ist aufgeregt und voller Tatendrang. Ihre Zweifel sind über Nacht verpufft. Madame Malou schnarcht noch in ihrem großen Himmelbett. Zwischen den vielen bunten Kissen und Decken und den Katzen – Miyo zählt sieben – ist die alte Frau kaum zu sehen.

Miyo steht auf und faltet ihre Decke zusammen, während die Katzen in Madame Malous Bett ungehalten maunzen. Das Mädchen legt einen Finger auf die Lippen und schleicht zum Ausgang. Leise zieht sie die Tür hinter sich zu und atmet tief ein. Der unverwechselbare Geruch nach wilden Tieren und Süßigkeiten, unterlegt von einem Hauch Sägespäne, ist einfach wundervoll!

Auf der Suche nach Ouriel Obscurs Wohnwagen schlendert sie über den Platz. Die meisten der Zirkusleute sind ebenfalls schon wach – waschen sich mit kaltem Wasser, machen Pläne für den Tag oder sitzen einfach nur mürrisch schweigend oder rauchend vor ihren Wagen.

Miyo erkennt den Feuerschlucker. Sie winkt Berta zu, die gerade eine gewaltige Portion Rührei mit Schinken verputzt. Der

Duft lässt Miyo das Wasser im Mund zusammenlaufen. Wann hat sie eigentlich das letzte Mal etwas gegessen?

Indira trompetet ausgiebig, als Miyo an ihrem Zelt vorbeigeht. Sie hält inne, um die Elefantendame zu streicheln. Indiras Fuß ist mit einer schweren Kette am Boden befestigt. Der sanfte Dickhäuter tut Miyo leid. »Bist du einsam?«, flüstert sie. »Oder hast du Hunger?« Als hätte Indira es verstanden, versucht sie, mit dem Rüssel an die Früchte zu gelangen, aber der Korb steht zu weit weg. Miyo wirft ihr ein paar Birnen ins Maul, dann bemerkt sie Liona, die sie beobachtet. Miyo sieht schuldbewusst zu dem Früchtekorb, aber Liona blinzelt ihr verschwörerisch zu, bevor sie zum Raubtierkäfig geht, um ihre beiden Löwen zu füttern.

Das alles ist so aufregend, dass Miyo vollkommen die Zeit vergisst. Als sie endlich den Wagen des Zirkusdirektors findet, ist es schon später Vormittag und der Platz füllt sich mit Schaulustigen und Besuchern.

Die Artisten proben Handstand und menschliche Pyramiden. Ein Kanonenschuss lässt Miyo zusammenfahren. Ihre Nackenhärchen stellen sich auf und sie zittert. Hoffentlich ist Abraham nichts passiert.

»Mademoiselle Miyo, ich bin entzückt!« Die Stimme klingt genauso affektiert, wie Miyo sie in Erinnerung hat. »Ich freue mich außerordentlich, Sie zu sehen.«

Miyo reicht Monsieur Obscur die Hand. Als er ihren Handrücken küsst, unterdrückt sie ein Schaudern und lächelt stattdessen. »Guten Tag, Monsieur.«

»Aber nein! Nennen Sie mich Ouriel, ich bitte Sie!« Er verbeugt sich und setzt erneut zu einem Handkuss an, aber Miyo zieht die Hand schnell zurück. Obscurs Mundwinkel zuckt. »Nun denn«, sagt er verkniffen. »Was verschafft mir das Vergnügen?«

»Sie hatten mich eingeladen und ich frage mich … Hätten Sie Arbeit für mich? Ich würde gerne mit Ihnen reisen.«

»Und wie gerne ich Sie bei mir hätte!« Seine Blicke wandern über Miyos Gesicht. »Aber lassen Sie uns doch hineingehen und die Einzelheiten besprechen.« Er legt die Hand auf Miyos Rücken und schiebt sie in Richtung Wohnwagen. »Drinnen ist es warm und gemütlich. Sie sehen ja ganz verfroren aus.«

»Miyo! Da bist du ja. Ich suche dich schon auf dem ganzen Platz, hast du denn vergessen, dass du mir helfen wolltest?« Madame Malou kommt auf sie zu. Sie geht ein wenig gebeugt und stützt sich auf einen Stock. »Guten Morgen, Ouriel«, sagt sie und nimmt Miyos Hand. »Du hast doch nichts dagegen, Direktor?«

»Wir wollten gerade über Miyos Zukunft reden. Also ja, ich habe etwas dagegen.«

»Ihre Zukunft? Aber was redest du denn? Ihre Zukunft liegt ganz eindeutig in ihren Händen.« Sie dreht Miyos Handflächen nach oben und betrachtet die feinen Linien so aufmerksam, als führten sie ein Theaterstück auf. Dann nimmt sie Miyos Hände zwischen ihre faltigen Hände und sieht Obscur an, als wäre nun alles gesagt und glasklar.

Die Mundwinkel des Direktors zucken wieder, aber er nickt. »Dann nimm sie«, sagt er. »Du bist für sie verantwortlich, ist das klar?« Ohne eine Antwort abzuwarten, geht er mit steifen Schritten davon.

Miyo sieht ihm nach. »Hat er Angst vor dir?«, fragt sie verblüfft.

Die Alte schmunzelt. »Du hast ein feines Gespür«, sagt sie. »Aber nein, er hat keine Angst vor mir als Person, vielmehr fürchtet er das Schicksal.« Sie macht eine theatralische Geste. »Aber vor allem die Wahrheit.«

»Was meinst du damit?« Miyo folgt Madame Malou zurück zu ihrem Wagen.

»Das wirst du selbst herausfinden. Ich werde dich das Handlesen lehren und ich werde dich lehren, in die Zukunft zu blicken.«

»Ach«, sagt Miyo. »Hokuspokus.«

»Manches mag wie Hokuspokus aussehen, aber es steckt auch immer ein Funken Wahrheit darin. Glaub mir, mein Kind, es gibt nicht nur Schwarz oder Weiß. Es gibt viele Nuancen von Gut und Böse, vieles, was irgendwo zwischen Himmel und Hölle liegt.«

Miyo nickt langsam. »Na gut«, sagt sie. »Dann möchte ich alles lernen, was du weißt.«

Madame Malou schenkt Miyo Tee ein. Der Wohnwagen füllt sich mit warmem Kräuterduft. Die Windspiele an den Fenstern unterlegen Madame Malous Stimme mit beruhigenden metallischen Klängen. Miyos Körper fühlt sich kraftlos an, die Glieder müde und schwer, doch gleichzeitig ungewohnt leicht, als triebe sie auf wolkigen Wellen. Ihr Geist ist hellwach.

Madame Malou redet unaufhörlich, beschreibt, erklärt. Fast klingt es wie ein Lied, das teilweise in einer fremden Sprache gesungen wird. Auch wenn Miyo nicht alles versteht, was die alte Frau erzählt, so hat sie doch das Gefühl, alles auf irgendeiner Ebene ihres Bewusstseins zu verinnerlichen.

»Ich wusste gar nicht, dass so viele Ebenen existieren«, sagt sie. Hat sie das tatsächlich ausgesprochen oder nur gedacht?

Madame Malou lächelt. Redet immer weiter. Schenkt Tee ein. Zeichnet Miyos Lebenslinie mit der Fingerspitze nach. Legt die Karten, deutet auf die Sonne, den Tod, die Zehn der Stäbe. Schüttelt den Kopf. Lächelt. Redet. In Miyos Kopf verschmelzen Kräuterduft, Stimme und metallische Klänge zu einem monotonen Summen, das wie das Schnurren von Katzen klingt.

Als sie die Augen öffnet, erkennt sie, dass es draußen vor dem

Fenster dunkel geworden ist. Im Wagen brennen zwei Gaslichter. Neben Miyos Kopf liegen zwei Katzen zu einem Fellknäuel verschlungen.

»Madame Malou?« Sie setzt sich auf. »Martha?« Eben noch haben sie Tee getrunken und Madame Malou hat ihr die Grundlagen des Handlesens erklärt … Und dann? Sie reibt sich die Augen. Sie hat keine Ahnung, wie spät es inzwischen ist, aber es fühlt sich an, als hätte sie tagelang geschlafen. Und als wäre sie dabei gewachsen. Ängstlich befühlt sie ihre Arme und Beine und schüttelt den Kopf. Blödsinn. Sie ist genau dieselbe wie heute Morgen und genauso groß. Und doch … Sie fühlt sich anders. Größer ist vielleicht das falsche Wort. Ganz sicher ist es das. Von außen lässt sich die Veränderung nicht feststellen, es fühlt sich vielmehr so an, als könne sie besser sehen. Sie fasst sich an die Stirn. Ist da eine warme Stelle? Das kann nicht sein. Wieder berührt sie die Stirn. Natürlich nicht, die Porzellanhaut ist genauso glatt und kühl wie immer.

Die Eingangstür öffnet sich mit einem leisen Knarren. »Ah, du bist wach.« Madame Malou müht sich mit einem großen Korb ab. Miyo springt auf, nimmt ihr das schwere Bündel aus der Hand und reicht der alten Frau den Arm, damit sie sich abstützen kann. »Danke, mein Kind. Sei so gut und hilf mir, den Tisch zu decken. Du musst ja halb verhungert sein.«

Miyo holt Teller und Besteck aus dem Schrank und während die Alte gebratenes Huhn, Obst, zwei Flaschen Bier, Brot und Butter auf den Tisch stellt, beginnt Miyos Magen zu knurren wie ein Wolf. »Wie lange habe ich denn geschlafen?«, fragt sie.

»Setz dich.« Madame Malou gießt schäumendes, dunkles Bier in zwei Gläser und nimmt einen großen Schluck. Dann rülpst sie hinter vorgehaltener Hand. »Zwei Tage«, sagt sie, nimmt sich eine Hähnchenkeule und beißt hinein. »Du bist stark und klug«, fügt sie schmatzend hinzu.

»Zwei ganze Tage.« Miyo bestreicht eine Scheibe Brot dick mit Butter. Dann starrt sie ihre Handfläche an, als könne sie die verlorenen Stunden darin wiederfinden.

Die Alte legt ihr die Hand auf den Arm. »Du wirst dich erinnern«, sagt sie. »Wenn die Zeit reif ist, wirst du alles wissen, was du wissen musst.«

Ganz tief in sich drinnen spürt Miyo, dass die alte Frau recht hat. Da ist nicht nur Wissen, sondern auch Sicherheit und Zuversicht.

»Na, siehst du. Hast du noch Fragen?«

Miyo hat tausend Fragen, aber mit welcher soll sie anfangen? Sie beißt in das Butterbrot und kaut mit geschlossenen Augen. Dann nimmt sie sich einen Apfel und ein großes Stück Hühnchen, während sie ihr Bier in einem einzigen Zug austrinkt.

Madame Malou lacht laut auf.

Miyo wischt sich mit einer Serviette den Mund ab und drückt Madame Malous Hand. »Danke«, sagt sie. »Vielen Dank, Madame …«

Madame Malou schüttelt entschieden den Kopf. »Bitte«, sagt sie. »Nenn mich Martha. Wenigstens zu Hause.«

Miyo nickt. »Martha. Könnten wir später noch einmal die Bedeutung der Tarotkarten durchgehen? Und ich habe noch so viele Fragen zu den Handlinien und deren Deutung.« Sie beißt in den Apfel. »Du wolltest mir auch zeigen, wie man aus Teeblättern liest und was es mit der Glaskugel auf sich hat.«

Madame Malou hebt abwehrend die Hände. »Langsam«, sagt sie. »Wir haben alle Zeit der Welt.« Dann nimmt sie wieder Miyos Hand und sagt: »Ich bin es, die dir danken muss.« Als Miyo etwas erwidern will, winkt sie ab. »Schluss jetzt mit dem sentimentalen Geschwätz. Iss auf und räum den Tisch ab, ich werde schon mal frischen Tee aufgießen.«

Miyo sieht zu, wie die Alte Wasser im Kessel aufsetzt, und hängt ihren Gedanken nach. Dann beeilt sie sich aufzuessen und den Tisch vorzubereiten. Schon duftet es wieder nach Kräutern, und als wüssten sie genau, was ihre Aufgabe ist, beginnen die Windspiele vor dem Fenster leise und melodisch zu erklingen.

Das Reisen mit dem Zirkus geht langsamer vonstatten als die wilde Fahrt mit Grünbeins Draisine, aber es ist nicht weniger aufregend. Ganz im Gegenteil. Trotz ihrer ausgefüllten Tage bleibt Miyo Zeit, Land und Leute besser kennenzulernen. Miyo ist mit Berta über die Tower Bridge spaziert und hat heimlich in die Themse gespuckt. Das bringt Glück, hat Berta gesagt.

Ein anderes Mal suchen Buster und Barny mit ihr nach Nessie, eine Expedition, die einen halben Tag und zwölf Pfannkuchen lang dauert. Zwar ist die Suche leider erfolglos, aber der Spaß dafür großartig.

Als sie sich auf den Heimweg machen, geht die Sonne bereits unter. Die drei Abenteurer bleiben stehen, halten sich an den Händen und warten darauf, dass die Sonne die Wasseroberfläche berührt. »Psst«, macht Miyo, als die beiden unruhig werden. »Wenn ihr ganz still seid, könnt ihr vielleicht das Zischen hören, wenn die Sonne das Wasser berührt.«

Buster und Barny halten gespannt den Atem an. Dann ist es endlich so weit. Die Sonne berührt die Wasseroberfläche und, ob man es glauben mag oder nicht, die beiden hören ein leises Zischen, das Wasser kräuselt sich an der Stelle, an der die Sonne eintaucht und langsam versinkt, und als der Himmel nur noch aus bauschigem Rot und Dunkelblau besteht, gleitet ein schwarzer Schatten über Loch Ness, im schwindenden Licht nur undeutlich zu erkennen. Eine kühle Brise weht ein zufriedenes, tieftönendes

Brummen über den See, hohe Wellen schlagen ans Ufer, obwohl der Wind dafür viel zu lau ist.

Buster zittert vor Aufregung und bekommt keinen Ton heraus, aber Barny springt am Ufer auf und ab und versucht angestrengt, etwas in der Ferne zu erkennen. »Nessie«, sagt er erfurchtsvoll. »Ich hab's gewusst. Ich hab es gewusst. Aber warum hat sie sich nicht vorhin gezeigt, als es noch hell war?«

Miyo lächelt in sich hinein. »Weil sie eine von uns ist«, sagt sie. »Wahrscheinlich hatte sie einfach die Nase voll davon, immer angestarrt zu werden.« Sie legt die Hand auf Barnys Schulter, an ihrer anderen Hand hängt Buster wie eine lebende Klette. »Lasst uns nach Hause gehen. Gönnen wir Nessie ein paar ruhige Stunden ohne Schaulustige.«

Den restlichen Heimweg legen sie schweigend zurück, bis sie fröhliche Musik und Gesang hören, die ihnen vom Zirkusplatz entgegenschallen.

»Oh, es hat schon begonnen!« Buster und Barny ziehen jetzt beide an Miyos Händen und sie hat Mühe, mit ihnen Schritt zu halten.

»Was hat begonnen?«, keucht sie atemlos.

Nun bleiben die beiden abrupt stehen und starren Miyo ungläubig an. »Heute ist Allerheiligen«, sagt Barny ehrfürchtig, »und selbstverständlich feiern wir das. Mit Musik und Tanz …«

»Und einem riesigen Pudding!«, ruft Buster.

»Und Spielen!«

»Und Bier!«

»Aber du musst achtgeben«, flüstert Barny und zieht Miyo dicht zu sich heran. »Wenn die Geister dich erwischen, dann …«

»Packen sie dich!« Buster reißt die Arme hoch und versucht Miyo mit seinen Krallenhänden zu schnappen. Sie schreckt zurück. Dann lacht sie auf und läuft den beiden nach, die wie aufgeschreckte Frischlinge zum Zirkusplatz rasen.

Natürlich, wie hatte sie den Feiertag nur vergessen können? Die kleinen Clownsgehilfen haben schon seit Tagen von nichts anderem geredet und selbst Madame Malou hat man die Aufregung angemerkt.

»In der Nacht vor Samhain geschehen seltsame Dinge«, hat sie geheimnisvoll gesagt, »Dinge, die uns die Zukunft zeigen können, wenn wir genau hinschauen. Manchmal findet man etwas, manchmal verliert man etwas in dieser Nacht. Und manchmal sollte man einfach nicht zu viel nachdenken und Spaß haben.« Dann hat sie ihren Gehstock gepackt und zu einer Musik getanzt, die nur sie selbst hören konnte, bis sie der Hexenschuss wieder auf den Boden der Tatsachen geholt hat. »Aber vielleicht halte ich mich dieses Jahr lieber an den Pudding.«

Bei den Gedanken an den Abend lächelt Miyo und beeilt sich, ihren beiden Freunden zu folgen, die ihr bereits vom äußeren Ring des Platzes aus zuwinken und lachend hinter den Zirkuswagen verschwinden.

Die Zirkusleute sind ohnehin ein lustiges Völkchen, aber so ausgelassen wie an diesem Abend hat Miyo sie noch nicht erlebt.

Angus Murphy spielt ein irisches Trinklied auf seiner Fiedel, die in den gewaltigen Händen des Kraftmenschen wie ein Spielzeug aussieht. Seine Wangen sind gerötet, aus seinem Bart tropft Bier. Er stampft so fest mit dem Fuß auf, dass man den Takt nicht nur hören, sondern auch spüren kann.

Abraham tanzt mit Liona, die beiden halten sich an den Händen und drehen sich so schnell im Kreis, dass einem vom bloßen

Zusehen schon schwindlig werden kann. Miyo klatscht begeistert in die Hände und wippt mit den Füßen im Takt. Immer mehr Menschen schließen sich den Tanzenden an.

Auf den Tischen stapeln sich die leckersten Speisen und Ouriel Obscur schlägt persönlich ein frisches Fass Bier an. Die Menge applaudiert begeistert, als er die ersten Gläser füllt. Dann wischt er sich die Hände ab und zwirbelt seinen Bart. Er schüttelt Hände, klopft auf Schultern, lacht und scherzt und schlendert dann betont gelassen zu Miyo herüber.

Miyo sieht sich suchend um, aber Martha ist in ein Gespräch mit einigen Artisten vertieft, und die Clownsgehilfen kann sie nirgends entdecken, außer Abraham, der immer noch tanzt, auch Berta ist noch nicht zu sehen.

Sie lächelt ein wenig gequält, als Obscur seinen Arm um ihre Taille legt. »Gewähren Sie mir den ersten Tanz, Mademoiselle!« Und schon zieht er sie lachend in die Mitte der Manege.

Die Musik wird immer ausgelassener und je schneller sie sich im Kreis drehen, desto fester und enger hält Obscur Miyo im Arm. Sein Bart streift ihr Gesicht und einige Male berührt er ihre Wange *ganz zufällig* mit seinen Lippen. Miyo versucht, seinem Griff zu entkommen, aber das stachelt ihn nur noch mehr an.

Ganz plötzlich lässt er von ihr ab und wirbelt herum. »Was zum ...« Er ballt die Fäuste, bis er bemerkt, wer ihn so unsanft um sein Vergnügen gebracht hat. Der Clown flüstert ihm etwas ins Ohr und Obscur lässt die Fäuste sinken. »Na gut«, sagt er. Dann zu Miyo gewandt: »Entschuldigen Sie mich, Mademoiselle, aber als Zirkusdirektor ist man immer im Dienst. Wir beenden den Tanz später, nicht wahr?« Ohne eine Antwort abzuwarten, dreht er sich um und rauscht mit großen Schritten aus dem Zelt.

Miyo sieht den Clown an, der immer noch neben ihr steht und dem Direktor ebenfalls nachschaut, bis er sich umdreht und Miyo die Hand entgegenstreckt.

Sie zögert einen Moment, dann ergreift sie seine Hand und er zieht sie sachte zu sich heran. Langsam beginnen sie sich im Takt der Musik zu bewegen. Angus hat die Fiedel an Abraham übergeben, der eine alte englische Volksweise spielt. Liona begleitet ihn auf einer Holzflöte.

Der Clown hält Miyo fest in seinen Armen, jedoch ohne sie dabei einzuengen. »Danke«, sagt sie nach einer Weile.

Als Antwort zieht er sie noch ein wenig näher zu sich heran. Sie atmet die Anspannung aus und schmiegt sich in seine Arme, hier fühlt sie sich sicher und geborgen. Er riecht ein wenig nach Theaterschminke, wie immer, aber auch nach Seife und frischem Holz und nach Tabak und darunter ein klein wenig nach Tillys frischem Mince Pie, den sie nur zu besonderen Anlässen gebacken hat. Er riecht nach Heimat. Miyo unterdrückt ein Schluchzen und beginnt zu zittern.

Sofort hält er inne, murmelt: »Es tut mir leid«, und lässt sie einfach auf der Tanzfläche stehen. Sie starrt auf die Sägespäne auf dem Boden, bis sie eine Hand auf ihrem Arm spürt und Marthas Stimme hört. »Komm«, sagt sie. »Lass uns etwas essen und den Abend genießen.«

»Ja, du hast recht.« Miyo nickt und sieht in das lieb gewonnene faltige Gesicht der Wahrsagerin. »Lass uns fröhlich sein. Buster hat mir von einem Pudding erzählt, den ich unbedingt probieren muss.«

»Und vielleicht ein kleines Bier dazu?« Martha nimmt ihren Arm und führt sie zu einem der langen Tische, an dem nun auch Buster und Barny und die anderen sitzen und es sich schmecken lassen.

Sie nimmt zwischen ihren Freunden Platz und hat bald einen Teller mit den leckersten Speisen vor sich stehen und ein riesiges dunkles Ale, das wunderbar malzig schmeckt.

Es gibt viel zu lachen an diesem Abend. Anekdoten, die im Lauf der Jahre zu so fantastischen Geschichten herangewachsen sind, dass einem der Mund offen stehen bleibt.

Nur der kleine Kolibri in ihrem Herzen sitzt ganz still und schaut immer noch niedergeschlagen und müde dem Clown hinterher. Er versucht das Gefühl von Heimat zu bewahren, das Miyo in den Armen dieses Mannes empfunden hat.

Miyo hat in den besonderen Menschen eine ganz besondere Art von Familie gefunden. Eine Familie, in der sie sich nicht erklären muss, die nichts fordert, aber reichlich zu geben hat.

Wenn man Liona, Berta, Buster und Barny und all die anderen erst einmal näher kennengelernt hat, merkt man schnell, dass sie unter der außergewöhnlichen Oberfläche noch viel außergewöhnlicher sind, als man vermuten würde. In ihnen steckt so viel Liebe und Güte, so große Hilfsbereitschaft und Selbstlosigkeit. Und dabei schlägt ihnen oft so viel Häme und Spott entgegen.

»Woran liegt das nur?« Miyo kaut versonnen auf einer Lakritzstange.

Martha trocknet ihre Hände ab und setzt sich neben Miyo auf die Eingangsstufen ihres Wohnwagens. Gemeinsam beobachten sie die Arbeiter beim Aufbau des großen Zeltes. Bobby und Bo huschen zwischen den langen Beinen hindurch, ziehen Taue straff, reichen den anderen Hammer und Nägel.

»Wir brauchen einander.« Martha streichelt Miyos kühle Wange. »Weil wir wissen, dass die Oberfläche nicht das wahre Wesen eines Menschen ausmacht. Weil wir tiefer blicken. Und weil die anderen das nie verstehen würden.«

»Genau wie beim Wahrsagen, nicht wahr?« Miyo reicht Martha

die Tüte mit der Lakritzmischung, aber die winkt kopfschüttelnd ab. »Du bist eine sehr kluge junge Frau«, sagt sie. »Weißt du das?«

Miyo knüllt die Tüte zusammen und läuft damit hinüber zum großen Zelt, dessen Gerüst schon fast fertig aufgebaut in den blauen Himmel ragt.

Bobby und Bo greifen beherzt zu. »Ich liebe Lakritze«, nuscheln sie einstimmig mit vollen Mündern. Ihre Lippen sind schon ganz schwarz vom Lakritzsaft und die Finger klebrig. »So können wir noch besser zupacken«, sagt Bobby und Bo nickt. »So isses.«

»Da sind ja die kleinen Schweinchen.« Wie aus dem Nichts taucht der Clown neben Miyo auf. Er packt Bobby und Bo am Kragen und schüttelt sie. »Nach der Arbeit gleich nach Hause«, sagt er. »Was genau habt ihr daran nicht verstanden?«

Miyo greift nach seinem Arm. »Lass sie runter«, sagt sie beschwichtigend. »Bitte. Es war meine Schuld.«

Der Clown sieht ihr lange ungeniert ins Gesicht. Wie immer kann sie seinen Blick nicht deuten. Da sind weder Abneigung noch Widerwillen zu erkennen, nicht einmal Bosheit und schon gar keine Freundlichkeit. Er sieht sie einfach nur an. Ihre Hand liegt immer noch auf seinem Unterarm, der sich wegen Bos Zappeln hin und her bewegt. Ihre Handfläche ist ganz warm geworden. Erst als sie die Hand zurückzieht, senkt er den Blick. Er lässt Bobby und Bo hinunter und versetzt beiden einen leichten Klapps auf den Hinterkopf. Sie springen in die Luft und heulen theatralisch auf. »Nach Hause«, sagt er. »Ohne Umwege.« Die beiden rennen los und der Clown folgt ihnen.

»Danke!«, ruft Miyo ihm nach. Sein Schritt stockt einen Sekundenbruchteil lang, aber er bleibt nicht stehen, dreht sich nicht um.

»Warum ist er so?«, fragt sie, als sie sich wieder neben Martha auf die Stufen setzt.

Die alte Frau seufzt. »Das ist eine lange Geschichte, die wohl niemand vollständig kennt«, sagt sie. »Außer ihm selbst, natürlich.« Sie legt den Arm um Miyos Schultern. »Vielleicht erzählt er sie dir eines Tages. Wer weiß?«

Miyo schüttelt langsam den Kopf, während sie beobachtet, wie der Clown hinter den Raubtierkäfigen verschwindet. Bobby und Bo sind schon eine Weile nicht mehr zu sehen. »Warum hat er nicht einmal einen Namen?«, fragt sie nach einer Weile.

»Nun«, sagt Martha und kratzt sich am Kinn, »vielleicht hat er ihn zusammen mit seiner unerzählten Geschichte weggeschlossen.« Dann steht sie auf und streckt ihren Rücken durch. »Wir sollten langsam alles für die Besucher vorbereiten. Und ich denke, es ist an der Zeit, dir einen Künstlernamen zu suchen. Madame Malous Assistentin klingt doch reichlich nichtssagend. Wie wäre es mit Mademoiselle Chouchou? Malou und Chouchou.«

Miyo folgt Martha lachend in den Wagen. »Ich glaube, darüber möchte ich noch ein wenig nachdenken.«

Als der letzte Besucher den Wohnwagen verlassen hat, zieht Madame Malou das bunte Kopftuch ab. »Hast du das Gesicht der Frau beobachtet?«, sagt sie. »Wie ihre Gefühle Berg- und Talbahn gefahren sind? Und am Ende«, sie entfernt die Perlenvorhänge hinter dem Tisch, »als du ihr gesagt hast, dass sie ihren Paul bald wiedersehen wird, wie die düsteren Wolken aus ihrem Geist gewichen sind und man endlich wieder das Blau ihrer Augen sehen konnte?«

Miyo nickt. Sie erinnert sich an das Gefühl, als sie die Hände der Frau fest in ihren gehalten und gespürt hat, dass Paul am Leben war. Nein, es war mehr als ein Gefühl, es war Gewissheit. Sie wusste ganz sicher, dass er lebt.

Madame Malou nimmt die riesigen Ohrringe und die bunten Glasperlenketten ab und wird wieder zu Martha Smith aus Dartmouth. Sie setzt sich neben Miyo und wischt ein paar Katzenhaare von der durchscheinenden Oberfläche der Glaskugel auf dem Tisch. »Du brauchst die Handlinien nicht zu lesen, um zu wissen, wie es den Menschen ergangen ist, was sie sich wünschen, wovon sie träumen, stimmt's?«

Miyo atmet tief ein und aus. »Schon früher, als ich noch für Dr Grünbein gearbeitet habe«, sagt sie, »wusste ich, was die Menschen brauchen. Ich kann es nicht erklären, es ist einfach da.«

Martha nimmt Miyos Hand und betrachtet die feinen Linien in der Handfläche, danach das unbewegliche Gesicht, die makellose, eiskalte Haut. »Du bist etwas ganz Besonderes«, sagt sie. »Und ich glaube, ich kann dir nichts mehr beibringen.«

Miyo macht eine abwehrende Handbewegung, dann wirft sie ein dunkelrotes Tuch über die Glaskugel. »Ich denke, ich weiß jetzt, welchen Künstlernamen ich verwenden möchte.«

Martha nickt ihr auffordernd zu. »Nun sag schon, ich bin gespannt.«

»Miyo«, sagt Miyo schlicht. »Mademoiselle Miyo, wenn dir das lieber ist.«

»Unerwartet. Aber ja, du hast recht, einen passenderen Namen werden wir nicht finden.«

Miyo geht zum Fenster und beobachtet, wie Bobby und Bo durch den Staub toben. Abraham versucht vergeblich, die beiden einzufangen. »Die Zwillinge werden wieder Ärger bekommen.«

Martha seufzt. »Er meint es nicht böse.«

»Ich weiß. Trotzdem tut er ihnen weh und sie tun mir leid.« Sie öffnet die Tür.

»Wo willst du denn so spät noch hin?«

»Ich muss über vieles nachdenken.«

Martha legt ihr einen Schal über die Schultern. »Sei bitte vorsichtig. Manchmal muss man viel Geduld haben, wenn man zum Kern vordringen möchte.«

Miyo gibt ihr einen Kuss auf die faltige Stirn. »Mach dir keine Sorgen, ich bin bald zurück.«

Martha sieht ihr nach, wie sie langsam über den Platz schlendert und fast beiläufig Bobby und Bo an die Hand nimmt. Tatsächlich folgen ihr die beiden wie kleine Engel, während Abraham schnauft und lautstark schimpft, aber mehr aus Gewohnheit, böse kann er ihnen sowieso nicht sein. Er hebt seine Mütze auf und klopft den Staub ab, bevor er sie wieder aufsetzt.

Martha schließt die Tür, setzt sich an den Tisch und beginnt, die Tarotkarten sorgfältig zu mischen. Das Schicksal ist so unstet wie eine Debütantin auf ihrem ersten Ball. Und in Miyos Fall ist es noch dazu von dichten Nebelschwaden umgeben, die selbst Madame Malou nicht vollkommen durchblicken kann. »Aber es wird alles gut«, sagt sie leise und pustet beschwörend auf die Karten in ihrer Hand, bevor sie die erste auf den Tisch legt.

Ouriel Obscur schließt seinen Bademantel, während er aus dem Badezelt tritt. Er muss die Bartbinde ein wenig nach oben schieben, um einen Schluck aus der Flasche nehmen zu können. Bobby und Bo kichern und Abraham bringt sie mit einem leisen »Psst« zum Schweigen. Aber nur für einen Augenblick. Als der Direktor sich am Hintern kratzt und sein Bademantel dabei auseinanderklafft, brechen die Zwillinge in unkontrolliertes Lachen aus. Er fixiert sie mit alkoholverhangenem Blick. »Wichte«, sagt er. »Ich werde euch lehren …«

»Lauft!« Miyo gibt den beiden einen Stoß. »Abraham, bring sie nach Hause, schnell!«

Abraham zögert einen Moment, aber als Obscur einen wackligen Schritt auf sie zu macht, packt er die beiden an den Händen und zieht sie hinter den nächstbesten Wohnwagen.

»Freaks.« Der Direktor spuckt aus. »Warum treibt sich ein hübsches Mädchen wie du mit solchem Pack herum?« Er versucht, seinen Bademantel zu richten, gibt aber nach kurzer Zeit auf. Stattdessen geht er auf Miyo zu und bleibt dicht vor ihr stehen. »Du schuldest mir noch einen Tanz, nicht wahr?«

Als sie den Gin in seinem Atem riecht, macht sie einen Schritt rückwärts. Obscur drängt sie zurück, bis sie mit dem Rücken an einen Wohnwagen gedrückt stehen bleiben muss.

Er stützt sich mit den Händen neben ihrem Kopf ab. »Du könntest es gut haben bei mir.« Seine Nase streift ihre Wange. »Wie ein Eisblock«, sagt er. »Ich wüsste zu gerne, ob man dich auftauen kann. Sag mir, Mädchen, was kann ich tun, damit dir nicht mehr so kalt ist?« Er lacht und nimmt erneut einen Schluck aus der Flasche.

Miyo versucht, ihn wegzuschieben, aber er presst sich nur fester an sie und lacht sein übelriechendes Lachen. Dann stürzt er plötzlich zu Boden. Als sie das Blut bemerkt, das aus einer offenen Wunde auf Obscurs Schläfe tropft, bleibt Miyo wie angewurzelt stehen. Und schon saust eine Holzlatte durch die Luft und zersplittert am breiten Rücken des Direktors. Er stöhnt auf und versucht auf allen Vieren davonzukriechen, doch nun trifft ihn ein Tritt in den Bauch. »Nicht«, sagt er immer wieder. »Bitte nicht!« Er rollt sich wimmernd wie ein Baby zusammen, die Hände über dem Kopf verschränkt.

»Das reicht!«, ruft jemand. »Hör auf, du bringst ihn ja um.«

Erst jetzt löst sich Miyos Schockstarre. Als sie sich umsieht, steht der Clown zitternd und schwer atmend über Obscurs jämmerlicher Gestalt, die Hände zu Fäusten geballt, die Theaterschminke zu einer bizarren Maske verwischt. Das Rot des großen Clownsmundes bedeckt fast das ganze Gesicht und wirkt wie eine riesige klaffende Wunde. Aus den Augen, die schwarzen Höhlen gleichen, rinnen Tränen.

Ohne darüber nachzudenken, legt Miyo die Arme um ihn und zieht ihn an sich. »Schschscht«, macht sie und streichelt dabei seinen Rücken. Nach einer Weile hört er auf zu zittern, erwidert die Umarmung, schmiegt sein Gesicht in ihre Halsbeuge und atmet tief ein. Dann stößt er sie von sich und sieht sie mit zusammengezogenen Augenbrauen grimmig an.

»Entschuldige«, sagt sie. »Ich wollte nicht … Danke. Danke, dass du mich gerettet hast.«

Er lacht verächtlich. »Was treibst du dich nachts in dunklen Ecken herum? Bleib zu Hause, dann müsste dich niemand retten. Oder hast du es darauf angelegt?«

»Genug jetzt!« Martha tritt vor den Clown. Neben ihr steht Abraham, der sich zu Obscur hinabbeugt und seinen Puls fühlt. Nach einem kurzen Grunzen fängt der Direktor laut zu schnarchen an. »Dem geht's gut«, stellt Abraham fest. »Er wird morgen einen ziemlichen Brummschädel haben, aber das ist er ja gewohnt.«

»Er muss in seinen Wohnwagen gebracht werden.« Martha wendet sich Miyo zu. »Ist alles in Ordnung, mein Kind?«

Nun zittert auch Miyo. Sie schüttelt den Kopf und sieht an Martha vorbei den Clown an. »Wie kannst du so etwas sagen?«, flüstert sie. »Wie kommst du dazu, mir so etwas zu unterstellen?«

Der Clown sieht seine Hände an, ballt sie zu Fäusten und streckt die Finger wieder durch. Er muss sich konzentrieren, sie ruhig zu halten.

»Geh nach Hause.« Martha reibt sich über die Stirn. »Wir sollten alle nach Hause gehen. Abraham?«

Abraham nickt. »Ich komme gleich mit den anderen zurück,

dann bringen wir den Direktor in sein Bett«, sagt er, nimmt die Hand des Clowns und der folgt dem kleinen Mann tatsächlich ohne Widerspruch.

Martha geht neben dem Schnarchenden in die Hocke. »Ich bezweifle zwar, dass er sich überhaupt an etwas erinnert, aber ich will lieber sichergehen. Hilf mir mal.«

Mit Miyos Hilfe dreht sie den Direktor auf den Rücken und versetzt ihm mehrere schallende Ohrfeigen, bis er sie mit verschwommenen Blicken ansieht. Dann zieht sie ein Pendel aus der Rocktasche und lässt es vor seinem Gesicht hin- und herschwingen, dazu flüstert sie ihm leise Worte ins Ohr. Als er die Augen wieder schließt, sagt sie: »Das hätten wir.« Sie streckt ihren Arm aus und Miyo hilft ihr auf die Füße.

»Es tut mir wirklich leid.« Miyo hakt Martha unter. »Ich hätte nicht in der Nacht hier herumlaufen sollen.«

Martha packt sie fest am Arm und sieht ihr in die Augen. »Es war nicht deine Schuld. Sag so etwas nie wieder, hörst du?«

Miyo nickt langsam. »Aber der Clown … Er hatte Angst, das konnte ich spüren. Was ist, wenn der Direktor sich doch an alles erinnert?«

»Davor hat er ganz sicher keine Angst.« Sie winkt Buster, Bert und Barny zu, die sich gerade abmühen, den Direktor auf einen Karren zu wuchten. Dann wendet sie sich wieder an Miyo und schüttelt den Kopf. »Davor nicht.«

»Aber warum …«

»Lass uns ein anderes Mal darüber reden, es ist spät und ich bin eine müde alte Frau.«

Miyo betrachtet die tiefen Falten, die sich durch Marthas braunes Gesicht ziehen wie Furchen auf einem frisch gepflügten Feld. Wunderschön sieht sie aus und das macht Miyo ein bisschen traurig. Ihrem eigenen Gesicht wird man niemals das Leben ansehen, das sie gelebt hat. Die Höhen und Tiefen, die sie im Lauf der

Jahre überwinden musste, nachdenkliche Momente und zufriedene, die glücklichen Zeiten, das Lachen. Sie seufzt und Martha drückt ihre Hand, als wüsste sie über all das Bescheid, und noch viel mehr.

Als die ersten Sonnenstrahlen Miyos Nase kitzeln, gähnt sie ausgiebig. Das war eine aufregende Nacht, sie hat lange keine Ruhe gefunden. Zu viele Gedanken sind durch ihren Kopf gewirbelt.

Die Tür öffnet sich und Martha tritt ein. Sie setzt sich an die Kante des Sofas und streicht Miyos Haar aus der Stirn. »Es ist alles in Ordnung«, sagt sie. »Der Direktor hat einen schweren Schädel und ist schlecht gelaunt, aber er erinnert sich an nichts.«

»Und wie geht es den anderen?«

»Den anderen? Sag mir lieber erst einmal, wie es dir geht.«

»Ich habe schlecht geschlafen, aber ansonsten …« Sie hält inne und lauscht in sich hinein. »Gut«, sagt sie dann ein wenig überrascht. »Es geht mir tatsächlich gut.«

Es klopft an der Tür. Miyo sieht Martha an. »Ziemlich früh für Besuch«, sagt sie und schlingt sich ihren Schal um die Schultern, bevor die Alte öffnet und jemand leise auf sie einredet. »Martha?« Miyo schlüpft schnell in ihr Kleid und richtet sich provisorisch die Haare. Furcht steigt in ihr auf. Und wenn der Direktor sich doch erinnert und sie hinauswirft?

Dann dreht Martha sich zu Miyo um. »Besuch für dich«, sagt sie. Und schon erscheint das weiße Gesicht des Clowns in der Tür. Martha sagt: »Wir brauchen frisches Wasser«, drückt sich an ihm vorbei und geht hinaus.

Der Clown steht eine Weile unschlüssig im Türrahmen. Sein Gesicht ist weiß geschminkt, wie immer, aber heute ist die Farbe nicht verwischt. Er trägt Alltagskleidung, ein weißes Hemd, Schuhe, die passen. An der Seite hängt lose ein Hosenträger herunter. Ein bisschen erinnert er sie an Max, wie er eine Hand tief in die Hosentasche schiebt, in der anderen hält er einen kleinen Strauß Papierblumen.

Dann tritt er ein und schließt die Tür hinter sich. Er legt die Blumen auf den Tisch, nimmt die Hand aus der Hosentasche und streicht sich durch die Haare. »Es tut mir leid«, sagt er dann unvermittelt. »Bobby und Bo haben mir erzählt, dass du sie nach Hause bringen wolltest, gestern Nacht.«

»Ach ja?« Miyo verschränkt die Arme vor der Brust.

Wieder sieht er sie mit diesem unergründlichen Blick an. »Der Direktor ist kein guter Mensch«, sagt er. »Trotzdem hätte ich ihn nicht so schlagen dürfen.« Er ballt eine Hand zur Faust und öffnet sie wieder. »Aber wenn er dir etwas angetan hätte …« Er schüttelt den Kopf, blickt erneut auf seine Hände.

Wie er da steht, ein wenig gebeugt, als hätte er Angst, sich den Kopf zu stoßen, mit diesen traurigen Augen, und seine Hände wie Feinde betrachtet, kann Miyo nicht anders, als seine Hand in ihre zu nehmen, die Finger zu öffnen, die Linien in seiner Handfläche zu berühren. Er schließt seine Hand um ihre, führt sie zu seinem Mund und küsst ihre Fingerspitzen. Miyo schließt die Augen. Der kleine Kolibri in ihrem Herzen flattert, als gäbe es kein Morgen mehr.

Der Clown zieht sie an sich, vergräbt sein Gesicht in ihren Haaren, atmet tief ein, küsst ihren Haaransatz, die Stirn. Miyo spürt das leichte Zögern, als seine Lippen die eiskalte Haut berühren. Aber er zieht sie nur fester an sich, reibt seine Wange an ihrer. Theaterschminke bleibt an ihrer Haut kleben. Sie spürt den fettigen Film und wischt ihn reflexartig am Handrücken ab. Jetzt lässt er sie los und tritt einen Schritt zurück. Sein Gesicht ist wieder verschlossen, seine Augen sind tiefschwarze Brunnen. Miyo schüttelt den Kopf, ihr Hals ist wie zugeschnürt.

Er dreht sich um, nimmt die Papierblumen vom Tisch und zerdrückt sie in seiner Faust. Als er nach draußen geht, lässt er die Tür offen stehen. Er geht langsam, sieht sich nicht um. Blütenblätter aus Papier rieseln zwischen seinen Fingern hindurch, trudeln einen Moment im Wind und landen schließlich im Schmutz.

Miyo sinkt auf die Knie, krümmt sich zusammen. Ihre Organe schmerzen, als würden sie zerquetscht. Miyo kann kaum atmen. Sie schluchzt erstickt und presst die Hände an die Brust. Der Schmerz ist unerträglich und findet keinen Weg hinaus.

Ayaz Al-Abadi reicht ihm ein Glas mit weißer Flüssigkeit. Er riecht daran und kräuselt die Nase. »Buttermilch?«

Der Feuerschlucker zuckt die Schultern. »Du solltest schlafen, du siehst furchtbar aus«, sagt er mit einem Blick auf das verschmierte Weiß, aus dem ihn feuerrote Augen anstarren. Wie eine weiße Schlange vor der Häutung sieht er aus. Endlich die alte Haut abstreifen … genau das hat er vor.

Der Clown starrt die Buttermilch an, trinkt einen Schluck und stellt das Glas auf einer Kiste ab. »Ich dachte, sie sieht mich«, flüstert er. Er wischt sich über die Wangen, betrachtet seine Handfläche, verreibt Tränen und weiße Schminke zwischen den Fingern. Dann deutet er auf sein Gesicht. Halb Clown, halb Mensch. Oder nichts von beidem. »Das bin ich für sie«, sagt er und lacht bitter.

Ayaz Al-Abadi legt ihm die Hand auf die Schulter, aber er

schlägt sie weg. »Das war doch alles nur Spaß«, schreit er jetzt beinahe hysterisch. Er springt auf, zerreißt sich die Hosenbeine, wirft die Straßenschuhe zwischen die Sitzreihen. »Nur Spaß!« Wieder lacht er, zerzaust sich die Haare.

Der Feuerspucker steht mit ausgebreiteten Armen da, bereit ihn aufzufangen, falls er fällt, und rührt sich nicht vom Fleck. Auf den oberen Rängen stehen noch andere Menschen. Der Kraftmensch hält Barnys Hand. Berta drückt ein Bündel schmutziger Kostüme an ihren mächtigen Busen. Abraham weint.

Ganz hinten, wo es am dunkelsten ist, steht ein Mann im maßgeschneiderten Anzug. Er trägt eine gestreifte Seidenkrawatte. Fast zärtlich streichelt er mit dem Daumen über den glänzenden Knauf seines Stockes.

Der Clown malt sich einen großen roten Mund ins Weiß. »Nur Spaß«, sagt er, formt die Lippen zu einem breiten Grinsen. »Lustig.« Er sieht Ayaz an. »Nicht wahr?«

Der lässt die Arme sinken und sieht zu Liona hinüber, die am Rand der Manege steht. Sie schüttelt den Kopf. Manche Täler muss man ganz alleine durchwandern, um irgendwann aus eigener Kraft hinauszufinden. Oder für immer darin gefangen zu bleiben.

Langsam und mit bedächtigen Schritten geht der Clown hinüber zu dem Gestell, auf dem Ayaz Al-Abadi seine Schwerter der Größe nach sortiert hat, und berührt die frisch geschliffenen Schneiden. Blut tropft von seinen Fingerspitzen. Daneben brennen einige Fackeln. Er hält seine blutende Hand über die Flamme und seine Finger spielen damit.

Ayaz geht langsam am inneren Rand der Manege entlang, Liona folgt ihm an der Außenseite. Die beiden verständigen sich mit Blicken, während der Clown düster in die Flamme einer Fackel starrt. »Ich kann kein Clown mehr sein«, sagt er. »Nie wieder.«

Er nimmt den Becher mit verdünntem Petroleum, das Ayaz

zum Feuerspucken verwendet, und gießt sich die Flüssigkeit ins Gesicht, verreibt Petroleum und Theaterschminke, nimmt die Fackel heraus und zündet sich selbst an. Einen Moment lang sieht er aus wie eine riesige lebende Kerze. Dann reibt er über sein brennendes Gesicht, versucht die Clownsmaske mit Feuer abzuwaschen.

Liona und Ayaz springen gleichzeitig, Abraham rennt die Stufen hinab. Als der Feuerspucker den Clown erreicht hat, wirft er ein Handtuch über dessen brennendes Gesicht. Der wehrt sich zwar wild zappelnd und fuchtelnd, hat aber gegen den Hünen keine Chance.

Bald sind sie von Zirkusleuten umringt. Buster, Bobby und Bo sitzen auf dem Oberkörper des Clowns, um ihn zu fixieren, Bert und Barny auf dessen Armen. »Sorry, Boss«, sagt Buster, als er seine Füße, die in riesigen schwarzen Schuhen stecken, auf die Schultern des Clowns stellt. »Du darfst nicht zappeln. Nicht zappeln!«

Als Abraham einen Eimer kaltes Wasser über das Gesicht des Clowns gießt, presst der hustend und spuckend hervor: »Ich werde euch …« Wieder versucht er sich zu befreien. »Ihr kleinen Monster!«

»Schluss jetzt!« Berta wirft ihren beachtlichen Schatten auf die skurrile Szene. »Wenn du nicht willst, dass ich mich auf dich setze, hörst du jetzt auf, dich zu wehren, verstanden?«

Der Clown sieht sie grimmig an, bleibt aber ruhig liegen.

»Braver Junge.« Sie winkt Abraham heran. »Wenn Ayaz sich seine Wunden angesehen hat, bringt ihr ihn in seinen Wohnwagen.«

Ayaz Al-Abadi kniet sich neben den Clown. »Du hast mehr Glück als Verstand«, sagt er. »Wenn das reines Petroleum gewesen wäre …« Er sieht sich die Wunden genau an. »Das sind nur oberflächliche Verbrennungen. Die habe ich zwei Mal wöchentlich.«

Er steht auf und reibt sich die Hände an der Hose trocken. »Aber wirklich schön sauber bist du jetzt.«

Als seine Assistenten zu kichern anfangen, nutzt der Clown den Moment, um sich zu befreien. Er schubst sie von seinem Körper und setzt sich auf. Immer noch kichernd kugeln die kleinen Männer durch die Sägespäne.

»Bringt den Trottel nach Hause. Ich sehe später nach ihm.« Berta berührt sachte seinen Rücken, dann hebt sie ihr Bündel auf und macht sich auf den Weg. Die Kostüme müssen gewaschen werden. Die Vorstellung muss pünktlich beginnen.

Inzwischen schieben Bert und Barny einen Handkarren heran, um den sie aufgeregt herumrennen. Bobby und Bo haben die Ladefläche mit Stroh ausgepolstert und eine Decke darüber geworfen.

»Komm schon, Boss, du musst nach Hause.«

»Nach der Arbeit gleich nach Hause.«

»Keine Pause.«

»Keine Widerrede.«

Abraham sieht die Zwillinge mit offenem Mund an, dann zwischen ihnen und dem Clown hin und her. Die Kleine-Clowns-Brigade ist aufgedreht wie nach einem Dutzend Zuckerstangen. Wenn sie Prügel bekommen, sind sie selbst schuld. Abraham verschränkt die Arme vor der Brust und wartet auf das Donnerwetter.

Der Clown steht langsam auf und greift sich Bo, der gerade einen Purzelbaum schlägt. Er holt aus und … zerzaust seine Haare. »Na los, meine Freunde«, sagt er. »Gehen wir heim.«

Fairweather hält Lady Strix einen silbernen Löffel vor den Schnabel, auf dem eine rosafarbene Garnele in Cocktailsoße schwimmt. »Kosten Sie, Verehrteste, die Vorspeise schmeckt geradezu magisch gut. Aber lassen Sie noch Platz für die anderen Gänge.« Er legt den Löffel auf ein Tellerchen und stellt es ihr auf den Klappstuhl, auf dem sie hockt.

»Wenn wir das Mädchen wieder verlieren«, sagt sie, »wegen eines verrückten Mondscheindinners, dann vergesse ich mich.« Sie starrt ihn böse an, kostet aber trotzdem die Cocktailsoße, die in der Tat ganz vorzüglich ist. »Huuh«, sagt sie und schnappt sich die Garnele.

»Ach, Strix, entspannen Sie sich.« Er deutet ins Tal hinab. »Sie müssen lernen, Arbeit und Vergnügen als Einheit zu betrachten. Alle Bereiche des Daseins sollen doch gleichermaßen befriedigen, nicht wahr? Und entschädigt nicht bereits dieser Ausblick – die sinnlichen Vergnügungen ebenso wie die freudige Erwartung«, er hebt den Zeigefinger, »für all die Mühen und Strapazen, die es mich gekostet hat, bis hierher zu gelangen?«

Lady Strix hält im Kauen inne und betrachtet ihr Werk. Denn das ist Francis Fairweather zweifelsfrei. Sie hat ihn zu dem gemacht, der er ist. Nun, zumindest teilweise. Immerhin war sie an seiner Entwicklung beteiligt. Da sitzt er nun und freut sich auf das Mädchen wie ein Schulkind auf die Ferien, steckt sich genüsslich eine Garnele nach der anderen in den Mund und kaut mit geschlossenen Augen. Dabei grinst er übers ganze Gesicht, was ihm einen heimtückischen Ausdruck verleiht, der Lady Strix wiederum besonders gut gefällt. Geradezu diabolisch gut sieht er aus. Jetzt grinst auch Lady Strix. Was soll's. Warum soll er seine Vorfreude auf den Sieg nicht ausgiebig genießen? Noch einmal grandios über die Stränge schlagen, bevor der Ernst des Lebens beginnt. Ihr schwebt etwas vor, das die gesamte westliche Welt ins Chaos stürzen wird. Sie reißt die Augen so weit auf, dass ihre

Muskeln schmerzen. Sie schüttelt sich und klappert mit dem Schnabel, bis die Gesichtszüge wieder halbwegs zu ihrer ursprünglichen Form zurückgefunden haben.

Erst dann bemerkt sie, dass auch Fairweather sie anstarrt. Er spart sich einen Kommentar und schnippt mit den Fingern. »Mathilda!«

Eine Autotür schlägt zu und Mathilda M. tritt aus dem Schatten des brandneuen Rolls-Royce, den sie hinter Fairweather und Lady Strix' Klappstühlen geparkt hat. Sie trägt eine Chauffeursuniform und die passende Mütze, alles in akkurat aufeinander abgestimmten Violett-Tönen. Hübsch sieht sie aus, aber ihr Gesichtsausdruck ist seltsam schlaff und leer, aus einem Mundwinkel rinnt ein dünner Speichelfaden. »Sir?«, sagt sie.

»Sir!« Fairweather klatscht in die Hände. »Strix, haben Sie gehört? Ist das nicht wunderbar?«

Lady Strix Brouillard möchte den Kopf in die Salatschüssel stecken und im Krabbencocktail ertrinken. Mathilda M. hatte sie einen Moment lang vergessen. Oder verdrängt. Fairweather hat sie kürzlich zu seiner Chauffeurin ernannt. Sie fährt mittlerweile ganz passabel, in jedem Fall ist sie ausgesprochen gruselig.

Fairweather schnippt wieder mit den Fingern. »Danke, Mathilda, du kannst gehen.«

»Ja, Sir.« Sie verschwindet wieder im Schatten, die Autotür knallt zu.

Fairweather kichert immer noch, als er die Hauptspeise aus dem Picknickkorb holt und zwei Teller mit blutigem Roastbeef und gebackenen Kartoffeln anrichtet. Er reicht Lady Strix einen Teller, lehnt sich zurück, wirft sich eine dampfende Kartoffel in den Mund und schreit auf. Er hustet und pustet, stürzt ein großes Glas Rotwein hinunter. Dann isst er weiter, als wäre nichts gewesen.

Am Fuß des Hügels gehen die Lichter an. Genau wie damals, als Miyo auf einem ähnlichen Hügel stand und nach unten blickte.

Bei Fairweathers Gedanken handelt es sich allerdings um ganz andere. Er denkt nicht an besondere Menschen, an Feen oder Glühwürmchen, sondern daran, wie es sich anfühlen wird, die Augen dieses vermaledeiten Kindes ganz langsam in die Höhlen zu drücken. Das Weinglas in seiner Hand zerspringt, 1787er Château Margaux vermischt sich mit Blut und rinnt zwischen seinen Fingern hindurch, aber er bemerkt es nicht. Sein Blick ist fest auf seine Daumen gerichtet, die er in Gedanken bereits tief in die Augenhöhlen des Kindes bohrt.

Miyos Hände zittern, als sie das Tuch in kaltes Wasser taucht, es auswringt und damit vorsichtig die Wunden des Clowns abtupft.

Berta redet leise mit Abraham.

»Warum hast du das nur gemacht?«, fragt sie vorwurfsvoll. Wieder befeuchtet sie das Tuch, kühlt die Wunden. Der Clown öffnet ein Auge, das andere ist zugeschwollen, das ganze Gesicht gerötet.

Er sieht sie an, wie er es schon oft getan hat. Sieht sie an und in sie hinein. Dieses Mal wendet sie sich nicht ab, stößt ihn nicht weg. Sie legt das kühle Tuch auf seine Stirn. »Warum nur?«, fragt sie noch einmal.

»Ich dachte, wir …« Er schüttelt den Kopf.

Der kleine Kolibri in Miyos Herz versucht, den Brustkorb zu durchstoßen. Er will hinaus, kann die Einsamkeit nicht mehr ertragen. Miyo reißt am Kragen ihrer Bluse. Sie bekommt keine Luft. Ihr Körper ist zu klein, zu eng, um den Schmerz aushalten zu können. Sie versteht, warum er es getan hat, versteht ihn nur zu gut. »Diese elenden Masken … wie sollten wir denn gemeinsam leben mit diesen Masken?«, sagt sie. »Mit diesem Kummer. Wir würden uns gegenseitig erdrücken.«

Wieder schüttelt er den Kopf. Er packt ihre Hände, die noch immer an ihrem Kragen zerren, und zieht sie zu sich hinunter. Zum ersten Mal sieht sie seinen Mund ohne Schminke. Und dann umarmt er sie, klammert sich an sie wie ein Sterbender ans Leben, und küsst sie leidenschaftlich und fordernd, beinahe grob, die Arme wie eine Eisenfessel um sie gespannt.

Sie wehrt und windet sich, kann ihren Ängsten nicht entkommen. »Es wird nur schlimmer werden«, sagt sie. »Es wird jeden Tag wehtun.«

»Aber das tut es doch sowieso schon.« Wieder küsst er sie auf diese verzweifelte, fast brutale Weise. Und sie erwidert seinen Kuss, umarmt ihn ebenso wie all den Schmerz und die Liebe, die so lange in ihr eingeschlossen waren. Seine Küsse werden sanfter, sie spürt, dass er weint. Er weint um sie beide. Gebrochen, verwundet, doch die Tränen reichen aus, um etwas zu bewirken, was Miyo für unmöglich gehalten hat.

Sie legt eine Hand auf seine Brust, mit der anderen berührt sie ihr Gesicht, das sich warm und feucht anfühlt. Endlich begreift Miyo, dass sie ebenfalls weint. Ungläubig betrachtet sie ihre Fingerspitzen … sie sind weiß und sandig. Wieder wischt sie über ihr Gesicht und spürt, wie die Maske sich löst, das Porzellan in seine Bestandteile zerfällt. Sandige Reste kleben noch an ihren Wangen, bevor sie sich endgültig davon lösen.

»Siehst du das?«, fragt sie.

Der Clown berührt ihr Gesicht, die helle Haut. Dann schließt er die Augen. »Ich sehe dich«, sagt er. »Das habe ich immer getan.«

Erneut rinnen Tränen über Miyos Gesicht, aber jetzt sind es Freudentränen. Sie lacht und weint, hält ihn fest und küsst ihn.

Unterdessen schließt Berta leise die Tür des Wohnwagens und

nimmt Abraham an die Hand. »Hol die anderen«, sagt sie, »ihr übernachtet heute bei mir.«

Masken lösen sich auf, Wunden heilen. Sichtbare und unsichtbare. Manche Narben werden für immer bleiben, wie auf Zelluloid gebannte Erinnerungen, und manche Schmerzen werden nie vergehen. Aber in dieser Nacht ist alles gut. Keine Maske steht mehr zwischen ihnen, kein Kummer, keine Furcht. Nur das ungeschminkte, echte Empfinden zweier Hälften, die sich zu einem Ganzen vereinen.

Träge erhebt sich die Sonne, lugt vorsichtig über die Wohnwagen und taucht das Zirkus-Gelände in ein sanftes rotes Licht. Francis Fairweather klappt seinen Stuhl auseinander, nimmt Platz, verschränkt die Arme hinter dem Kopf und grunzt zufrieden wie ein Eber im Schlamm.

»Ich verstehe immer noch nicht, warum wir uns das Mädchen nicht schon gestern Abend geholt haben.« Lady Strix landet auf Fairweathers Schoß und macht es sich dort so gemütlich wie möglich. »Wir könnten bereits wieder in London sein. Mit Diwan, Kamin und gepflegten Stadtmäusen.« Sie spuckt einen Fellfetzen aus und schüttelt sich angeekelt.

Fairweather versetzt ihr einen Schlag und schubst sie von seinem Schoß. »Halten Sie den Mund«, sagt er. »Halten Sie doch einfach mal den Mund.« Über seinem Kopf braut sich etwas zusammen, dunkle Materie verdichtet sich.

Lady Strix fliegt auf einen Ast in sicherer Entfernung, kann aber den Blick nicht abwenden. »Faszinierend«, bemerkt sie und hat die lange ungemütliche Nacht fast schon vergessen. Wenn man diese Kraft doch nur bündeln, sie in einem Gefäß aufbewahren könnte. Sie widmet sich ihrer morgendlichen Gefiederpflege, dabei kann sie ausgesprochen gut nachdenken – ja, dann ließe sich diese gebündelte Kraft gezielt einsetzen, sogar ohne dass Fairweather selbst anwesend sein müsste. Versehentlich beißt sie sich in eine empfindliche Region ihres Körpers und der Gedanke verpufft so schnell, wie er gekommen ist.

Im Inneren des Wohnwagens regt sich jemand. Lady Strix sucht sich einen Logenplatz auf dem Treppengeländer und wartet ab. Endlich ist es so weit.

Fairweather hat es sich auf seinem Stuhl bequem gemacht. Er hat die Beine überschlagen und wippt betont lässig mit dem Fuß. Aber dahinter verbirgt sich gespannte Erwartung, seine Sinne arbeiten auf Hochtouren. Als sich die Tür öffnet, erhebt er sich langsam und setzt seinen Zylinder auf. Er trägt ihn ein wenig schräg auf der Seite, das verleiht ihm ein jugendlich keckes Aussehen, wie er findet. Als das Mädchen vor die Tür tritt, zieht er gerade seine Handschuhe aus und lässt sie achtlos auf den Boden fallen. Er will sie mit bloßen Händen spüren.

Sie bleibt auf der obersten Stufe stehen und schließt leise die Tür hinter sich. »Guten Morgen«, sagt sie überrascht, als sie ihn bemerkt. Sie mustert ihn von oben bis unten, was dazu führt, dass ihm ein bisschen unbehaglich zumute wird. Ein womöglich offen stehender Hosenstall könnte das Gesamterlebnis dieses Finales erheblich schmälern. Er verbietet sich, an sich hinunter zu sehen, tippt sich stattdessen an die Hutkrempe und sagt: »In der Tat ein wundervoller Morgen.«

Sie zieht ihren Schal enger um die Schultern. »Kann ich Ihnen helfen? Die Attraktionen öffnen erst später, aber ich könnte vielleicht den Direktor …«

»Oh nein, liebes Kind, ich habe gefunden, wonach ich gesucht habe.« Geradezu genüsslich zieht er den Vertrag aus der Manteltasche und streicht ihn glatt. Das Wort Vertrag auf der ersten Seite ist ungewöhnlich groß geschrieben.

Er beobachtet, wie sie es liest und dann eine Zeit lang die Buchstaben anstarrt, als wären es Hieroglyphen. Dann berührt sie ihr Gesicht. Sie macht keine Anstalten zu fliehen, nur ihre Unterlippe zittert jetzt, wie er zufrieden feststellt. »Mr Fairweather«, flüstert sie mit Tränen in den Augen. Wieder tastet sie ihr Gesicht ab. »Mein Vater hatte also recht, aber ich werde nicht mit Ihnen gehen.« Die letzten Worte sagt sie mit fester Stimme.

Fairweather sieht sie fast mitleidig an. »Natürlich wirst du das. Falls nicht, werde ich sie alle umbringen, jeden einzelnen von ihnen.« Er macht eine umfassende Geste, die den ganzen Zirkus einschließt und noch viel weiter reicht. »Es mag Jahre dauern«, sagt er. »Jahrzehnte, wenn es sein muss. Aber jeder Mensch, der dir jemals etwas bedeutet hat, wird sterben.«

»Nicht ich habe diesen Vertrag mit Ihnen geschlossen.« Sie deutet mit dem Kinn darauf. »Sondern mein Vater, und der ist tot und hat weiß Gott genug bezahlt.«

»Ach bitte, lassen wir den alten Knaben aus dem Spiel. Und deinen Vater ebenfalls. Der Vertrag ist gültig und nicht anfechtbar.« Langsam wird er wütend. Das verdammte Mädchen und diese öde Sucherei bringen all die Urgefühle, die er so gut unter Kontrolle hatte, wieder an die Oberfläche. Er spürt, wie seine Nägel wachsen und zu Klauen werden.

Nun mischt sich auch noch Lady Strix ein, was dem Ganzen die Krone aufsetzt. Sie stolziert um die Beine des Mädchens herum, klappert mit dem Schnabel und sagt abwechselnd »huch« und »huuh« und schließlich »hoppla«.

Fairweather schnauft.

Lady Strix kichert so lange, bis ihr ganzer Körper vibriert, und lacht schließlich völlig hysterisch.

»Strix!« Fairweather verpasst ihr einen Tritt. »Wenn ich mit dem

Mädchen fertig bin, werde ich mit Ihnen etwas tun, das ich schon längst hätte tun sollen.«

»Ich denke eher nicht«, sagt sie. »Ich würde Ihnen ebenfalls raten, erst einmal die Sachlage zu überprüfen und zu schauen, ob die Vertragsbedingungen noch entsprechend gegeben sind.«

Fairweather kneift die Augen zusammen. »Sie sind vollkommen verrückt, wenn Sie glauben, dass Sie damit Zeit schinden können. Die Bedingungen sind, wie sie sein sollten, was könnte sich daran geändert haben? Rein gar nichts.«

»Wie Sie meinen.« Lady Strix widmet sich wieder der Gefiederpflege. »Aber Sie wissen ja«, sagt sie beiläufig, »was passiert, wenn man die Vertragsbedingungen missachtet.« Jetzt sieht sie auf und ergänzt mit deutlich mehr Nachdruck. »Und Sie wissen sehr gut, dass die Bedingungen für beide Seiten bindend sind.«

Miyo zuckt zurück, als Fairweather vor ihr auf die Knie geht und an ihren Füßen schnuppert, den Waden, den Oberschenkeln … Gänsehaut überzieht ihren ganzen Körper. Seine Muskulatur spannt sich an, sodass sein Jackett plötzlich viel zu eng sitzt. Als er sich wieder aufrichtet, scheint er gewachsen zu sein. Seine Haut wirkt dunkler und irgendwie schuppig, aus seinen Augen sprühen grüne Funken. Und aus einer Seite des Zylinders wächst etwas, das wie das Horn eines Stiers aussieht. Er knurrt und ballt die Hände zu mächtigen Fäusten zusammen.

»Nicht doch!« Lady Strix fliegt erschrocken auf und lässt sich auf seiner Schulter nieder. »Beruhigen Sie sich. Haben Sie etwa vergessen, wie lange wir an Ihrem Äußeren gearbeitet haben? Lassen Sie uns am besten einfach nach Hause gehen. Es ist vorbei, wir können hier nichts mehr ausrichten.«

Miyo stolpert rückwärts, drückt sich an die Treppe des Wohnwagens und starrt auf das diabolische Wesen vor ihr, aus dessen bebenden Nasenlöchern Rauch quillt.

»Mr Fairweather, bitte!« Lady Strix' Stimme überschlägt sich.

»Denken Sie an den Vertrag. Gegenstand des Vertrages waren Kobayashis Kinder. Nur die *unschuldigen* Kinder!«

Er beugt sich zu Miyo hinab, saugt scharf die Luft ein, bis fast ein Vakuum entsteht. Mit beiden Händen klammert die junge Frau sich am Geländer der Treppe fest. »Kein Kind mehr«, stellt er fest. Seine Stimme klingt wie das dumpfe Grollen eines Vulkans unmittelbar vor dem Ausbruch. Er knüllt den Vertrag in seiner Hand so fest zusammen, als wolle er ihn auspressen. Dann geht das Papier in Flammen auf. Eingehüllt in dichte Rauchschwaden dreht Fairweather sich um, offenbar angestrengt gegen etwas ankämpfend, wohl gegen sein Ur-Selbst. Er atmet noch einmal tief ein und brüllt: »Ma-thil-da!«

Irgendwo hinter einer Ansammlung wilder Blaubeersträucher startet der Motor eines Automobils. Kurze Zeit später hält es direkt neben Fairweather an. »Sir!?« Mathilda M. tippt sich an die Chauffeursmütze, wieder mit leerem Gesichtsausdruck, einen Speichelfaden im Mundwinkel.

Doch diesmal kichert Fairweather nicht vergnüglich, sondern packt Lady Strix und springt mit ihr in den Fond des Wagens. Mathilda gibt Gas und der Rolls-Royce verschwindet schlingernd mit krachenden Fehlzündungen in einer Rauchwolke.

Miyo sitzt auf der Treppe des Wohnwagens, bis sie kein Motorengeräusch mehr hören kann. Nur ein verlassener Klappstuhl in der Mitte des Platzes erinnert noch an die Geschehnisse dieses Morgens. Im hellen Licht des Tages kommen sie ihr so unwirklich vor, dass sie sich jetzt schon fragt, ob das Ganze tatsächlich passiert ist oder ob sie nur geträumt hat. Am strahlend blauen Himmel ist kein Wölkchen mehr zu sehen. Doch plötzlich erscheint ein dunkler Punkt im Blau, der schnell größer wird.

Lautlos nähert sich eine große graue Eule. In ihren Fängen trägt sie eine schwarzglänzende Truhe, die sie vorsichtig auf der untersten Treppenstufe abstellt. Einen Moment lang bleibt sie auf dem Griff sitzen und sieht Miyo aus maisgelben Augen an. »Vertrag ist Vertrag«, verkündet sie, verbeugt sich leicht und fliegt dann mit kräftigen Flügelschlägen davon.

Miyo sieht ihr ungläubig nach, öffnet den Truhendeckel und schluckt hörbar, als sie den Inhalt erkennt. Die Truhe ist voller Geldscheine, es muss ein Vermögen sein. Obenauf liegt eine goldene Uhr. Sie nimmt die Taschenuhr ihres Vaters heraus, drückt sie an ihre Brust und schluchzt leise.

»Was war das denn für ein Lärm vorhin?« Der Clown streckt den Kopf zur Tür heraus. Er setzt sich hinter Miyo auf die Treppe und schlingt die Arme um sie. »Du hast mir das Leben gerettet«, sagt er zärtlich und küsst ihren Nacken.

Langsam schüttelt sie den Kopf, wischt ihre Tränen fort. »Nein«, sagt sie. »Du hast meines gerettet. Du und mein Vater.« Sie wendet ihm das Gesicht zu und streichelt die stachelige Haut an seinem Kinn. »Und das auf sehr unterschiedliche Arten.« Dann lacht sie plötzlich auf. »Ich weiß immer noch nicht, wie du heißt«, sagt sie. »Wäre es nicht langsam an der Zeit, mir deinen Namen zu verraten?«

Er sieht sie eine Weile schweigend an, scheint sich jeden Zentimeter ihres Gesichts einzuprägen, schließlich lächelt er. »Charles«, sagt er dann und zuckt mit den Schultern. »Charles Ellis Walker.«

»Charles«, wiederholt sie leise. Dann zieht sie ihn zu sich heran und küsst ihn, genießt den Geschmack seiner Lippen, das Gefühl von Haut an Haut, das Kitzeln seiner Bartstoppeln und das Wissen, dass nie wieder eine Maske zwischen ihnen stehen wird.

Der kleine Kolibri in ihrem Herzen flattert und zwitschert wie verrückt, als Miyo die Augen schließt und ihr Herz öffnet, so weit sie nur kann. Der zarte Vogel zögert einen Moment lang, dann fliegt er hoch und immer höher hinauf, bis er eins wird mit dem schimmernden Morgenhimmel.

Danksagung

Ich danke allen Menschen, die mir zur Seite gestanden und an die Geschichte geglaubt haben.

Allen voran meiner wunderbaren Frau, ohne die ich den Roman vielleicht nie beendet hätte; die den Alltag bewältigt hat, während ich mit dem Kopf in den Wolken steckte, die immer an mich geglaubt hat, manchmal mehr als ich selbst.

Meinen großartigen Lektoren Stephan Askani und Dr. Sabrina Keim und allen anderen Mitarbeitern des Klett-Cotta Verlags, die das Buch zu etwas ganz Besonderem gemacht haben. Roland Sazinger vom Marketing für die nette Betreuung.

Meinem Agenten Robert Hönatsch und der ganzen Keil & Keil Literatur-Agentur für ihr Engagement.

Susanne Gerdom, meiner Freundin in der Ferne, langjährigen Testleserin und Kritikerin, die mich seit meinem ersten Fantasy-Roman begleitet und immer noch nicht die Nase voll hat. Margot S. Baumann für einen bedeutsamen Link und einen Schubs in die richtige Richtung. Michaela Retetzki fürs Testlesen der allerersten Version. Regina Mengel für den Namen einer Katze, die leider das Zeitliche gesegnet hat.

Und zu guter Letzt danke ich den wahrscheinlich wichtigsten Menschen im Lebenszyklus eines Buches: den Leserinnen und Lesern, die das Buch gekauft haben. Ich hoffe, das Lesen hat euch so viel Freude bereitet wie mir das Schreiben.